金庸選集

金庸隨筆

金庸 著
李以建 編

金庸世界之冰山一角

李以建

二〇一八年，筆者應《北京青年報》副刊版負責人之約，為紀念金庸先生撰寫文章，該報十分慷慨，以整版的篇幅登載拙作。收到報紙時發覺，原本平平無奇的題目被改為〈金庸的功夫，世人只識得一半〉，頓然令整篇文章生輝。事後才知這畫龍點睛的神來之筆，乃出於同窗共讀的學長陳徒手兄。

確實，金庸除了十五部小說名聞天下，廣受海內外華人所推崇，其他的作品卻一直掩藏在歷史的塵封之中。我為編選《香港當代作家作品選集　金庸卷》而撰寫〈導讀：金庸的話語世界〉中曾談到，「時至今日，從官方到民間，從海內外的華人擴展到各國外籍的讀者，金庸小說可謂家喻戶曉；從學術研究的刊物到中小學授課的課本，金庸小說的閱讀和研究成為一門顯學。然而，金庸的社評卻尚未全部結集成書出版，仍鮮有人論及，更不用說他以諸多筆名撰寫的文藝批評、時評政論、專欄文章，以及翻譯著作和學術論文，這些都尚處於隱學階段。」

筆者有幸於金庸生前，親聆教誨，在其親自指導下負責查閱收集並編輯他的文章和著作。金庸先生辭世後至今，這項工作仍在持續地進行。除了當年在報紙上刊發的武俠小說連載外，金庸早期曾翻譯英文著作，為報刊撰寫影評專欄、文藝批評，創作電影劇本及歌詞。創辦《明報》後則負責撰寫社評、「明窗小札」專欄文章、「自由談」及時評政論；其間同時還從事翻譯，乃至撰寫學術論文，而且這些各各不同的創作都持續相當長的一段時間，還不包括他應約為其他報刊雜誌撰寫的文章，以及各種場合的演講等等。縱觀金庸的作品，數量之多、內容之豐，堪稱一絕。如果說，金庸的小說是浮現在海面上冰山的雄偉壯麗一角；那麼，金庸的社評、政論、隨筆、散文等創作則是深藏在水底下的那巨大的堅實厚重部份，二者是無法截然分割的一體，共同構成了金庸世界的寶藏。

金庸的小說已經有多種語言版本問世，遍及全球，但金庸的其他作品，仍有大部份尚未結集成書出版。目前，已經出版的有：明河社的《金庸散文》和《明窗小札．一九六三、一九六四》（上）（下）四冊；天地圖書的《金庸散文集》和《香港當代作家作品選集　金庸卷》；廣州朗聲圖書有限公司的《明窗小札．一九六三、一九六四、一九六五》（上）（下）六冊，以及尚待出版的一九六六、一九六七、一九六八年的五冊。即使加上此次天地圖書有限公司同時出版的《金庸影話》《金庸學佛》《金庸隨筆》《金庸譯作》這四本書，應該還不及金庸先生小說之外的作品的四分之一。限於篇幅，收錄編選於《金庸隨筆》的文章，雖僅為涓流之點滴，卻希冀以此為引，激發讀者和研究者的興趣，進一步去發掘和探究龐大的金庸世界的深層奧秘。

此次承蒙查林樂怡女士的同意和明河社的授權，得以編選和付梓這四本新書，謹此致以最衷心的感謝。同時，承蒙天地圖書董事總經理陳儉雯女士和前總編輯孫立川先生的支持和幫助，責任編輯張宇程先生、林苑鶯女士和蔡雪蓮女士的精心校對，在此一併致謝！

解釋一下書名。之所以稱為「隨筆」，因為金庸先生長期從事新聞事業，為報紙刊物撰稿，因此留下千字左右的短文特別多，用浩瀚二字來形容，一點也不為過。其中有的略長，分數期在特定的專欄上發表，但絕大多數都是獨立成篇。除了特定的專欄，如影話、影談、「明窗小札」專欄等的內容較為歸一、焦點集中，其餘的則信筆寫來，隨意而發，如天馬行空，不受拘束。內容方面更是上天入地，包羅萬有。從文學類別看，這些文章可以稱為散文、札記、雜文、特寫、隨筆，沒有嚴格的界限和區分。取用「隨筆」，一則通俗易懂，二則有容乃大，以便將眾多難以分門歸類的短文結集成書。此外，金庸先生撰寫短文使用的筆名頗多，收錄本書的文章均在目錄一一列明。

金庸先生對寫作和文字，極為謹嚴縝密，幾近酷苛。他的眼中容不得絲毫的筆誤，且不說他自己的寫作，就連平時閱讀別人的書籍和文稿，一個標點符號的誤用都會立即被他用筆勾出，更不用說錯字錯句，他都是揮筆就改。金庸先生寫作時習慣使用五百格原稿紙，他留下的手稿，有的雖然修改處字跡密密麻麻，刪減添加不少，線條勾來勾去，但卻一點都不紊亂，一切都照編輯的慣例標指得清清楚楚，讀來毫無障礙。他書寫的文字和標點，嚴格遵守稿格的約束，筆畫清晰有力，從不飛龍走鳳似的亂塗。皆因他出身於編輯，受過編輯的專業訓練，具有編輯的道德，深知編輯的辛苦；無論面對他人的稿件，還是自己的作品，都一律嚴格要求，一絲不苟。有意思的是，他的文字敍述描寫，十分平白質樸，極少使用生僻的字眼；如果你用電腦打字，會發現可以打得非常快速，也非常順暢。

於此截然不同的是，金庸先生對自己的手稿，卻從不重視保留收存。現有所存手稿大多是從上世紀八十年代末起由歷任秘書負責保留的，至於一九五〇至一九七〇年代的，大部份都難以尋覓。原因之一，是當年他為《明報》撰稿時，由於其時使用鉛字印刷，金庸先生每天寫好文章，徑自交給排版工人處理，由他們按照文字挑選出每一個鉛字，排版印刷；可以想見，經由這些工人之手的手稿，當鉛字版排好送去付印時，那手稿已經揉皺到無法辨認，甚至殘缺破裂了，根本無法再收存保留。原因之二，是金庸先生對寫作十分投入，筆耕甚勤，但對於留存底稿，或是重新抄寫一遍，歷來都不太重視。即使是發表後，也很少做剪報保存。至於應約為其他報刊撰稿，他也是寫好稿就寄給對方，發表後，對方有心的會寄來刊載的報刊，無心的則音訊均杳，他也不追問。自從有了傳真機和複印機，經秘書的幫忙，金庸的手稿才略有保存。

本書收錄的隨筆，主要由五部份組成。

其一，金庸發表在《東南亞周刊》的「每週漫筆」的專欄文章。《東南亞周刊》是馬來西亞《南洋商報》和香港《明報》合作創辦的。每星期一期，隨報附送。為此，金庸在該刊開闢「每週漫談」專欄，大部份文章都是讀史筆記，談古論今，闡發開去。如〈談「才」與「德」〉（《東南亞周刊》，一九六三年，第二期），他贊成司馬光之說，認為「才與德都是到了完美境界的，那是『聖人』，才與德都沒有的，那是『愚人』，德比才強的是『君子』，才比德強的人是『小人』」。他以此來評價古代君王和現代政治人物，進而論國家和政黨的得失。再如〈「英」與「雄」不同〉（《東南亞周刊》，一九六三年，第十期），以魏人劉劭提出「聰明秀出稱為英，膽力過人稱為雄」的觀點來評析歷史人物，頗為獨到精闢。讀此文，再聯想到金庸小說中諸多人物，可辨其是英還是雄，誰才能稱得上真正的英雄。

金庸對歷史情有獨鍾，且潛心研究，常有自己獨到的心得和與眾不同的看法。從某種意義上說，他創作的小說也是一種史實的虛構，即用虛構的筆墨來刻劃真實的歷史場景和人物，將事實和虛構相交融，闡釋世界，挖掘深層的人性。他最後撰寫的博士論文，更是名正言順的歷史領域的專業研究。

在這方面，影響金庸最深最遠的是世界著名的英國歷史學家湯恩比（Arnold Joseph Toynbee, 1889-1975）。他在《探求一個燦爛的世紀》序言〈不曾識面早相知〉中，曾回憶自己在抗日戰爭勝利後，「在上海西書店裏買到一本 A. Toynbee（湯恩比）大著 *A Study of History*（《歷史研究》）的節本，廢寢忘食的誦讀了四分之一後，登時猶如進入了一個從來沒有聽見過、見到過的瑰麗世界，料想劉姥姥初入大觀園，所見所聞亦不過如是。想不到世界上竟有這樣的學問，這樣的見解。湯恩比根據豐富的史實而得出結論：『世界上各個文明所以能存在、進而興旺發達，都是由於遇上了重大的挑戰而能成功應付。』我非常信服這項規律。」金庸到了香港之後，還利用業餘的時間着手翻譯這本書，最終因忙而擱置。他提到：「此後數十年中，凡是湯恩比的著作，只要能買得到、借得到的，一定拿來細讀，包括《文明受考驗》、《戰爭與文明》、《從東到西——環遊世界記》、《對死亡的關懷》等書，以及他與池田大作先生《對話錄》的英文本。」

金庸極為敬佩大史學家湯恩比「對於史學的貢獻，並不是對於某個國家、某個時代、或在某些特殊問題上作出十分重要的研究成就，而是對整個人類文明的發展，分析出幾條普遍規律」。金庸認為，「中國向來對歷史家的要求是史學、史識、史筆，既要博學，又要有見識，文章又要寫得好，湯恩比可說三者具備。」饒有趣味的是，金庸在談及湯恩比「厚厚的十二卷《歷史研究》」時，不無感嘆地說，「相信從頭到尾讀過的人很少」，但我卻相信金庸自己曾完整地讀過。（〈大史學家湯恩比逝世〉，《明報》，一九七五年十月二十五日）。

本書收錄的「每週漫談」文章雖不多，卻可謂篇篇珠璣。從中不難看出，金庸力圖追求的史學、史實、史筆。

其二，金庸為《明報》撰寫的不定期的「旅遊寄簡」。金庸創辦《明報》伊始，就親自動筆撰寫每日的社評。間中每逢他需要外出參加各種活動，或世界性的報業聯合活動時，他會利用旅途或會議的間隙撰寫短文，以「金庸」之名作為「旅遊寄簡」發表。其中，有抵達異地的印象寫實，有狀寫當地的風土人情，有講述各種新鮮的體驗，有談論各地的見聞，等等。這些輕鬆、隨性的描寫和記敍，都是沿途所見所聞所思的實錄。

其三，選自金庸以「徐慧之」筆名，於一九六三年至一九六八年為《明報》撰寫的「明窗小札」專欄。「明窗小札」是每天一則的固定專欄，其時，金庸每天必須撰寫四篇到五篇文稿，固定的是：《明報》頭版的社評、武俠小說連載、翻譯外國政論，以及「明窗小札」；間中還有「自由談」的專稿；也就是說，金庸每天都要變換寫作的身份，扮演不同的角色，從各自的角度去撰寫這些短文。有時評，有政論，有譯作，有綜述，有文學創作。每篇的寫法不同，筆法更有區別，由此可見金庸的用心良苦，亦可見他橫溢的才華。特別要指出，這不是偶爾出現幾天內的連續寫作，也不是數週、或數月的寫作，而是長達數年的不間斷的寫作，真可謂前不見古人，後不見來者，唯有金庸真正做到了，唯有金庸才能做到。

本書的編選主要取自一九六六年至一九六八年「明窗小札」的文章，剔除當年冷戰時代有關中美蘇三方的政爭論戰，僅收錄較為輕鬆恬靜，貼近生活，富有人文趣味的篇什，讓讀者遠離戰爭的火藥味和爾虞我詐的權鬥，享受精神上的悠遊。這些篇幅，有的一望標題，即可意會到其中的幽默詼諧；有的講述趣聞軼事，讀之莞爾一笑；有的則透着精靈古怪，極盡辛辣諷刺。

其四，以「金庸」之名，於一九八〇年四至六月為台灣《中國時報》開闢的專欄「明窗短論」撰寫的文章。編者在開篇介紹說，金庸「在『明窗短論』專欄裏，他將以一個報人的閱識、史家的眼光、學者的胸懷、作家的筆觸，為我們辨明社會、文化及國際間政治、經濟的種種問題，他的觀點也許與我們不同，但卻值得到我們深思，他的微言，可能只是雲淡風輕，卻也足堪我們細品」。

誠如所言，「明窗短論」基本屬政論文章。富有針對性，有的放矢，言之有物，論之成理，足顯政治雄辯之才。尤其是觸及國際問題，他視野開闊，高屋建瓴，觀點鮮明，直抒己見，不畏強權和固有成見，勇於批評不合理的政策，提出富有建設性的倡議。如〈社會有異　制度難同〉（《中國時報》，一九八〇年五月十三日），一針見血指出：「美國當局的決策人以及一切研究外交政策的人，都從一個假定出發：美國的民主自由制度是最好的制度，美國外交政策的目標，在於使世界各國都實施美國的民主自由制度」。而事實上，「任何國家民族都有不同的歷史傳統、經濟背景、社會結構、人民的教育水準、宗教信仰等等。美國那一套決不是放諸四海而皆準的」。如果說，金庸當年尖銳指出問題的所在；那麼，時至今日，他的觀點依然經得起歷史和事實的考驗。

其五，散見於其他報刊雜誌上的文章，均首次收錄書中。「談藝論政議人生」，其意即去繁化簡，用來概括文章的大意。

談藝可分為二：一是金庸對自己作品的闡釋，即創作談；一是金庸對武俠小說和電影的評價。前者，如以林歡筆名撰寫的〈關於《絕代佳人》〉（《新晚報》，一九五三年九月十九日）；以金庸之名寫的〈漫談《書劍恩仇錄》〉（《新晚報》，一九五五年十月五日）；還有談小說《碧血劍》《射鵰英雄傳》《雪山飛狐》，以及對小說的「增刪改寫」。後者，如〈談批評武俠小說的標準〉（《新晚報》，一九五七年十月五日）；〈對武俠片的期望〉（《中聯畫報》第五十八期，《峨嵋影片公司三週年紀念畫冊》，一九六一年五月），等等。這些文章都是研究和探討金庸的小說和創作的第一手資料，極具參考價值。

論政，有金庸應香港廉政公署刊物之約撰寫的〈貪污若再起，視之如大敵〉（《開拓人生路——百家聯寫》序，一九九八年）；〈廉政與法治〉（《筆動傳誠：德育文集》，二〇一六年），足顯金庸對香港的熱愛，以身作則的堂堂正氣。

議人生方面，〈來港前後〉是金庸初抵香港的感受；〈美好人生的兩大支柱〉即為善最樂和知足常樂，正是金庸畢生追求和踐行的人生信念。

目錄

明窗小札（一九六六—一九六七年） 徐慧之

明窗小札（一九六八年） 徐慧之

明窗短論　金庸

每週漫談

金庸

《東南亞周刊》發刊詞

這本週刊是馬來西亞《南洋商報》和香港《明報》合作創辦的一件事業。以後每星期出版一期，隨報附送，作為我們對兩家報紙讀者們的一件禮物。

《南洋商報》具有悠久的歷史，在東南亞各地長期以來享有崇高的信譽。《明報》只有四年半的歷史，和《南洋商報》相比，那完全是一個小弟弟。不過我們兩家報紙的政治立場和辦報原則，基本上可以說是完全一致的，因此我們的合作才成為可能。

我們共同相信「民主」與「自由」的原則，認為一家報紙應當以人民大眾的利益為依歸。我們相信報紙並非只是私人的企業，而是全體讀者共同擁有的一個言論工具。報紙的力量，在於得到讀者的信任。

我們共同相信「真理」。報紙的責任，是在盡可能將真正的事實向讀者們報道，不可有絲毫歪曲。這些事實可能對某些人不利，可能為某些人所不願聽聞，但新聞工作者的責任，乃是報道事實。報道固然不可歪曲事實，「遺漏」也不可歪曲事實，因為在刪節和省略之中，往往也可有故意的歪曲在。英國著名的報人、《孟徹斯德衛報》[1]的主編斯各特（CP Scott）曾有一句名言：「評論是自由的，但事實是神聖的。」任何意見可以自由發揮，事實卻改動不得。

這本週刊由兩家報紙編輯部的人員共同合作，在香港編輯印刷。由於印刷的數量很大（相信在東南亞所有的中文報刊中，本報的銷數是最大的），由於需要在相隔很遠的地區中一齊發行，因此發稿與出版的日期之間，必須相隔相當時間，內容的時間性就比較難於照顧。同時最初幾期中，南洋方面的稿件較少，材料上不免偏重於香港。這些技術問題，我們當逐步設法解決。

本刊的內容比較偏重於娛樂性，然而也包含有一定份量的知識性材料，希望讀者們在翻閱了本刊之後，怡情悅性之外，總也會略有所得。起初，電影方面的材料是比較多些，以後準備增加關於文學、美術、音樂、攝影等各方面的材料。我們熱誠歡迎讀者們來稿，歡迎對本刊的內容提出批評意見。

我們也熱誠歡迎東南亞其餘地區的中文報紙來共同合作，參加這個事業。當合作者越多時，本刊的內容就越有可能精彩，得到好處的人也是越多。

《東南亞周刊》創刊號，一九六三年一月十二日

[1] 編按：《孟徹斯德衛報》（*The Manchester Guardian*），創辦於一八二一年，一九五九年更名《衛報》（*The Guardian*）。

談「才」與「德」

「才」與「德」是兩種截然不同的品格。

周威烈王二十三年（公元前四〇三年），韓趙魏三家滅智氏而分晉。宋朝的大史學家司馬光在評論這件事時，很清楚的分析，一個人的「才」與「德」，對於國與家有如何不同的作用。才是才能，德是道德。他認為，才與德都是到了完美境界的，那是「聖人」，才與德都沒有的，那是「愚人」，德比才強的是「君子」，才比德強的是「小人」。在任用一個人的時候，如能得到聖人和君子，那當然最為理想，但如得不到聖人和君子，與其用小人，還不如用愚人。為甚麼呢？君子的才能是用來做善事的，小人的才能是用來做惡事的。才能越強，所做的善事或惡事也越大。愚人即使想做惡事，但他的智力很差，力量很弱，好像是一隻狗要咬人，人們一腳就將牠踢翻了。小人則不同，智能既高，勇力又強，好比是一隻生了翅膀的老虎，為害就大得很了。

人們對於有德之士，心中多存敬重，對於有才能的人，往往感到喜愛，結果總是疏遠有德者而親近有才者。自古以來，國中的亂臣和家中的敗子，總是才有餘而德不足的人，使得國與家傾覆的，往往是這一種人。

這個關鍵雖然說來很平常，但許多人常常不能了解或者不予重視。人們在評論拿破崙時，往往會說，他雖然攻城略地，野心勃勃，但終究是一個軍事上的大天才。甚至在談到希特勒時，也有人說，雖然他發動了侵略戰爭，但他的組織能力和政治才能，確是歷史上罕見的政治人物。殊不知拿破崙和希特勒的才能越大，對於全世界所造成的禍患也是越多。

晉國的世卿智宣子決定立兒子智瑤為世子，族中一位有識之士智果提出反對。他說：「智瑤比人強的有五點，不及人的有一點。他身材魁梧，一表堂堂；他箭法了得，武功高明；他知識豐富，多才多藝；他口若懸河，雄辯滔滔；他英明果斷，勇往直前。這是五點勝於別人的地方，可是他性格殘忍，沒有仁心。他基本上沒有仁心，但本領卻高強之極，這樣的來幹事，誰能對付得了？如果你以智瑤為世子，由他來領導智氏一族，那麼將來智氏一定滅亡在他手裏。」智宣子不聽。結果當真是不出智果之所料，智氏在智瑤手中滅亡。

一個國家、一個政黨，甚至是一個團體的領袖，最重要的品格是德而不是才。從歷史上看，「英主」往往比「庸主」為禍更大。蘇加諾辯才無礙，可說是當世傑出的演說家，但對世界對印尼人民，損多於益，有目共睹。

《東南亞周刊》，一九六三年，卷一，第二期

羅素的信仰

我曾在一篇文章中說過，英國哲學家羅素是位明智的哲人，也是當代最值得佩服的人物。這不僅因為他大聲疾呼的反對核子戰爭，以九十高齡，尚且為了人類前途而甘心入獄，還因為他向來主張容忍異見，主張開明，主張頭腦清醒而反對盲目崇拜。他的人生哲學是：「找尋一種方法，使得人類在社會中生活，不必竭盡所能來損害旁人。」孔子主張「己所不欲，勿施於人」，這與羅素的哲學幾乎是一致的。就像孔子一樣，羅素的最終理想是大同世界。在他每一部討論政治問題和社會問題的書中，他都認為，人類的前途寄託於一個世界政府的組成。

我們也擁護世界政府的理想。雖然目前看來似乎很困難，但我們深信，這是一條必然的途徑。當春秋戰國之時，中國就是天下，晉楚之爭、秦趙之爭，其激烈之程度，也不亞於今日美國和蘇聯的衝突。但這些國與國的界限終於泯滅了，中國大一統而成為一個國家。今日從莫斯科到華盛頓，比當年從秦國的咸陽到齊國的臨淄實在要方便得多，迅速得多。不能說世界大同的理想是不可實現的空想。羅素在一篇短文〈我的信仰〉中曾說：「有一段時期，西方世界分裂為信仰新教和信仰舊教兩派；各國政府非此即彼，頭腦清醒而守中立的人屬於少數，當時認為這些人是微不足道的，但經過了大約一百年的殘殺，任何一方都得不到勝利之後，人們對這種事厭倦了，停止了戰爭。我們今天回顧起來，覺得壓迫新教和壓迫舊教之間，並不見得那一方面更有理由，我們只能將十七世紀的西方人分為兩派，一派是頭腦清醒，另一派是互相殘殺的愚蠢的狂熱分子。將來人們看我們這時代，共產主義者和法西斯主義者也都屬於狂熱分子。最終的勝利一定不屬於狂熱分子，因為他們企圖使人的情緒經常在緊張狀態之中，到得最後，大多數人一定會覺得這種緊張的情形是忍受不了的。經過了緊張刺激的宗教戰爭之後，跟着而來的是十八世紀，那是一個理性的時代，一個輕鬆的，與民生息的時代。我確信，目前這種思想意識的激戰過去之後，又將是一個理性的時代，那時候，人民將不願為了堅持某種信仰而去迫害旁人，因為這種信仰根本是沒有根據的。」

《東南亞周刊》，一九六三年

「穿雲箭」和核彈

在香港和馬來西亞，都有許多人極喜歡賭馬。賭馬的方式之一，是將一場的頭馬夾落另一場的頭馬，香港稱之為「孖寶」。也有一種稱為「穿雲箭」的賭馬方式，那是將三場頭馬夾在一起，共有四條纜。例如選了甲乙丙三匹頭馬，則甲乙、乙丙、甲丙、甲乙丙，共有四種搭配，如果三匹頭馬都選中，那自然是大贏而特贏了。

關於核子戰爭，也有類似的情形。許多政論家曾經指出，擁有核子武器的國家越多，則發生核子戰爭的可能性越大。將來，如果許多小國家都有了核彈，那麼人類便極可能經常是生活在一種恐怖的氣氛之中。例如最近塞浦魯斯（Cyprus，另譯：賽普勒斯）島上希土兩族人民發生武裝衝突，土耳其和希臘都遙為聲援，如果希土兩國都是擁有核彈的國家，局勢自比今日嚴重百倍。又如阿聯和以色列都擁有核彈，則巴勒斯坦一場小小的衝突，都能演化為人類的浩劫。

任何國家之間都可能發生爭執。中共和印度會開仗，中共和蘇聯會吵得不可開交，美國和法國的關係會十分緊張。在五六年前，這種事情全然是難以想像的。如果兩個國家間的爭執發展到了要以兵戎相見的地步，而這兩個國家都擁有核子武器，那就很少有甚麼辦法能保證其中任何一個國家決不先下手為強的動用。核子戰爭的勝敗，關鍵便在一個「先」字，先發制人，後發制於人。為了大家要搶先，危險性便更加增大。

當全世界只有美國與蘇聯擁有核彈時，可能發生核子大戰的國家只有美蘇一對。當英國也有了核彈，能打核戰的國家，在理論上就有美蘇、英蘇、美英三對。當法國有了時，有六對國家能互相打核戰，將來中共也有了核彈，那時有十對國家能打核子戰爭。等到西德也擁有核彈，就有十五對。這其中還沒有計算「穿雲箭式」的核子大戰。凡是喜歡賭馬的人，都明白「穿雲箭」如果通了，那比「孖寶」是厲害得多。核子大戰的情形也是一樣。如果世界上真的不幸而有核子戰爭，不單單是美國同蘇聯打，蘇聯同英國打，英國同中共打那麼簡單。那是「穿雲箭式」的，大家混戰一場，併成一團。賭馬而中穿雲箭，那是贏得痛快，打核戰而成穿雲箭，那是死得乾淨。

原子能的使用，是人類最重要的發明。如果將原子能作於和平用途，人類將有光明無比的前途，如果將之用於戰爭，大家就同歸於盡。生活在今日，原子能到底是一種甚麼東西，人人都需要有適當的了解。我們不久就將連載一個專欄，圖文並茂，很淺近很有趣的向讀者們介紹：原子能到底是一種甚麼東西？

《東南亞周刊》，一九六三年

得罪於民　莫若秦隋

在中國歷史中，為後世指責得最厲害的朝代，是秦朝和隋朝。當然，說到昏君，桀和紂都是大名鼎鼎的，但一來夏商相隔太久，紂桀的種種事蹟都是傳說，未必便是信史；二來夏有禹，商有湯，都是賢君。秦朝的兩個皇帝和隋朝的兩個皇帝卻都是相當糟糕。洪邁的《容齋隨筆》中說：「秦隋之惡自三代訖於五季，為天下君而得罪於民，為萬世所麾斥者，莫若秦與隋，豈二氏之惡浮於桀、紂哉？」洪邁指出，秦朝和隋朝的作風基本上相同的有四點：一、剛愎自用；二、大興土木；三、勞師伐遠；四、嚴刑重法。其中「嚴刑重法」一點，尤為重要。

孔平仲《續世說》中說：「開皇中，平陳之後，天下一統。論者咸云將致太平。房彥謙私謂李少通曰：『主上性多忌剋，不納諫諍。……在朝惟行苛酷之政，未施宏大之體。天下雖安，方憂危亂。』少通初謂不然，及仁壽大業之際，其言皆驗。」這位房彥謙看到隋文帝個性殘忍，疑心很重，不喜歡聽到旁人的建議批評，對待臣民十分苛刻，因此預言不久天下大亂。他的預言後來果然應驗了。

劉肅所著的《唐新語》中，引述唐太宗的一段話：「有隋御宇，政刻刑煩。上懷猜阻，下無和暢。致使朋友遊好，慶弔不通；卿士聯官，請問斯絕。」由於當局者法令嚴密，使得親戚朋友們都不敢互相來往，以避惹禍上身。

其實在歷代帝王中，隋文帝決不算是十分昏亂糊塗的人。他於公元五八九年統一中國，至六〇四年逝世，十五年中，使全國戶口增加了幾達一倍。他個人的享受很是節儉，對百姓也不太壞，最大的毛病是猜忌苛察，相信讒言，甚麼事情都信不過旁人而要自己來決定。有些臣子為了拍他馬屁，便捏造種種事實，以投其所好。下面這個可笑的故事，很足以說明他的個性。

開皇二十年（公元六〇〇年），天文台台長（太史令）袁充上報：自從隋朝立國之後，日子是越來越長了。太陽離地近，則影子短而日子長，離得遠則影子長而日子短。開皇元年，冬至那天的影子長一丈二尺七寸二分，以後一年短於一年，到十七年時已短了三寸七分。從古書的記載看來，那是天下太平的緣故，為此感動蒼天，真是難得啊難得！（「伏惟大隋啟運，上感乾元，景短日長，振古希有。」）對於這樣的胡說八道，隋文帝居然深信不疑。史書上對這件事的結論說：「是後百工作役，並加程課，以日長故也。丁匠苦之。」既然日子長了，百姓勞動的時間當然須得增加，否則如何對得起老天？

《東南亞周刊》，一九六三年，卷一，第八期

完顏亮的三個志願

「大柄若在手，清風滿天下。」這是金主完顏亮在未做皇帝時替人題在扇面上的兩句詩。詩中寓意很深，抱負很大。表面上的意思是說，如果我手中拿到一柄大扇子，可以搧得滿天下都是涼風習習。但「大柄」兩字，又是「大權柄」的意思，那是說倘若我能掌握大權，當可令天下百姓同蒙恩澤，仁風廣被。

完顏亮另有一首詩，那是許多人都知道的。他率領大軍向南宋進攻時，曾做了一首詩：「萬里車書盡混同，江南豈有別疆封？提兵百萬西湖上，立馬吳山第一峰。」那時南宋建都臨安，即今之杭州，吳山是杭州城內的一座山。他南征沒有成功，但就詩而論，這詩的氣概是很豪邁的。

他不但會做詩，詞也填得很不錯。有一闋《鵲橋仙》，詠的是「待月」：「停杯不舉，停歌不發，等候銀蟾出海。不知何處片雲來，做許大、通天障礙。　虬髯撚斷，星眸睜裂，唯恨劍鋒不快。一揮截斷紫雲腰，仔細看，嫦娥體態。」因為一片雲飛來遮住了月亮，他就不禁勃然大怒，恨不得一劍將雲斬斷，以便仔細觀看嫦娥的身材。自來騷人墨客，詠月亮、說嫦娥的詩詞何止千萬，似他這等強兇霸道的，恐怕再沒第二首了。

但他的詞也不是一味粗豪，有一首《昭君怨》詠「雪」，短短四十個字之中，構思非常曲折而奇特：「昨日樵村漁浦，今日瓊川銀渚。山色捲簾看，老峰巒。　錦帳美人貪睡，不覺天孫剪水，驚問：是楊花？是蘆花？」一場大雪下過，昨天的樵村漁浦今日都變成了如玉如銀。這個「老峰巒」的「老」字，下得很有趣味，因為山頭上都堆滿了白雪，好像一個個人的頭髮都白了。「天孫剪水」四個字，也有極豐富的想像力。「天孫」就是「牛郎織女」的織女，她住在銀河之畔。將銀河中的水剪成一片片而撒到下界，銀河的水是銀色的，所以變成了雪花，而貪睡的美人不知正下大雪，一醒過來，就問這是楊花，還是蘆花？

這個皇帝雖有才情，其人品卻是差極。史書上說，他在殺主篡位之前，曾對一位熟人說道：「吾志有三：國家大事，皆自我出，一也；帥師伐國，執其君長，問罪於前，二也；得天下絕色而妻之，三也。」他做了皇帝後，荒淫無道，連自己姊妹都徵入宮中做妃子。他窮兵黷武，帶領大軍攻宋，親生母親加以勸阻，一怒就將母親殺了。採石磯敗於虞允文之手後，部下將士不願打仗，便殺死了他。

歷史上極有才思而極荒淫的皇帝很多，最出名的大概是隋煬帝。完顏亮死後，諡法也稱為「煬」，叫做「海陵煬王」。完顏亮這三個志願中，第一和第三都還罷了，第二個「帥師伐國」，乃是他的致命傷。

《東南亞周刊》，一九六三年，卷一，第一期

「英」與「雄」不同

《三國演義》中有一段描寫曹操與劉備煮酒論英雄的精彩場面。劉備說甲也英雄，乙也英雄，曹操卻說他們不是英雄，天下英雄，只有你與我兩人。劉備嚇得驚慌失措，怕他加害，連筷子也掉在地下。恰巧天上打雷，劉備說是怕雷，曹操以為他膽小，算不得英雄，就放過了他。

一千七百多年前，魏人劉劭寫過一部上中下三卷的《人物志》的書，分析人的才能與性格，中卷第八章「英雄」，討論「英」與「雄」的不同，很有獨特的見解。後世如英國文豪卡萊爾（Thomas Carlyle）在《英雄與英雄崇拜》（*On Heroes, Hero-Worship, and the Heroic in History*）一書中對英雄人物的分析，似乎還不及劉劭那麼清楚明瞭。

劉劭認為，聰明秀出稱為英，膽力過人稱為雄。如果只有聰明而無膽力，或者只有膽力而無聰明，都不能稱為英雄。他再進一步的詳加分析：

一個人如果有靈敏的頭腦，而沒有明快果斷的見識，那就只能作參謀，只能提出各種各樣的計劃，卻不能獨力的任事（後來唐太宗時，房玄齡有智謀而杜如晦能決斷，所謂「房謀杜斷」，可見謀與斷並不一定能兼備於一身）。如果一個人頭腦既聰明，見識又遠大，但如缺乏了毅力與勇氣，那麼在平常時期，可以處理大事，一到發生非常的變故，他就會慌慌張張，無法應付。可知稱得上「英」的人物中，也有三種程度不同的情形。完備的英材是張良，他聰能謀始，明能見機，膽能決事。

稱得上「雄」的人物，也有三種。第一種是力氣很大，武藝高強，然而缺乏勇氣，這種人只能做力士而不能作先鋒。第二種人有力有勇，但智能不足以斷事，則可以做先鋒而不能做將帥。第三種有力有勇又有智，那就能任大將元帥。完備的雄材是韓信，他膽識過人，智能斷事。

完備的英材可以為相，完備的雄材可以為將。一人而兼有英才與雄才，則可以為大領袖，如劉邦與項羽。但英與雄兩者之中，尤以英為重要。項羽雄分多而英分少，雖然百戰百勝，卻不能役使英材。劉邦英分多，因此既能用英材，又能用雄材。如果自己只有雄才而無英才，那就無法駕御英材，韓信用兵如神，卻不能成大業。如果自己只有英才而無雄才，那就無法駕御雄材，例如張良雖然聰明，不能指揮韓信。劉劭那篇文章的結論說：「故一人之身，兼有英雄，乃能役英與雄。能役英與雄，故能成大業也。」

劉備與曹操都是英雄兼備的人物，不過英分與雄分都是曹操較多。

用這個標準來論斷當世人物，則有人只能役使軍人，有人既能驅策軍人，又能驅策知識分子，勝敗之數，就有分別了。

《東南亞周刊》，一九六三年，卷一，第十期

責人無難　受責惟艱

我幼年讀書時，沒受過四書五經這些中國古典經書教育，直到年紀大了，才自己去找這些書來讀。這幾天在讀《尚書》，唸着古代帝皇名臣這些古樸誠懇的語言，不禁想到：「這些幾千年前人們的思想和道德，其中有許許多多，在今日還是完全適用的。」

例如商湯將桀打敗而流放後，向百姓解釋自己的行動，並提出了若干政治格言。這一篇文告，是他的左相仲虺代作的，所以叫做〈仲虺之誥〉，其中有幾句道：「予聞曰：能自得師者王，謂人莫己若者亡。好問則裕，自用則小。」能夠得到能幹的人，來向他請教，那便能成為大領袖，如果以為別人都及不上自己，「老子天下第一」，那便要滅亡了。多向別人請教，自己的知識就越來越豐富，老是自以為是，一意孤行，成就便有限得很了。

在另一篇〈湯誥〉中，商湯更表現了十分博大的胸襟和心懷。「爾有善，朕弗敢蔽。罪當朕躬，弗敢自赦。惟簡在上帝之心。其爾萬方有罪，在予一人。予一人有罪，無以爾萬方。」後世的君主當天有大災、或國家有難之時，往往下一道「罪己詔」，責備自己一番，而罪己詔中往往引用商湯這幾句話，這幾句話，被後人用得濫了。但我們閱讀《尚書》的原文，卻自然而然的會感覺到商湯一副甘願負擔全民重罪的大肩膀。「善行，都是你們的，天下發生了任何錯誤，都由我來負責。我既然做你們的領袖，就有責任來擔當你們全體的罪孽。」我們要想到那時候是在迷信的時代，人人都相信，凡是犯了罪的，都一定會受到上帝的懲罰。所以商湯這種為天下萬民受過擋災的英雄氣概，更加的值得人們欽佩。

《尚書》的最後一篇是〈秦誓〉。秦穆公派兵去伐鄭，給晉襄公伏兵崤山，打了他一個全軍覆沒。秦穆公吃了這個大敗仗後，深自痛悔，大大的責備自己不對。他說：「責人斯無難，惟受責俾如流，是惟艱哉。」意思是說：別人做錯了事，你去責備他、批評他、檢討他，那是一點也不難的。但若自己有了過失，心甘情願的接受旁人的批評，要像水向下流動那麼自然，這才是難了。他提出了這個前提，一層深一層的責備自己不聽忠言，自以為是，最後保證以後一定要聽賢臣的話。

關於《尚書》的真偽，昔人爭執和討論很多，本身是一門艱深複雜的學問，有所謂今文尚書和古文尚書的分別。但其中即使有些是偽造的吧，也是戰國與秦漢時的人偽造的，現在看來也是夠古的了。

物質文明在不斷進步，但人的胸襟和見識，幾千年來未必有多大進步。

《東南亞周刊》，一九六三年，卷一，第十一期

旅遊寄簡

金庸

印航機師乃是高手

在孟買下機時，結識了兩位同機的港澳同胞，一位是香港及澳門天虹紡織製衣公司的董事長曹立安先生，一位是澳門建業公司的趙善略先生。他們是到葡京里斯本去，和外國代表商談澳門紡織品出口的配額問題。在孟買機場中枯坐甚久，幸好三個人談談紡織界的各種問題，才不感寂寞。

趙君常常出門，他說從各國飛機場的設備和效率之中，可以相當準確的估計到這個國家的經濟情況。我想他這句話大概言之有理。印度我沒有到過，從孟買機場的情況看來，那比香港機場至少是落後了數倍。香港機場的冷氣極冷，甚至使人有「太冷」的感覺，但孟買機場中冷氣若有若無，兩架陳舊的電風扇吹出來的都是熱風。眼看機場如此，想到不久要坐印度飛機，不知這些「差哥」們技術如何，未免心頭不大愉快，而且英航機長所說起飛的時間早已過去，印航仍是沒半點動靜，似乎辦事也頗有點馬虎。

印航所用也是波音七〇七的噴射機。一進入艙中，但見滿艙繪的都是印度舞女。印航空姐招待殷勤，糖果點心，送之不停，其中有彩紙包裹的，一試之下，原來是味道甚怪的印度香料。飛機一路飛行，平穩異常，在新德里和貝魯特降落，都是輪子一着地後便不再跳，足見機師技術完全是第一流的水準。原來印航機師中有如此功夫已臻爐火純青的高手，起初當真是小覷他們了。

《明報》，一九六五年六月九日

抵英後的第一個印象

在日內瓦機場一下飛機，一陣清新的空氣便撲面而來。遠處山頂上堆積着皚皚白雪。機場中一塵不染。每個旅客都有飲料供給，大多數人要的都是瑞士最出名的牛奶沖朱古力。候機室中有各種瑞士手錶出售，一算標價，顯然比香港的瑞士手錶為貴。

巴黎機場很大，佈置也很藝術化。倫敦機場之大，似有過之，管理之現代化，也似勝過巴黎，但說到漂亮，卻是不及了。

英國對英聯邦地區來的旅客另設報到處，手續非常簡便。報到處人員主要詢問的是旅客帶了多少錢到英國來花，同時在護照（我持的是香港身份證明書）上特別蓋印，註明「不得在英國從事任何有酬金或無酬金的工作」，以免搶了英國人的飯碗。海關人員之客氣，簡直出乎意料之外，他只問：「有沒帶過量的香煙？過量的酒？送人的禮物？」我說沒有，他立刻在行李上用粉筆簽字，根本不用打開檢查。我到英國後第一個印象是：在真正民主的國家，任何人都受到極大的尊重，如果沒有確切的證據，任何人都不會受到莫名其妙的懷疑。你說甚麼，當局便相信甚麼。人民是「主人」，「公僕」沒有資格來懷疑主人的說話。

我來自英國管治的地方，是外國人，但一踏上英國的土地，立刻便領略到，做一個真正的自由人是如何的可貴。

《明報》，一九六五年六月十日

的士和兩個半先令

到倫敦後的第二個印象，是物價甚貴，的士尤甚。同機到倫敦來參加國際新聞會議的，有一位南韓報界的同業李源京先生。我和他合坐的士從機場到中區酒店，車費每人兩鎊（港幣三十二元）。

原來倫敦的士費從五分之三哩計起，最低二先令六便士（二元），多坐一個人，便另加六便士。超過六哩路的便另行議價。在香港是一哩之後每哩八毫，那便是說，在香港的士費如過了五元五角，倫敦的規矩便不照咪錶[1]計算了。而所謂另行議價，當然是議多不議少，欺生不欺熟，欺英語水皮[2]而不欺英語流利的。另有一點令香港人不大贊成者，是如用電話叫的士，該的士一出發便扳下咪錶，所以到得你門前之時，你還未上車，車費可能已有三四元。

英國的士一律是柯士甸的黑色方箱形，寬敞而古老，漂亮不及香港的士，而舒服大有過之。

只因的士費如此貴，所以倫敦人如不是自己駕車，便是坐巴士和地下電車。倫敦的地下電車路線多而設備好，空氣不比地面差，是倫敦主要的交通工具。有些人出門便坐地下電車，按圖索「車」，偶爾在地面步行，往往茫然失措，甚麼道路都不認得了。

英國幣制之烏龍[3]混亂，舉世聞名。硬幣有一便士、三便士、六便士、一先令、兩先令、兩個半先令者，而一鎊為二十先令，一先令為十二便士，更是大增麻煩。我在倫敦買零碎東西，費事傷腦筋做「湊錢遊戲」，往往抓一把硬幣，請店員自取。但英國人計算起來，往往也費好一會功夫，傷半天腦筋。

《明報》，一九六五年六月十一日

[1] 編者按：咪錶，廣東話，即計價器。

[2] 編者按：水皮，廣東話，指差勁。

[3] 編者按：烏龍，廣東話，指糊塗大意。

酒店・早餐・電話

在倫敦時住歐羅巴酒店。這家酒店很新，設備相當不差，大致相當於香港美麗華酒店的水準。英國酒店的規矩，房金都包括早餐在內。

所謂早餐，有「英國早餐」與「大陸早餐」（歐洲大陸）之分。英國早餐有醃肉雞蛋，大陸早餐只得麵包和茶。這種分別在香港的一流酒店如希爾頓、文華等都有，那也不必細表。但英國人對於他們早餐之遠比歐陸為豐富一節，頗有自豪感。在某次宴會的演說中，一個法國同業曾以英國早餐為話題，幽了英國人一默。

酒店房金包括早餐，只包括大陸早餐，如要英式，費用另加。

在英國打電話，抱歉得很，是按次收費的，每次三便士。但在酒店中打出去，要接線生代撥號碼，每次另收三便士撥線費。倫敦電話有七個號碼，頭三個為英文字母，後四個是數字。電話公司效率甚好，我在倫敦打了二十幾次電話，除了對方在講電話之外，從無一次打不通或搭錯線。可見人家倒也不是一味刮龍[4]，收費雖然犀利，服務卻也精彩。

先進國家人工貴，許多事情都自動化了。在亞洲和中東，甚麼事都可請酒店侍役代勞，但在英國，侍役只做例行工作，其他一切都要自己動手。講到住酒店的方便和便宜，那還是亞洲和中東比歐洲好。

《明報》，一九六五年六月十二日

[4] 編者按：刮龍，廣東話，指撈取，盤剝不義之錢財。

飲茶和中國飯店

英國人以早餐和飲茶自豪。說到飲茶，他們還有一種「大茶」（High Tea），飲茶時有牛排、魚、蝦之類，和午餐不相上下。各國同業對英國人之飲茶享受，大為讚嘆。有人隨口問一句中國人飲茶如何。哈哈，中國人飲茶，比之英國人，其High真是噴射機與紙鳶之別了。我說甚麼蝦餃、燒賣點心不算，中國人飲茶有各種派別，揚州派、北京派與廣州派大大不同。茶葉種類，又有「龍的井」、「老人的眉」（壽眉）、「茉莉花茶」、「鋼鐵女神」（鐵觀音）等等數十種之多。說到後來，我更把潮州人飲工夫茶的種種巴閉[5]之處，詳加敍述。只把他們聽得張口結舌，佩服不止。英國人更是自慚形穢，覺得這種錫蘭紅茶加奶加糖，實在太沒有文化了。

在倫敦六天，每晚都有正式宴會。到了伯明翰，有一晚空閒，我請了一批各國同業，到一家名叫「天橋飯店」的中國館子去嚐嚐中國菜，以便發揚中國文化。這家飯店的侍者都是香港新界去的，其中有三人在香港時是《明報》讀者。聽說我代表《明報》來開會，不禁大為興奮，十多個侍者圍在桌旁問長問短，表示歡迎。這一餐飯做得加倍用心，落足材料，那是不在話下了。當然眾賓客一致讚美。歐美人不大喜歡謙虛，你如謙說「酒微菜薄」，他們會以為真的菜餚不好。所以我在席上說明魚翅如何「有益」，冬菇如何難種，竹筍如何「藝術而有詩意」，使他們對中國的飲食文明更為佩服，享受時更為高興。其實，這些話絲毫沒有誇張，比之外國人，中國的飲食文明原是要高出許多皮[6]。

《明報》，一九六五年六月十三日

[5] 編者按：巴閉，廣東話，表示厲害，精明。
[6] 編者按：皮，廣東話，此處指倍，即許多倍。

貝魯特的國立大賭場

去年在土耳其伊斯坦堡開完會後，由土耳其政府招待，在土耳其愛琴海沿岸各文化古蹟遊覽數日。回港之前，曾到黎巴嫩首都貝魯特和泰國去，此次舊地重臨，略有些親切的感覺。去年在貝魯特機場上，相識了香港泛美航空公司的會計主任李象銘先生，承他告知不少航空知識。他說，飛機師技術的高低，主要從他降落時的情形中看出來，飛機着陸後，輪子跳兩跳後在跑道上滑行，那是正常的技術，跳三跳，便是技術較差了，只跳一跳則是好手。這次坐印航飛機，不論在新德里、貝魯特、日內瓦、巴黎、或是倫敦降落，飛機都是一着地立即平穩滑行，所以說這位「阿差機師」乃是高手。

說到「阿差」兩字，我一直以為有點侮辱性，至少也有點藐視性。但三月間在馬尼拉，天天和一位印度報界朋友在一起，他每說三句話，便說一次「阿差！」我問他「阿差」是甚麼意思，他詳加解釋，竟是「很好，OK，妙極」之意。原來稱印度人為「阿差」，本意倒是極好。正如「支那」兩字，也無絲毫侮辱的意思。

貝魯特有一個國立大賭場，離城四十餘哩，設備豪華，富麗堂皇之至，脫衣舞表演均從巴黎、羅馬請來。外國遊客可入場賭博，但本國人士卻只能看脫衣舞，不能入賭場。要入賭場，必須領牌，每年牌費每人港幣約一千二百元。此賭場離城遠，牌費貴，目的在禁止人民沉溺於賭博（黎巴嫩其餘地方是禁賭的），至於花得起巨額牌照費的闊佬，輸些錢不影響生活，就讓他們一面賭博，一面納稅給政府好了。

《明報》，一九六五年六月十四日

貝魯特約略似香港

世界上有十個阿拉伯國家，但參加國際新聞協會（International Press Institute）的只有一個黎巴嫩。因為其餘阿拉伯國家的新聞自由不充份，所以未能參加。

黎巴嫩國小地貧，但人民卻生活得十分愉快。去年我住在一家名叫「皮勃羅斯」的中型酒店裏。酒店的副經理羅拔托是個彈西班牙吉他的音樂家，和我交成了朋友，邀我到他家去吃飯，還邀了一批彈吉他的同好來會演合奏。他們飲水不用水杯，提起水壺，懸空往口中便倒，嘴唇不與壺嘴接觸，身上不會濺一滴水珠，倒也是一項特別本領。

貝魯特在許多地方和香港很像，是一個繁榮而自由的山城，報紙極多，銀行極多。只不過香港工業發達，黎巴嫩卻只靠旅遊和「黎僑」的外匯。好在它人口不多，經濟還不成問題。

黎巴嫩飛機場有兩個候機室，一個供國內航線之用，一個供國際航線用，後者本國旅客不能進入。這是一般的慣例，也不奇怪。有趣的是，在國際航線候機室中，有各種各樣鹹濕[7]書報出售，國內航線的候機室中卻是「乾淨乾淨好乾淨」。這個小國家施政另有一套，對本國人民是以父兄姿態，嚴加管束，對外國遊客則是刮龍第一，你死係你嘅事。

貝魯特有一個地底大山洞，號稱世界第二（第一在南斯拉夫）。去年我曾去一遊，須坐船進去，恐怖偉大，兼而有之。

《明報》，一九六五年六月十五日

[7] 編者按：鹹濕，廣東話，指色情。

非洲、錫蘭和南韓的報人

今年國際新聞協會年會中討論的問題，比去年在土耳其伊斯坦堡舉行的年會，範圍較廣，興趣也較好。

有一個題目是由非洲黑人的報人主持的，討論「一黨專政國家中的報紙」。因為非洲的新興國家大多數是一黨專政的，同時新聞事業很不發達。有六七位黑人報人在大會中發言。但他們的意見很不一致，有的說本國政府很好，有的說很壞。各人的見解也還不大成熟。他們的發言中指出，在好幾個非洲國家中，報館被封，報人被捕。非洲報業目前最大的弱點是，所有報紙的老闆都是歐洲白種人，這些報紙當然不能完全代表非洲當地的人民的利益來說話。白種人在非洲辦報，要求言論自由，那當然也沒有道理。

錫蘭代表和南韓代表詳細報告他們爭取新聞自由而獲得勝利的經過。錫蘭報人的勝利尤其燦爛輝煌，為了反對政府報業國營的決定，竟將女總理的政府鬥垮了台，這是報業史上從所未有的大事。錫蘭代表力克米辛格和我混得很熟，建立了很好的友誼。

南韓報業相當發達。《東亞日報》日銷四十萬份，是亞洲除中共和日本之外銷數最大的報紙。該報總編輯高在旭先生主動研讀中文，中國字寫得比我漂亮。他不說英語，一有空暇，我便和他振筆寫中文長談。他對中國文化極為欣慕，寫出來的都是古文，自稱曰「余」，至於文章，當然不大像中國人寫的了。

《明報》，一九六五年六月十七日

中國瓷器搶盡鏡頭

有幾次午餐會，是在格洛佛諾酒店中舉行的。有一次由加拿大報業大王湯姆遜勳爵發表演說，此公號稱是「歷史上擁有報紙最多之人」，在加拿大、美國、英國以及其他許多地方，都買了很多報紙。他這許多報紙的言論很不一致，大致上各報總編輯自行負責。在另一次午餐宴會中演說的是國際法學家協會的主席麥克平爵士，他認為國際法和自由的報紙互相依賴，互相協助，同時共同致力於世界和平。

英國威斯敏斯特報系（Westminster Newspapers）的主持人芬比（Charles Fenby）是國際新聞協會英國委員會的主席，這次在倫敦開會，一切組織工作全由他主持。這個系統的報紙不在大城市中出版，但在各省小城市中，卻擁有不少報紙。芬比先生是位謙謙君子，待人十分熱誠，聽說我要到雅典去遊覽，即刻寫信給希臘朋友，要他帶領招待。他這報系的宴會在布賴登舉行，那是在英國最南端的海濱，該地有個皇室的行宮，收藏了不少中國書畫和瓷器。

英國人對中國瓷器有狂熱的愛好。每一處皇宮的殿堂之中，牆上掛的是拉斐爾、凡達克、凡愛克、倫勃朗特等等大畫家的名畫，桌上几上擺的一定是中國瓷器，可說絕無例外。甚麼五彩、青花，看得人眼花繚亂，只可惜我不是內行，不會欣賞。牆上掛的，以意大利人和荷蘭人最出風頭，桌上擺的，沒有第二個國家的藝術品能和中國的爭勝。

《明報》，一九六五年六月十九日

聽李普曼的演講

這次到英國，原想去見一見傾慕已久的大哲學家羅素。和他的秘書巴米拉．烏德小姐通了兩封信和兩次電話，羅素勳爵同意接見，只是不湊巧得很，他老人家身子不適，在北威爾斯休養，要再過一星期才能見客，所安排的日期，卻是英國政府早已編定的遊覽蘇格蘭的時間，以致無法瞻仰這位當代大哲人的風采，甚是遺憾。但在倫敦卻見到了新聞界中的一位老前輩、美國著名的政論家李普曼（Walter Lippmann）。十九年前我初入報界，第一天便翻譯一條外國通訊社的電訊，報道此公的一篇專欄內容。此後每個月中總要讀到他幾篇分析時局的文章，直到今年，才在國際新聞協會的大會中聽到他的演講。這一天慕名而來的報界人士極多，一座大會議廳全都坐滿了。他談的題目是「自由報業」，說到真正自由的報業，必須是互相競爭的報業，如果報紙掌握在一個集團手中，並無競爭的對手，那麼這個社會中的報業根本便不是自由的。他的演詞很短，但相當精彩，日後準備譯了出來，在本報刊載。

會中還有一位美國記者發表演講，那是美聯社駐南越的記者勃朗。他年紀很輕，對越南人民極是同情。會後我曾和他談了半個鐘頭，發覺他對美國的越南政策，意見與華盛頓官方頗為不同。他暢所欲言，只要認為本國政府的措施有甚麼不對，便毫無顧忌的說了出來。

《明報》，一九六五年七月十三日

下院和唐寧街十號

到倫敦，白金漢宮、海德公園、西敏寺大教堂、倫敦塔等等著名地方，當然都要去觀光一下的。我印象最深的，是下議院和政府官署。因為我見到在英國這些最重要的行政機關，都有許多普通老百姓在參觀與訪問。尤其是下院，普通百姓列隊進去旁聽議員們的辯論，不受到絲毫限制。我和一位英國朋友排在隊伍之中，在大廳中等了二十幾分鐘，就走上了頂樓，旁聽工黨和保守黨議員們辯論國家大事。

後來到唐寧街。那是一條小小的街，唐寧街十號就是首相的官邸，外交部也在附近。我走到十號之前時，見到有二十幾個青年學生，正由一位教師帶領了在參觀，又有幾個穿裙子的蘇格蘭鄉下人，在官邸前指指點點，向兩個警察詢問甚麼。那兩個警察向他們解釋：「不錯，首相是在這裏面辦公的！你說這屋子不漂亮麼？嘿，最近新裝修過的，從前還要差得多呢！」官邸前決沒有荷槍實彈的衛兵，作「生人勿近，格殺不論」狀。

在我到過的這些外國，最緊張巴閉的莫過於阿聯。納薩爾（Gamal Abdel Nasser，另譯：賈邁勒·阿布杜拉·納瑟）的總統府前後左右幾條街，不但行人不敢走，連汽車也不能過。我坐了的士經過，遠遠望見那條街上都是戴白色鋼盔的衛士、憲兵和官兵，來往巡邏，如臨大敵。的士司機說，如果的士不幸在這街的街端失事停車，衛士和便衣偵探一擁而上，詳加盤查，瞧你有無不良企圖，這麻煩可就大了，所以如無必要，大家都是繞道而過，敬而遠之。

《明報》，一九六五年七月十四日

周恩來的蠟像

倫敦的蠟像館天下知名，既到倫敦，自要去參觀一番。這蠟像館的正式名稱，叫做「杜莎夫人蠟像館」。原來這位杜莎夫人（Madame Tussaud），是法國大革命時代專做死人蠟面具的專家，大革命時斷頭台上殺人如麻，杜莎夫人所製的名男人、名女人的蠟面具，也就四海揚名。今日倫敦，蠟像館的藝術指導，是杜莎夫人的五代孫子，叫做伯納．杜莎。

蠟像館中有一部份人物是永久性的，如英國的歷代帝后、歷史上的大人物、千秋不朽的文學家、藝術家，以及大惡棍、大罪犯等等。有一大部份是經常調換的，例如目前是工黨執政，工黨內閣中自首相威爾遜以下，諸大臣的蠟像圍坐一桌，保守黨的許謨等等，便退在一旁。將來如果保守黨組閣，有些舊的蠟像便移出，新的蠟像要加入。

當今之世所有著名的人物，幾乎在蠟人館中都佔有一席地位。電影明星有差利．卓別靈、伊麗莎白．泰萊、蘇菲亞．羅蘭、碧姬．巴鐸、柯德莉．夏萍等，足球健將馬菲士、拳王、網球明星、披頭四樂隊和英國著名的騎師、夜總會的歌星等等，都有蠟像，當然，也有占士邦的作者佛萊明。

各國元首政要均有蠟像。奇怪的是，中國既無毛澤東，亦無蔣介石，獨一無二的卻有個周恩

米高揚，以及太空人加加林等都在其內。來（蠟像頗為年輕，不大像）。蘇聯人卻很多，斯大林、赫魯曉夫、比列茲涅夫、柯西金、

《明報》，一九六五年七月十五日

香港徙置工作名滿英倫

在英國這些日子中，英國人只要一聽到我來自香港，十個中倒有九個立刻便大讚：「香港的徙置工作做得真是了不起，佩服之至！」最初我很感奇怪，何以你們對這塊小小殖民地上的情形居然如此熟悉，問了幾次之後，從此不再問了。原來不久之前，英國電視中播出過一個英國廣播公司介紹香港的節目。據說這節目拍攝得極好，重點在於香港的工業發展和徙置木屋居民。英國觀眾看了之後印象深刻之極。

在蘇格蘭格拉斯哥，我們一批報人被邀去參觀一個「新城」，那是和香港徙置區差不多的性質，主要是給格拉斯哥各工廠的工人住的。從香港人的觀點看來，這個新城市中住宅的一切設備和標準，當然遠較香港徙置區為高，至少，每個工人的家庭底層都有車房一間，可停汽車一輛或兩輛（全英國平均每個家庭有車一輛半），在香港別說是普通工人，連廠長、經理、工程師也未必有此享受。但說到成就之大、受福人數之多，卻是遠遠不及香港了。

該新城的主持人帶了攝影師來拍新聞電影，以供宣傳之用。鏡頭居然集中在我這香港客身上，攝影師還要其他的德國、法國同業作「臨記」，大家作狀如何落[8]巴士，如何研究模型等等，

[8] 編者按：落車，廣東話，即下車。

表示各國報人在參觀蘇格蘭的新城，其意思當是說：「其中以一位香港記者最為注意，眾所周知，香港徙置工作，乃天下第一者，此君都十分感興趣，可見我哋也相當巴閉了」云云。

這座「新城」的徙置屋模型的確做得極好，每一層可以電動升起，參觀者看得到每一層房間中的內部佈置。

《明報》，一九六五年七月十六日

本・貝拉和布麥迪恩

在倫敦時，同業們談起不久即將在阿爾及爾（Alger，阿爾及利亞首都）舉行的亞非國家大會。一位路透社的主持人說，他們準備派遣一個實力相當雄厚的記者團去採訪。只是阿爾及利亞建國未久，各種設備不足，連供應各國代表團人員的酒店都不夠，外國記者的住宿飲食當然大成問題。他們決定自備篷帳，攜帶乾糧，在阿爾及爾的沙漠中架設篷帳，過過游牧民族的生活。他詢問我們，有誰有興趣，可以參加，費用大家分攤。我覺得他這個想法極有吸引力，在沙漠中露營，學一學「沙漠梟雄」（或「沙漠狗熊」？），倒是一生中難得的經歷。

有一位巴基斯坦同業阿其馬・何賽因（Ajmal Husain）和我感情很好，因為在東京、馬尼拉、伊斯坦堡幾次會議中都一起同食同宿（他父親是巴基斯坦的建國元老，現任工業部部長，曾任巴基斯坦總統的特使訪問中共）。阿其馬在中共與巴基斯坦的空中航線開闢後，曾去過北京，對中共的印象大佳。這次亞非會議中共是主角，巴基斯坦也將起很大作用。阿其馬極有意去阿爾及爾，極力邀我同行。我也很想一去，唯一的考慮是這次旅行離港太久，再到阿爾及爾，更加不得了。當時不作決定，看看局勢再說。

但突然之間，布麥迪恩（Houari Boumediene，另譯：布邁丁）上校發動政變，本・貝拉（Ahmed Ben Bella）變成了階下囚，亞非會議延期，我的阿爾及爾之行當然也取消了（現在想來，即使亞非會議如期舉行，我去阿爾及爾的可能性也是極小。只不過既然有此政變，甚麼三心兩意也都沒有了。）

布麥迪恩上校到底是親西方還是親共？這次政變對哪一方面有利？直到今天，各方面還是在猜測之中。我到開羅後，曾向八個阿拉伯人徵詢他們對布麥迪恩的意見。這八個阿拉伯人包括酒店中的侍者、旅遊嚮導、的士司機、一位銀行中換錢的職員、金字塔旁的駱駝夫、攝影師，以及兩個大學生（一個是開羅大學歷史學系的學生，一個是工業專科學校的學生），他們當然都不是權威人物，沒有甚麼內幕消息，但奇怪得很，這八個人的意見都是一致的：「布麥迪恩很好，他是真正的回教徒，信奉真主阿拉，是真正的阿拉伯人！」

他們說，本．貝拉是納薩爾總統的好朋友，但他的所作所為，不合阿拉伯回教徒的傳統。阿爾及利亞的正式國名是「阿爾及利亞人民民主共和國」，國名中不帶「阿拉伯」字樣，令回教徒和阿拉伯人普遍不滿。布麥迪恩畢業於開羅的回教大學，一般阿聯人對他的期望似比本．貝拉為高。

他們又說，本．貝拉受共產黨人包圍，危險性很大。原來在阿聯，只要誰表示信奉共產主義，立刻就會坐牢，甚至有被槍斃的危險。我一直以為納薩爾和中共、蘇聯很老友，原來對付本國的共產黨人，他非常辣手，格殺勿論。我在開羅和這些埃及人談話，涉及共產主義時，他們個個表示深痛而惡絕之，我不知道這是他們的真意，還是為了害怕當局，因而對外國人作狀。在短短的交談中，那是無法分辨的。

《明報》，一九六五年七月十七日

周榆瑞在倫敦

到倫敦後的第三天，早晨六時半，我睡在床上還沒醒，床頭的電話響了起來。我以為是酒店中叫人起床的電話，拿起來說聲：「早安，謝謝你！」正要放回話筒，忽然電話中一個粗豪的聲音哈哈大笑起來，說道：「你猜我是誰？」說的是國語，那是周榆瑞的聲音。

榆瑞在香港時是我的老朋友，《明報》創辦時他曾幫了不少忙。他到英國後，大家事忙，一直沒通訊。這次到英國去，很想見見他，沒想到他先來找到了我。老友見面，自然是十分高興，他帶我到一家小咖啡店去。他說這家咖啡店雖小，卻是大大有名，原來是華德（名女人姬娜的男友）的發跡之所。數年不見，榆瑞的模樣絲毫沒變，說話仍是坦率之極，毫沒遮攔。他說想到美國去，但美國政府對他有成見，不給他入境簽證。又說英國政府在追他繳所得稅，他一味抵賴，不知下文如何。

他在倫敦的契爾西區獨居一層屋。契爾西區是文人與藝術家的聚居之區，藝術空氣很濃厚。倫敦屋租比香港便宜。他這層屋子有三房一廳，廚房、浴室齊全，房租不過港幣三百元左右，住得是很舒適的。他現在是台灣《聯合報》駐倫敦特派員，每月有固定薪水，偶然去一些學校演講，也有報酬。單身一個人，生活是很過得去的，頗為怡然自得，只是和家人分別久了，他說很想念在香港的太太、子女和朋友。

當天晚上他邀我到他家裏，吃的宵夜號稱是「油豆腐粉絲」，然而沒有油豆腐，只有粉絲。粉絲是香港去的，比豬肉貴得多。

後來他和我上了幾次中國館子。一次是去劍橋園道的東星酒樓飲茶，那邊主持人之一的Andrew Ward（他是中國人，但寫給我的名字卻是外國名字，不知他中國名字如何寫法）是《明報》讀者，無論如何不肯收錢。一次是去熊貓飯店，榆瑞識得飯店的大師傅，菜餚特別道地。

離開倫敦的那天晚上，他帶我去一家西印度人開的飯館去，氣氛很是特殊。他送了我一部書，是他《彷徨與抉擇》的荷蘭文版。

《明報》，一九六五年七月十八日

在莎士比亞故鄉

我對歌劇和芭蕾舞極為喜愛，但到外國旅行，由於在每個地方停留很短，很難買到票子去欣賞，因為每一場演出，往往在數月之前票子就已賣光。這次到倫敦，承蒙《金融時報》的老闆請客，請我們去哥文花園劇場聽歌劇《奧賽羅》。哥文花園劇場大名鼎鼎，不知看過它多少照片，在電影中也看過許多次，現在總算有幸一做座上客，心中甚慰。周榆瑞說：「《金融時報》大概在半年前就訂了座，否則決計買不到這種華貴的位子。電影《窈窕淑女》的票子，已賣到八月底。」那時是五月底，連電影都預售三個月座券，可算巴閉。

《奧賽羅》是我特別喜愛的莎劇之一，那一晚演唱惡人伊拉哥的演員極為精彩，博得掌聲最多。《金融時報》的請客十分道地，休息時間在劇場中供應雞尾酒和三文治，加上每張兩鎊十先令的票價，這個主人是非常闊氣了。

後來在莎士比亞的誕生地亞馮河畔的施德拉福（Stratford upon Avon），又看了一次莎劇《愛的徒勞》。那是一齣鬧劇性質的喜劇，嘻嘻哈哈一場，並沒甚麼深刻意義。演完戲後，市長和演員們一齊來和各國報人飲酒吃飯。那莎劇劇場很小，但英國所有著名的演員都來登過台，包括羅蘭士．奧理花、約翰．吉格德、珍茜．蒙絲等，牆上掛滿了他們的劇照。

莎士比亞的故居一切盡可能保持原狀。他夫人夏打威（Anne Hathaway）小姐是出名的惡婆。她娘家的農舍現在也成為遊覽勝地，廳上有一張坐得光溜溜的矮板櫈，據說是當年莎士比亞來向夏打威小姐求婚時常坐之所。

莎士比亞生於一五六四年，去年是他誕生的四百週年，英國有極大的祝典。這祝典過去不到一年，在他故鄉仍有不少盛況留存。莎士比亞和我國大戲劇家湯顯祖（《牡丹亭》作者）同時代，湯比他早生十四年，早死五年，《牡丹亭》的價值和藝術性實可與最偉大的莎劇相比。在莎翁的木屋之中，忽然想到英國人對他如此尊崇，而我們的《桃花扇》、《琵琶記》、《長生殿》等等偉大的戲劇正在慘遭清算，不禁黯然。

施德拉福是一個極美的小鎮，亞馮河碧波如鏡，數十隻潔白的天鵝浮游其間，真是如詩如畫。全英國的天鵝都是女皇的財產，誰都不能捕捉。香港的影響無遠弗屆，在施德拉福這小鎮上，居然也有一家「香港餐室」，並有大字中文招牌。中國文化擴展到了莎翁故鄉，使我這中國人在各國同業間頗有光采。

《明報》，一九六五年七月十九日

新界青年在英國

這幾年來由新界去英國做餐館生意的人很多，我在倫敦、伯明翰、愛丁堡、格拉斯哥各城市，都盡可能抽時間去中國館子，訪問一下來自香港的同胞。我所遇到的極大多數都是誠樸親切的青年。香港一般餐室中，大多數跑堂侍者也都勤懇有禮，但油腔滑調，整日只記得賭狗賭馬之人也不在少數。在英國唐餐館中的新界青年，我發覺極大多數都事業心很重，努力積錢，空下來就去讀英文。

愛賭博的人也有，但那是少數。在愛丁堡時，我到一家「青龍酒家」去，那是英國新聞處中朋友的推薦，據說這酒家已有數十年歷史，某些甚麼餅（他叫不出名堂來）很負盛名。我一到那酒家，發覺規模不算很大。老闆名叫王勝，卻非常熱情，千萬拜託我回到香港後，一定去探訪他在告士打道常安大廈居住的父親。他十分熱情，既要訂《明報》，又要訂《武俠與歷史》。我說這次是旅行，不是出來推銷書報，生意慢慢再傾[9]，先傾傾他的酒家。

原來這位王先生初到愛丁堡時在青龍酒家打工做侍者，省吃儉用，積了一千餘鎊，想回香港

[9] 編者按：傾，廣東話，即談，交談。

探親。到得倫敦，給朋友帶到賭場去，幾天中輸了個清光。他痛悔之餘，又回到愛丁堡，重頭幹起。不久舊老闆年老逝世，將酒家遺給了蘇格蘭太太。蘇格蘭太太不會經營中國酒家，便將館子盤給店中的中國夥計，大家分期付款，慢慢撥還，夥計都做了老闆，群策群力，業務很是不錯。他們人手不夠，還僱了幾個蘇格蘭小姐做女招待。這是香港青年在英國開餐館的例子之一。

倫敦有一位姓李的牧師，對這些新界去的青年很是照顧。關於他有益的工作，胡菊人兄曾詳加介紹。我在倫敦飛機場上，遇到「奇華酒樓」的黃堯泰和蕭漢文兩位，他們說是來接李牧師從歐洲大陸回英，談話中對李牧師很是欽佩。只可惜我的飛機要起飛時李牧師尚未到達，無緣和這位熱心助人的牧師一會，甚感遺憾。

《明報》，一九六五年七月二十日

全世界最美麗的街道

愛丁堡是蘇格蘭的首府，人口不多，只有四十多萬，不過香港的八分之一，但這地方卻美麗之極。尤其是王子大街，號稱是「全世界美麗的街道」，我想這名稱實在是當之無愧。這條街一面是現代化的店舖、酒店、餐廳，另一面卻是各種各樣的古堡，尖頂的、圓頂的、黑色的、白色的，完全像是神話世界、卡通世界。走在這條街上，你真難相信這是真實的人境。似乎是走過了中世紀的英雄世界，武士們全身甲冑，在攻打古堡，街邊的翠谷之中，似乎隨時會出現一個金髮白袍的仙女……

在愛丁堡的第二天晚上，我和查德烏萊夫婦在這條街上散步。查德烏萊是印度人，新任國際新聞協會亞洲區的幹事。他的名字叫做「Amitabha」，原來便是中文的「阿彌陀佛」。他說在印度，「阿彌陀佛」是一個很普通的名字。我問他「南無」是甚麼意思。他說那是「敬禮」之意。原來阿彌陀佛是釋迦牟尼的名字（釋迦牟尼名字很多，阿彌陀佛是其中之一），佛教徒見面，雙手合十，說一聲「南無阿彌陀佛」，便是互相禮敬。

愛丁堡天氣很冷，那天晚上當真是夜涼如水，寒風吹來，拂得這位「阿彌陀佛夫人」長垂及地的淡黃紗籠飄飄吹舞。已經是十一點鐘了，愛丁堡的天空還是一片明亮，就像香港傍晚七點半鐘那樣。山上的燈火將古堡照得霞光萬道，我忽然想起了《蜀山劍俠傳》中峨嵋開府，群仙畢至的景象。

我們慢慢散步，走過了史各特的紀念像。這是愛丁堡最高的紀念像。史各特的愛犬伏在主人腳邊。史各特小說中所有著名的人物，都塑在這位大小說家的周圍，獅心王李卻、埃梵訶、回教王薩拉森、羅拔·洛埃……我想，這是很好的主意，我們也應當建立許多大作家的紀念像。在曹雪芹塑像的周圍，雕塑賈寶玉、林黛玉、史湘雲、薛寶釵、王熙鳳……在施耐庵塑像的周圍，雕塑武松、李逵、魯智深、林沖……在文學作品，畢竟只有人物才是真正重要的。

「阿彌陀佛」對中國歷史有些研究，他正在讀腓茲吉拉德教授一本關於中國歷史的新書，他問到唐代和宋代中國經濟上的一些問題。我說：「如果你有興趣，我講唐太宗和武則天的故事給你聽。」人物，終究比經濟有趣，何況是在愛丁堡這樣的夜晚。

《明報》，一九六五年八月一日

明窗小札（一九六六—一九六七年）

徐慧之

紐約辦報難

在香港辦報不容易，在歐美更難，銷數達幾十萬份以至過百萬份的報紙，常常要虧本。所以報紙結束或合併是家常便飯。在紐約，一部報業史就是一部報紙合併史，從十餘家報合併成目前的四五家，能從創刊至今而毫無變動者只《紐約時報》與《紐約每日新聞》兩家，前者於一八五一年創刊，後者於一九一九年創刊。有趣的是，這兩張報紙一者以質見重，一者以量見多，各有一批「擁躉」。

最近又有三家著名的紐約報紙要合併，它們是《紐約先驅論壇報》、《紐約世界電訊與太陽報》及《紐約美國人日報》。

三家報紙都要虧本，去年一年共虧蝕了一千三百萬美元。根據新計劃，在混合之後，《世界電訊》取消了，它與《美國人日報》合併成一張午報，叫《世界日報》。《先驅論壇報》照常在早晨出版，每週六天。到了星期日，則與《世界日報》合編成混合版，卻保持三報的叫座「專欄」。《世界電訊報》本來銷數有三十九萬份，《美國人日報》銷數有五十四萬份，合併成一張午報後，希望能達到六十萬份以上的銷路。那麼這張報紙就較易生存。

《先驅論壇報》本來銷數是三十萬份，異常可憐。它夾在兩大之間，以質勝的《紐約時報》

銷六十三萬份，以通俗趣味勝的《紐約每日新聞報》銷二百零九萬份，很難再找中間路線的讀者。

有人估計，《先驅論壇報》最後也會挺不下去，而與午報合併。那麼擁有八百萬人口的大城市就實得早報兩份（《紐約時報》、《紐約每日新聞》）、午報兩份（《世界日報》與另一家《紐約郵報》）了。

由此可見在紐約辦報之難，比香港不知難上多少倍。最重要的原因是競爭對手太多，原來在紐約市郊還有三十家小報、二十五家全國性雜誌的「紐約版」，不論在廣告上和銷數上，都爭奪得異常劇烈。強者生存，弱者淘汰，便成了定局。

《明報》，一九六六年四月四日

澳洲的美國化

澳洲是英聯邦國家，但是受美國的影響越來越大，在精神上，它是「美國化」更多於「英國化」。

澳洲受美國的影響，始於二次大戰期間，當時美軍以澳洲為太平洋戰爭基地，澳洲青年開始習慣美國人的生活，而逐漸忘卻老一代澳洲人心中的崇高的大英帝國。

事實上，如果說美國有意影響澳洲亦無不可。戰後，因商業及各種關係的發展，澳洲更一天天偏向華盛頓。最明顯的是幣制由澳「鎊」改為澳「元」了。澳洲的軍隊大部份是美式裝備，戰鬥機、直升機、導彈驅逐艦，都是美國來的。

澳洲青年一批又一批去美國留學，這些青年回國後不久成為澳洲社會的中堅分子，他們所贊成的政策是親美還是親英，不言可喻。

美國人投資在澳洲的越來越多，美國技術專家到澳洲工作也大量增加，雖然在目前，美國資金在澳洲還不及英國的龐大，但這比例已逐漸縮小。

在亞洲的軍事防衛上，澳洲緊緊地與美國聯繫在一起，而不是與英國。美國所佈置的以中共為假想敵的包圍圈中，澳洲是聯手的一大主角。澳洲官員常坦率地說：澳洲如有戰爭危險，能及時提供幫助的只有華盛頓而不是倫敦。澳洲國防部長公開聲明：「我們的主要國防政策是防止中共的擴張。」這觀念與美國人一模一樣。因此澳洲派兵赴越南作戰，那積極程度也僅次於美國。

在經濟上，澳洲以中共和日本為此區的兩大競爭對手，在發展貿易上，她倚賴美國之助甚殷。近年英國與聯邦國家貿易銳減，反而與東歐集團貿易有進步。英倫的興趣集中在歐洲，而不在亞洲。

美國電影、美國服裝、美國消費品、美國式的戀愛……在澳洲大行其道，腦筋保守的英國人早就感嘆：「我們的澳洲已一去不復返了！」

《明報》，一九六六年四月六日

學院與秘密活動

美國「中央情報局」是一個權力很大的情報機構，在世界各地進行反間諜和秘密工作。這一機構近年來常常受到輿論的攻擊，美國議員、各報專欄作家和讀者投書都對之表示不滿，有的說該機構太專橫，有的說該機構的成績不夠美滿，浪費了納稅人的金錢。

大概因為受的攻擊多了，華盛頓當局對中央情報局的權限已略加限制，規定其主要工作須在總統和國務院雙重批准後才能進行。

據倫敦《觀察家報》載，中央情報局最近又有一件事情引起美國人不安。原來該機構利用各大學的學術研究組織為掩護，進行情報工作。起因是美國密西根大學的在越南國際研究院被發覺七年以來一直是中央情報局的活動中心，這一消息引起密西根州議員的追究，要求作全面調查。

密西根大學的許多教授從來不曾想像有這樣的事情，他們覺得此事影響了崇高的校譽，非同小可。同時，這消息也使美國國務院相當尷尬，因為該情報機構被指在越南活動的期間（一九五五—一九六二）正是美國務院堅決否認有牽涉越南內部政治活動的時候。

密西根大學並不是第一家這樣的學府，據說麻州學院的一個國際研究院也是情報局撥款建立的，這研究院直至今天門前仍有一個衛兵看守。任何訪客必須取得許可證，才能通行。

去年有消息說，在華盛頓的一個美國大學研究機構實際上是情報局的秘密組織，後來因加拿大和智利抗議說，為甚麼一些美國「教授」顯得神神秘秘。這一機構才提前結束。

關於情報活動借用學校名義一則，教授們有兩派不同的看法，一派以為學府的清高不容被損。一派則以為這是現代社會無法避免的事實，為了國家着想，亦只好聽其自然了。

《明報》，一九六六年四月二十九日

葡萄牙女人的委屈

歐西國家以尊重女權著稱，但葡萄牙卻是一個例外。這個國家的女性有許許多多的束縛。最顯著的一點是，當一個葡萄牙女人結婚後，就失掉出國旅行的自由。她在未取得丈夫的同意前，不能單獨領取護照。即使有護照，手續也未了，還得要由她丈夫寫一張書面證明書，列出她要前往的地方才算有效。

這個法例是嚴厲執行的，一個外國女人嫁了一葡籍男子，也獲得同樣待遇。譬如一個英國女人嫁給葡萄牙男人，她雖然保留本身的國籍，但其境況比葡萄牙女人好不了多少。

第二條法例是，葡萄牙女人在未得丈夫許可前，絕不能單獨往銀行開戶口，她必須攜同丈夫所簽的書面許可證明。

第三條法例是，葡萄牙女人絕對不可以出去做事，除非獲得丈夫的書面許可。

第四條法例是，葡萄牙女人不能領駕駛證，甚至學車，如果丈夫不同意的話。

在葡京里斯本外，兩個女人在夜間不會上咖啡館或電影院，她們必須找一個男伴。一個女人自然更不行了。

一個中等家庭的未婚少女，由於她們沒有「事業」的野心，也沒有這種權利，每天就在家裏陪伴哥哥嫂嫂的兒女，直到她們自己成婚，成為另一個男人的附屬品為止。這與我國古代的女性倒非常相似。

葡萄牙女人雖然在一九三三年獲得「選舉權」，但這只是一種理論，實際上很少投票，而且得不到與男人平等的待遇。

直至近十年，葡萄牙女人受教育的情況才略為改善，她們較多獲得進小學和中學的機會，如果幸運，還可以讀上大學。一個女性大學生在十餘年前是了不起的事情。

這種種不平等的法例，現在有部份在修正中，但要把所有的束縛打開，大概還要等待數十年。

《明報》，一九六六年五月二十五日

總統請記者飲茶

英國出版了一本評論美總統詹森（Lyndon B. Johnson）的專書，作者是倫敦《觀察家報》的副總編輯邁高爾．戴威（Michael Davie）。

其中有提到詹森與新聞界關係的一頁。作者說，詹森政府即使不是像艾森豪（Dwight D. Eisenhower）政府一般反對新聞記者和學者，最少是不像甘迺迪（John F. Kennedy）政府一般得到那些人士的歡迎。

除了詹森的助手華倫蒂以外，沒有人稱過詹森為「飽學之士」。在甘迺迪時代，政府與文化人維持一種相當友好和密切的關係。但在詹森時代，學者們卻採取保守、冷漠甚或攻擊的態度。這種態度特別因越戰的持續而加強，有一個時期，攻擊美政府參與越戰的主要人物全部是擁護過甘迺迪的學者。

一次詹森為了想和文化學術界拉拉交情，在白宮花園舉行了一個宴會，結果關係弄得更糟。詩人羅拔．樂華爾拒絕參加。評論家麥當奴寫了一篇嘲諷式的記載文字。不久，詹森夫婦最欣賞的劇作家亞瑟．米勒也發表了一篇攻擊政府的言論，使國務院不得不公開答覆。

但詹森對待文化人士的態度基本上是十分客氣的，只有比甘迺迪時代更客氣些，奇怪，詹森卻得到這樣的報答。

對待新聞記者方面，詹森幾乎出盡一切「法寶」，開記者會、單獨約見、共進咖啡、花園散步、午餐、書房閒話等等。但總是搞不好，關鍵在哪裏？一個記者說：詹森弄錯了，他以為記者是請飲茶便可討好的人物。從詹森還是議員的時候，他就用這種方法，有一次他與一群攻擊他的記者一同飲酒到半夜，第二天仍然發現這些記者在反對他，他大感驚異。

一個前任白宮新聞秘書說：甘迺迪對待記者像一個「成年人」和一個「平等身份的人」，而且知道記者和他有完全不同的工作。但詹森老是奇怪記者們為甚麼不能好好地為他服務。分別大概就在這裏。

《明報》，一九六六年九月二十六日

朱可夫談斯大林

斯大林是不是一個軍事天才？這問題若在斯氏當權的時候提出，自是獲得一致的肯定。但在赫魯曉夫時代，斯大林卻被貶得一文不值。現在關於斯氏的評價，又有了第三種看法。

著名的二次大戰英雄人物、蘇聯的朱可夫元帥（今年已七十二歲，但精神仍甚佳），最近發表一篇回憶錄，在文中稱斯大林是一個不知疲倦的、英明的最高統帥。

朱可夫回憶說，一九四一年十月最困難的一個時期，斯大林曾從列寧格勒召他到克里姆林宮商量莫斯科的防衛，其時斯氏在房中病患流行性感冒，對朱可夫略一點頭，即指着地圖說：「看，這裏的情況非常壞，但我不能獲悉西部戰線的詳細情況……」他要朱可夫即速到該處指揮部了解一下，不論夜晚甚麼時候都可以去告訴他，他將等待朱可夫。

當晚午夜二時三十分，朱可夫再回到克里姆林宮，帶來了戰情的報告，他發現斯大林仍在工作。當聽完朱可夫的敍述後，他立即向該處指揮官下令，並基本上遵照朱可夫的職業軍人式的判斷，將戰情改善，而沒有固執於他本人的見解。

這是朱可夫早期的作戰追憶之一。對斯大林，他本沒有將之美化的必要，因為斯氏曾妒忌朱可夫在莫斯科、列寧格勒和斯大林格勒的赫赫戰功。在二次大戰結束後不到一年，即將朱可夫調任一個不重要的職位。

朱可夫回憶錄對斯大林重作褒揚，似與蘇聯現領袖比列茲涅夫及柯西金的要求吻合，比、柯二氏顯然要恢復對斯大林做一種較公平的評價。

有趣的是，當朱可夫寫到赫魯曉夫的時候，不知他將如何落筆，這篇回憶錄現在還在繼續刊載中。

《明報》，一九六六年九月二十七日

郵件的笑話

埃及（阿聯）人有一句老話，「政府官員的一天等於一年」。這句話是甚麼意思，下面有一例子加以說明。

有一個住在開羅的波蘭技術專家，他的太太因事到巴黎去，在巴黎發現她的護照缺少了一些說明手續，特由航空寄回開羅給她的丈夫，請他去補填。但她的丈夫等了十天，還沒有收到那本護照。

他急了，再過兩天他也要離開埃及，如果收不到妻子的護照便不能成行，在無法可想中，他親自到郵政總局去查詢。設法見到總局長，把情形告訴了他。

局長客氣地說：「噢，是的，航空信裏面凡夾有附件，總是先集中在機場的郵政站。讓我陪你到那邊看看。」

波蘭專家和郵政局長匆匆乘車到十二哩外的飛機場，在那裏見到郵政站的負責人。那負責人有禮貌地說：「噢，是的。對這類郵件我們有一套特別的處理方法。先把其中的附件取出登記，註明是甚麼性質，寄往何處。」職員把一大疊卷宗拿進來，不久他們查到了那封信的去處，他們把它送去了開羅一個分局。

於是波蘭專家、郵政總局長、機場郵站負責人一同到分局第十號台去取那郵件。第十號台卻關閉。管理這一部門的女職員因病請假，那天不會上班。那郵件鎖在一個小櫃中，他們詢問分局的其他人員，據說只有那女職員才有鑰匙開那櫃子，別人無能為力。

分局職員建議他們到女職員的家去尋她。但是女職員的地址無人知悉，只有郵政總局才登記有全體職員的地址。

於是波蘭專家等人又回到了郵政總局，找到了女職員的地址，開車到那裏，才發現這只是女職員父親的家，女職員住在另一個地方。

一個小孩帶他們去找到女職員，拿到了鑰匙。但趕回郵政分局時，分局卻關門了。在千辛萬苦下，他們找到一個氣窗爬進去，打開女職員的小櫃，取出那封郵件。在那裏，同時發現好幾封「失去幾星期」的函件。

《明報》，一九六六年十月二十日

國際新聞會議

國際新聞協會在印度新德里舉行會議，這次會議的主題之一是亞洲報紙的業務問題。

亞洲各國報章的困難是甚麼？大會所提出的一點是出版成本太貴，以致不能達到應有的讀者數目。

五十年代時，亞洲報人本有一個樂觀的估計，以為各地讀者會在十年內大量激增。但時至今日，這估計顯然沒有實現。原因就是成本高，售價高。一般貧苦的讀者不能天天付出這種費用。

報紙售價決定於印刷條件及新聞紙張。新聞協會的主要發言人說：亞洲除日本與台灣大概可達到新聞紙張的自給自足外，其他各地都要向數千里外購買新聞紙，付出極高的價錢。在這種情況下，辦報想要維持（莫說賺錢了）是十分困難的事情。亞洲各地報紙廣告費又是普遍的低廉。

讀報最普遍的亞洲地區是日本、香港和台灣。在東京，有百分之五十三的家庭閱讀報紙，香港則是百分之九十（首屈一指），台北百分之七十六。

其他各地的讀者不見得比以上三地的讀者不喜歡看報，但由於報紙價高，發行不普及，而得不到應有的享受。特別是在今天亞洲動盪的局勢中，亞洲人卻常常不知道在區內發生的事情。

香港雖然以讀者的眾多、報紙銷數的巨大見稱，但受各種條件限制，與國際水平還是很有距離。不久前，國際新聞協會在香港專門討論中文報業問題，其中就有一些重要的決定，例如統一譯名的問題，例如美國總統譯名就有詹森、詹遜、約翰遜等多種，如果統一譯名，東南亞各地的中文報章都將採用同一譯名，這對讀者來說是莫大的便利。

國際新聞協會的討論對於報業的發展一直起着推動作用。在此謹祝新德里的會議獲得新的成功。

《明報》，一九六六年十一月十八日

報紙的銷數

亞洲各地辦報的困難之一是印刷紙張的昂貴，使售價不能普及化。但除紙張的問題外，其他的因素還是存在的。新聞工作人員的缺乏就是其中之一。進大學唸書的人既少，在大學唸新聞系的更少。以香港為例，每年從新聞系畢業的人恐怕寥寥可數。幸虧香港報紙眾多，許多全無經驗的人，得以在報館中實習工作，從頭學起，而漸漸地終能摸索到一點「門路」。今年聽說幾位在大學唸新聞系的同學還未畢業，就被各報「預訂」了去，這是一個好現象。過去各報的負責人似乎很少想到在大學中找人才。他們總說從學校出來的青年只會談理論，每與現實生活脫節，殊不知有理論的基礎，在實習工作時就容易進步，可收事半功倍的效果。

亞洲許多地區的情況是與香港相近的，沒有培養新聞人員的機構，新聞事業就很難進步。一些地方只有一二家報紙，既缺少內部的動力，又缺少外在的競爭，這就很難使它成為一張真正受大眾歡迎的報章。

這說明另一點，競爭也是一種好現象。沒有競爭，只是一泓死水。一個國家或一個城市的報紙越多越顯示這地方的繁榮，也間接助長它的繁榮。在銷路上來說，如果這城市只有一家報紙A報，銷數十萬份（假定人口一百萬），在多增一家報紙B報的時候，不見得就會搶去A

報的一半銷路而各得五萬。很可能A報並無變動，而B報另外開創了五萬銷路。更可能A報在競爭下，改良得更完善，銷路增加到十二萬。這是說，在相對的情況下，報紙越多，市場越好。特別是在未飽和的市面而言。亞洲各地，莫說市場未飽和，簡直可以說還未打開。問題只在於如何去使從不看報的人要看報，這就決定於另一問題（內容）。以香港而言，現有數十家報紙，每份各擁有一萬至十數萬份的銷數，假如當初只有三四家報紙的情況維持到今天，它們的銷數絕不如今天報紙銷數的總和，那是可以肯定的。如從銷數上觀察，這些新報紙的讀者大部份是新讀者，老報紙的讀者依然維持着一定的數目。

《明報》，一九六六年十一月十九日

哈里曼不甘寂寞

在美國有一個年老的外交家，越老越想做事，越老越不甘寂寞，這人就是哈里曼（William Averell Harriman）。

三十年來，他一直在政治舞台上擔任重要角色，除總統一職之外幾乎甚麼都當過，包括「紐約州長」在內。他親眼見到四五位總統上台又下台，有的已經銷聲匿跡，遠離政壇了，但哈里曼還是老當益壯，為他的國家僕僕風塵，四處奔走。

就在不久前，他還代表詹森總統飛赴歐、亞洲向美國友邦解釋「馬尼拉七國會議」的目的。在一天之內，他到達印、巴、伊、意四國，上午和印度總理甘地夫人吃早點，中午和巴基斯坦總統阿尤布汗午餐，下午和伊朗國王吃茶。然後乘五個鐘頭的噴射機飛赴羅馬，及時在機場舉行一個記者招待會，在晚間十一時的電視新聞節目上出現，之後他驅車到美大使館作數小時的睡眠。次日一早去拜會教皇，又同意大利外長午餐，與總統會談。繼續又趕去波恩、巴黎和倫敦。

在這次任務剛剛交給他時，哈里曼問詹森總統：「我該向世界領袖們說些甚麼？」詹森說：「隨便說甚麼吧，如果有誰問我是不是我授權給你發表那些談話的，我會說『是的。哈里曼到底說了些甚麼？』」

憑數十年的外交經驗，哈里曼完成他的任務，自是綽綽有餘。忙碌了十二天後，他趕回華盛頓，在那裏，朋友們給他一個意外的驚喜，為他舉行一個慶祝七十五歲誕辰的生日宴會。

宴會的地點是羅拔．甘迺迪（Robert F. Kennedy）的家中，參加的都是最好的朋友，他們穿上各式各樣的服裝，使頭髮灰白的哈里曼回憶起過去的往事。副總統韓福瑞（Hubert Horatio Humphrey, Jr.）戴一頂蘇聯款式的皮毛帽子，正是哈里曼出任駐蘇大使時戴過的一種。專欄作家布芝華穿起一九一三年的耶魯大學運動恤和短褲，令哈里曼笑不可抑。

哈里曼的政治生涯是大起大跌的，風浪之多別人難及。他與歷任總統的關係，自羅斯福、甘迺迪到詹森，種種不同。

《明報》，一九六六年十一月二十六日

從羅斯福到詹森

哈里曼和美國歷任總統的關係各有不同。在羅斯福任內，他開始到英國去當大使。那是他初次擔任外交任務，曾向羅斯福請教。羅斯福望了他一眼，簡單地說：「盡量滿足邱吉爾的需要。」

哈里曼把這句話牢記在心中，實行得十分完滿，以至另一個大戰期間的盟友斯大林也歡迎哈里曼去蘇聯當大使。斯大林相信，只有千萬大富翁才能真正代表美國（哈里曼的鐵路股權約值一億美元以上）。事實證明哈里曼與蘇聯人相處得水乳交融，直至今天，蘇聯駐美大使杜比里寧還說：「哈里曼是人們所能獲得的最好的朋友之一。」

一九五二年，艾森豪威爾當選美國總統，共和黨當政，哈里曼被迫退休。但他參加紐約州長選舉，結果當選（一九五五年）。直至一屆任期滿後，才被另一個千萬富翁洛克斐勒（Rockefeller，另譯：洛克菲勒）所取代。一九五八年，他卸任州長之時，是心情惡劣的一年，人們常常見他在紐約繁盛街道第五街蹓躂，希望別人還認識他。老年人寂寞的心境在這裏表現無遺，如果有誰向他招呼一聲：「哈囉，州長！」他的臉會立刻出現一片光彩，走路也有力起來了。

甘迺迪出任總統後，憐憫他的心境，給他一個不大實際的官銜「巡迴大使」，但七十歲的哈里曼卻非常認真地擔任這個職務。當時寮國發生糾紛，哈里曼經過一年的奔走努力，促成了和談。一年後，他又到莫斯科去簽署「局部禁止核子試驗條約」。他付出高度的熱情和精力，證明他是甘迺迪朝代的一員健將。

但不久他又倒運了，甘迺迪遇刺，詹森上台，由於哈里曼發表過支持甘迺迪之弟羅拔·甘迺迪的言論，激怒了詹森，直到最近，在別人推薦下，詹森才重新任用哈里曼，叫他為越南和平作外交活動。很快詹森就發現他的才幹，向朋友說：「如果哈里曼年輕十年，我會叫他做我的國務卿。」

然而哈里曼從不認為自己老了，也許到下一屆總統上任時，他又會被重用，因為一九七二年時，哈里曼不過八十歲罷了。

《明報》，一九六六年十一月二十七日

人類為甚麼戰爭？

人類要打仗，除了社會的因素外，有沒有心理學上的因素？美國兒童心理學教授史波克博士（Dr. Spock）說：有的。

他說，有三點原因使人類發生戰爭。一、人類多數不甘示弱，不肯認輸。從兒童時代開始，他們就養成這種反應：當遭到挑戰或任何「敵對」的時候，他們習慣地挺起胸來保護自己。卻不能反躬自問：到底是別人有理還是自己有理？

二、人類很容易受到挑撥，對不同種族、不同膚色，不同宗教、國籍的人產生懼怕和敵意。一旦他們有了敵對的成見之後，就會把一切破壞的責任歸諸對方，通常總是藉着向對方攻擊來洗刷自己的良心。

三、任何國家領袖，當他經過一連串的努力而爬到頂峰的時候，就會渴望繼續擴展他的權利；這種思想促使他要想擴張國家的勢力範圍。又由於他的高高在上的地位，更會有不願認輸、不甘示弱的毛病。在與敵對國家打交道的時候，極少有認錯的可能。

史波克博士認為：這三種因素已促成兩次世界大戰，即今越戰又何嘗不是如此？以美國來說，在第一種心理影響下，不肯承認參與越戰的決策不當；在已參與之後，又不甘認輸，以至擔子愈負愈重。（按：史波克可能是美國學者中的「鴿派」，所以有此論調。）

在第二種心理影響下，越戰雙方都拚命指責對方不是，強調對手是「壞人」。同樣例子見美國之視中共，中共之視美國。到了將來，很可能會真的犧牲在這種「自我宣傳」裏。第一次世界大戰就是由極小的地方性事件引起，而由兩個集團的敵意宣傳所促成的。

在第三種心理影響下，越戰雙方領袖都有不敢退縮的毛病。詹森、胡志明都唯恐退縮而影響他們的聲望與地位，於是想用不斷的努力來證明他們的決策正確無比。

《明報》，一九六六年十二月一日

政黨有無必要？

西德這一次新政府的組成，是由兩個敵對的政黨聯合而成。其情況是在國會中有A、B、C三黨，各黨都不能單獨得到多數議席，必須由任何兩黨聯合起來，才能有壓倒性的優勢。過去最大的A黨與最小的C黨組成聯合政府，B黨是反對黨。現在，C黨忽然與A黨意見不合，宣佈退出。A黨不能單獨成立政府，不得不與B黨聯合，雖然B黨一向是死對頭。

上面的A、B、C三黨，A代表西德的基督民主黨，B代表社會民主黨，C代表自由民主黨。

兩個主要敵對的政黨能夠合組政府，這令美國政論家李普曼興起一種感想：政黨究竟有沒有必要？由兩個以上的敵對黨競選以產生政府的制度是否適合時代？

西德人顯然覺得由任何一黨來執政都無關大局，所以兩個敵對黨也可以聯合起來領導國家，換言之，政黨之間已經消失了歧見，無所謂「不同的政綱」。這種情況不僅西德為然。在美國、英國以及許多西方民主國家，不論哪一黨上台，似乎只是人事的變遷，政策固大同小異，於國家前途亦無任何重大影響。

既然如此，不同的政黨，不過只是一種形式。這形式還有無維持的必要？如像西德一般，則政黨的存在，徒然成為國家的絆腳石。

像上述美國、英國的情況已經算是維持得成功的了，世界上百餘個國家中大概只有十餘國家能夠把這種政制實施得完美。在一九五八年的法國和一九六三年的意大利都發生過類似今天西德的尷尬情況。

不過，李普曼雖提出「政黨有無需要」這一個問題，但還不知道甚麼是更佳的民主形式。他說他只知道政黨的方式是過時了，就像科學之進步一樣，今天社會和生產也已進步到某一階段，許多舊觀念亦須改變。必有這樣一天的降臨：令人覺得現時的政府組成的方式是可笑的。

《明報》，一九六六年十二月十五日

外交像女人褲子

今天國際外交出現一種有趣的現象，沒有大是大非、大忠大惡的分野，友人可以同時是敵人，敵人也可以同時是友人。政策絕非一成不變，政治家像個裁縫，外交方針像女人的褲子，隨時可以增長縮短以適應時裝流行的要求。

當匈牙利領袖卡達爾大聲疾呼「團結以對付我們共同的敵人」（「敵人」指美國）時，他的代表團正在華盛頓商談，把匈牙利駐美公使館升級為大使館。

當美國總統詹森強調要堅持越南戰爭，與共方勢不兩立時，他同事又呼籲與蘇聯和東歐國家和解，促進關係。蘇聯火箭在越南打下美國飛機，但美機師奉命不炸蘇聯在越南的船隻。

在西德，兩個互相罵了一輩子的敵對黨派（基督民主黨和社會民主黨），忽然在利害關頭，握手言歡，組成了今天的聯合政府。可見過去互相間對政策的攻擊不過是裝腔作勢。

在蘇聯，克里姆林宮領袖開口罵美帝國主義，閉口也罵美帝國主義，但蘇聯與美國簽了太空協定，簽了民航協定，簽了文化協定，二國關係越來越緊密，而且在逐漸談到應付共同的敵人（中共），恢復大戰時的盟國關係。

在英國、在法國、在亞洲……政治關係的矛盾，無處不在，但是政治家們處之泰然，覺得並無不妥。如果有哪一個劇作家把今天的政治舞台編成一個劇本，他不知應該叫誰來擔任反派的角色。每一個人都是正派，每一個人同時也是反派。

政治家們所注意不是問題的全面解決，而是一點一滴的改善，像裁縫師一樣心細，像女人一樣挑剔。國際政治就像一件千瘡百孔的衣裳，今天把這塊剪下來，補到那邊去，明天這裏需要，又把另一角剪下來，誰也不敢考慮將整個衣裳大翻修，或扔掉，因為那可能會永遠失去衣裳——誰也不敢想像。

《明報》，一九六六年十二月二十一日

「拉丁美洲先生」

這兩年，美國與拉丁美洲國家的關係進展不大，許多事情說了不做，做了不徹底。大概因越南和遠東的問題實在太多了，華盛頓沒有功夫理到這美國的後院。

在國務院裏，過去兩年來專管美洲事宜的副國務卿湯馬斯・曼（Thomas C. Mann）已經辭職了。老湯有詹森總統的「拉丁美洲先生」之稱，逢美洲發生甚麼事，詹森總是叫：「快，把老湯找來！」現在「美洲先生」換了人，接替這名稱的是一個新人林羅惠茲（Sol Linowitz）。

老林不是直接接替老湯的副國務卿職位，而是擔任美國派到「美洲國家組織」（Organization of American States）的大使。「美洲國家組織」可以稱為美洲的「聯合國」，專為南北美國家排難解紛，協助其經濟發展。美國的大使自是最直接與美洲國家發生關係的人物。

名義上，老林還有一位上司助理國務卿哥頓，也是美洲事務的老手。但詹森對哥頓似不大信任，有事總是叫：「找老林來！」於是乎林羅惠茲得了新的「拉丁美洲先生」的綽號。

做大官少不了是大富翁，這個名義現在還適用。老林是一個百萬富翁、律師兼實業家，今年五十三歲，在接受「美洲組織大使」之前，推卻了半打以上的更高級職位，其中有一個是作為「中央情報局」的主管。

老林個性強，有魄力，他在國務院上任至今不過三個月，已經大有表現。別人不敢做的他敢做。古巴與美國關係幾年來停滯不前，專家們說，有卡斯特羅在一天，不要想美、古關係轉好，但老林不相信，他已下令重新全盤估計美、古邦交，決心予以推進。

美洲國家有一種擴展軍備的風氣，各國紛紛向外購買武器。這種風氣如發展，對美洲實在是禍而非福。美國務院內誰都看出這危機，卻無法可想。只有老林上任後，不畏困難，立即發動美洲各國自動簽約，承諾不買重武器，至今已有六國簽署。

《明報》，一九六七年一月十六日

占士邦戰薩可夫

占士邦故事在西方大行其道，東歐共產國家的報章用了許多咒罵的字眼加在他身上：殺人犯、虐待狂和色情狂。捷克漫畫家畫過一幅漫畫描寫占士邦的狼狽失敗。最近保加利亞小說家加耶斯基（Andrei Gulyashki）更妙想天開，把占士邦作為他小說的主角之一，取名《薩可夫大戰〇七》（*Avakoum Zakhov vs. 07*）。「〇七」代表的就是占士邦，因為占士邦的版權所限，他不能直稱「〇〇七」。

這部小說在東歐立刻暢銷一時，它的版權且為奧國、意大利、芬蘭和澳洲所搶購。其內容與「福爾摩斯大戰阿森羅蘋」相類似，但失敗者自然是占士邦。

作家加耶斯基描述說：〇〇七的對手薩可夫是一個有學問的人，他與占士邦的性格大相逕庭。後者是一個打手、花花公子，認為間諜專業是一種冒險和刺激；但薩可夫是個考古學家，他幹反間諜工作是由於其「對人民的熱愛」。他對所獲的每一個線索，都像考古一般把它分析，然後得出結論。他是個善用「智取」，而不是「好勇鬥狠」的人物。

在了解占士邦這人物的時候，加耶斯基曾痛下苦功，他一遍又一遍地翻讀法蘭明的「占士邦」著作，要從心底裏對他熟悉，以免寫出來不倫不類。

加耶斯基又強調：「薩可夫大戰〇七」沒有色情描寫，薩可夫不像占士邦，他不是沉迷酒色的人物。但儘管如此，該書中卻有如下的一段文字：

「兩個侍女已在向他微笑，她們的美麗的胸膛像成熟的葡萄。他一時還不能決定，應當先享受哪一個。那樣美麗的葡萄垂掛下來，如果不伸手去摘，實在是一種罪過。」

占士邦偶然也有得勝的一面，例如在爭奪一件「超級死光」的科學秘密的時候，占士邦先搶奪得手，但最後，薩可夫又去奪回來，兩位「英雄人物」在正面交鋒之際，總會互相嘲諷一番，但爭鬥結束時，誰也沒有打死對方。這是為了寫續集而設，相信保加利亞電影公司正有意以此為題材拍一部電影。

《明報》，一九六七年一月二十日

小國靠遊客生存

翻開地圖，找到美國和拉丁美洲中間夾着的一群島嶼，那就是西印度群島，北起自美國佛羅里達州，南至委內瑞拉，綿延二千五百哩，自成一個領域。當地盛產咖啡、糖、可可、熱帶水果和香料。在十六世紀至十八世紀一段時期，英國、法國、西班牙、荷蘭打過不知多少次海戰以爭奪這些小島作殖民地。

時移世易，如今這些島嶼人口多了，產品所佔的經濟地位不像以前那麼重要了，它們本身逐漸成為殖民國家的負累。以前它們想要獨立而不得，現在只要它們一開聲，英、法等「保護國」馬上答應，還要加上一聲「謝天謝地」。

這幾年先後獲得獨立的英屬牙買加、千里達和巴貝多（Barbados，另譯：巴巴多斯）。其中牙買加和千里達地域較大，且早有自治經驗，獨立以後困難較小，最有趣的是巴貝多，這是西半球最小的一個國家，比美國的洛杉磯一半還要小。但這個小國的教育程度卻是世界第一，識字的人佔全國百分之九十七。全國只有一個擦鞋童，而他其實是一個成年人。

這個國家主要賴旅遊業以生存。所以它的一切都是「遊客第一」，許多制度與別國不同。

西印度群島的主要島嶼是大安地列斯群島（Greater Antilles）和小安地列斯群島（Lesser Antilles）。大者橫列於西，包括古巴、海地等國；小者縱列於東，包括巴貝多及千里達等國。

一九六二年，有人建議組織西印度群島聯邦，包括十個島嶼，但由於千里達的退出而告吹。後來，餘下的九島再商量組織聯邦，至今未決。

在小安地列斯群島中，法國的屬地馬丁尼克（Martinique）及瓜地洛普（Guadeloupe）雖未獨立，卻已有自治的政體。這兩個小島有美麗的海灘與豪華的酒店，吸引遊客不少，但經濟上仍出現巨大的赤字。

可見西印度群島各國主要的問題乃是經濟問題。而爭取遊客似乎是唯一的出路。幸虧這小小的國際分歧尚不致發生戰爭，在它們的麻煩上再加一重麻煩。

《明報》，一九六七年一月二十一日

羅馬尼亞鼓勵生育

東歐的羅馬尼亞人，有浪漫的血統，男女關係很隨便，有「東歐的瑞典」之稱。一個羅馬尼亞女學生只要花港幣十元的金額，就可到各處診所墮胎，沒有人向她提出任何問題，手術完畢便可離去。離婚與結婚也是一樣簡單、便宜。

因為這個緣故，羅馬尼亞的嬰兒出生率極低，死亡的數字幾乎超過出生的數字；一個笑話說，羅馬尼亞的幼稚園都關門了，因為找不到學生。

羅共領袖覺得這不是辦法，已頒佈一套新法例，限制墮胎和離婚。規定離婚須付相當港幣三千元的費用，約等於一般羅馬尼亞人四個月的薪金。離婚手續要拖長兩年。這兩個條件都足以令準備離婚者重新考慮有無進行的必要。更有甚者，離婚的丈夫可能在以後要付出三分之一的薪金作為贍養費。

至於墮胎，只在特殊的情況下才能獲准。例如婦女被姦成孕，或因亂倫等等。這法例實行後，墮胎事件大為減少，原任墮胎醫務所的護士改任產房護士。首都布加勒斯特某一醫院在一九六五年十一月共進行墮胎手術八百七十九宗，但在去年十一月只有六宗。

這種種措施的主要作用都在鼓勵生育，維護道德只在其次。自今年開始，凡羅馬尼亞青年男女超過二十五歲而仍未結婚者，課稅增加百分之二十以上。這一法例更引起強烈的抗議。

此外，羅馬尼亞嚴禁避孕用具出售，黑市價錢最貴的是各種「避孕丸」。

這種情況與印度成一個強烈的對比，在印度，節育是強制執行的，避孕器具由政府供應，孩子生得太多的人，即使不受警告，生活上也將陷入極大的困難。

《明報》，一九六七年二月四日

印度選民多文盲

印度在本月十五日已開始大選，女總理甘地夫人的國大黨仍被一致看好，因對手的社會黨及其他各黨皆非敵手。

從一般來看，甘地夫人的國大黨應能順利贏得此次大選，但出乎意料地甘地夫人及其黨人在進行競選演說時，往往遭遇到被喝倒采，或被迫下講台的麻煩。甘地夫人的鼻子就是在東部布班尼斯瓦市（Bhubaneswar）被人用石擲破的，隨着還有雞蛋向她飛來，這位臨危不亂的女總理不僅毫不退縮，反而高呼：「你們會投這些用石擲人的人一票嗎？」她可算能把握時機，爭取同情，果然此事對她甚為有利，不少人認為甘地夫人不應受這些侮辱，有錯應由她所屬的國大黨來擔當，但同情她就不能不選國大黨，歸根究柢便是對該黨有利。

國大黨有甚麼令人怨恨的地方，使到它的候選人不是吃臭蛋就是被投石？最大問題還在糧食問題，國大黨是一個執政已有二十年的政黨，迄今未能將糧食等問題弄好，經濟更是一塌糊塗。在尼赫魯在世時，他那套左右逢源術，勉強拉上補下地把國家經濟創痕遮好，但尼赫魯去世後，繼任總理的沙斯特里便無計轉寰了，甘地夫人也未見有善法，在糧食缺乏方面顯得比前更為嚴重。繼而引致屠牛糾紛，更證明國大黨的領導人是一個不如一個。但它雖然不濟，其他在野黨亦不見得有雄才偉略，國大黨因此便有把握在大選中獲勝了。

印度不愧被稱為民主國，因他的選民是世界上最多的，約有一億三千萬（約為美選民兩倍），候選人有一萬八千人。這批人要競爭下院中的五百二十一個席位，及十七省中的議員席位。

印度雖是著名窮國，候選人們的競選費據測近億元之譜。他們吸引選民的花式極多，還有一點不可不知的是印選民中有四分之三是文盲，他們只能在選票上寫符號，相信他們不會選錯人吧。

《明報》，一九六七年二月十九日

甚麼是巴黎公社？

在中共的文化革命中，常聞提及奪權要學「巴黎公社」。

甚麼是「巴黎公社」，相信不是人人都懂，但在歷史上，它是十分有名的。源出法國。在一八七〇年德國在「鐵血首相」俾斯麥治理下，國勢甚盛，整個法國都在其鐵蹄之下，只有巴黎市例外。法國的保守性政府不但不設法自救，反而向人民施行一些苛刻的經濟政策，一方面向德求和。

巴黎人士對政府此舉大為不滿，在人心激動之下終爆發了暴動，在一八七一年三月即宣佈成立一個有自主權的「公社」。並揚言要恢復法國大革命的精神，公社人員並將警察廢除，常備軍也不設。市政府人員的薪金減至與工人一樣，要工人自己來管理工廠。

為了表示對暴政的憎恨，社員把拿破崙的銅像推倒。當時民意洶湧、氣勢如虹，但在三月間，巴黎外有政府軍圍困，內有意見分歧爭執。終於生存到第七十二天就不支了，「巴黎公社」在一片混亂中結束，結局的一場大流血，還死去兩萬人之多。

從歷史來看，「巴黎公社」究竟好不好？以愛國熱情來做出發點，「巴黎公社」的熱情是好的，他們確是「敢字當頭」，不好的他們就要推翻，喪權辱國的事他們看不順眼，於是徹底地把暴政推翻。

可惜他們究竟是志大才疏，領導無人，在喧鬧一番之後，只能「破」而不能「立」，終使自己走上失敗之路，「巴黎公社」之失敗可說與團結有關！亦與缺乏冷靜有關。如社員在一鼓作氣奪權之後，冷靜的幹下去，憑民心的支持相信命不會這樣短。

中共要學「巴黎公社」的，相信只是它的敢於「破舊立新」而已。不過巴黎公社是世界第一個出現的無產階級政權，自有其政治價值在。

《明報》，一九六七年二月二十七日

華盛頓的耳語

美商務部長康諾（John Thomas Connor）已打算辭職了，辭職原因是甚麼？就是為人太坦白，特別是對詹森總統太率直，因為他當面反對詹森的「大社會」計劃及有關商業的意見。他竟不知道詹森是一個歡喜別人對他說「是」的人。

事實上白宮內不少辦事人員也不喜歡詹森的習慣，因為他的工作程序有點不正常，往往在午夜召集助手見他，白宮人員對此怨聲載道，他們都說：「我們自己沒有問題，家人不免有嘮叨了。他實在應該請一批獨身漢。」

從這些白宮人士的閒談來看，詹森可算得是一個難侍奉的人，難怪在白宮辦事的第一號人物、新聞官莫耶斯（Bill Moyers）也嚷着要辭職，他現在仍任是職不知是否曾經詹森力勸挽留。

據說：詹森有午睡習慣，在辦公室的抽屜內就有睡衣，他日間睡足，晚上睡不着而找人談國家大事就不足為怪。但這不免犯了只知有己、不知有人的錯誤，這點可從商務部長康諾的事件中看到。

身為國家元首不應有此作風，否則會被佞臣包圍，對國策的制訂大有影響。民主黨人士對詹森的作風也非全以為然，一名民主黨的參議員及一位民主黨的眾議員曾經說過這樣的話，如詹森下屆仍競選總統，他們可能失去一些選票，但詹森的主意雖然倔強，白宮中仍有些人是他認為可信的。國防部長麥納瑪拉（Robert S. McNamara）就是他手下最得寵的一個，有關越戰的一切政策，詹森均以麥納瑪拉的報告為皈依。麥納瑪拉是主戰最烈的，國務院內的重臣（也可說是甘迺迪的重臣）羅斯托（Walt W. Rostow）在國務院內的聲勢也不如麥納瑪拉。

因此亦有人對麥納瑪拉表示不滿，認為他的影響力太大。事實上在詹森心目中，國務卿魯斯克（David Dean Rusk）確不如麥納瑪拉這般重要，與杜勒斯（John Foster Dulles）時代的國務卿地位相比實在相差太遠了，這自然與詹森的用人尺度有關。

《明報》，一九六七年三月三日

錫金皇后與選舉

偏處喜馬拉雅山中的小國錫金（Sikkim，今印度錫金邦），一向沒有甚麼新聞，唯一能使人注視它的就是數年前的國王南基爾（Palden Thondup Namgyal，當時還是太子）要娶一位美國模特兒為妻，由於南基爾是皇儲，他娶的人就是錫金的未來皇后，由一個模特兒來母儀天下，會有問題嗎？這使錫金人民萬分注意，結果這位模特兒果能飛上枝頭作鳳凰，數年後已由太子妃晉而為皇后。

在這幾年間，這位美國籍的錫金皇后果然在國內惹起一些小風波，這純粹是她的西方思想所導致。錫金是一個差不多與外界隔絕的小王國，國內仍有封邑制度，人口雖只有十七萬五千人，財主及地主卻不少；擁有西方思想的新皇后，對此自然看不慣，她在國內發表了一些文章，認為這些土地終有一日要收歸國有，這事使國內部份貴族感到不滿。尤有甚者，國外人士對她這種見解亦感到不妥。因錫金有不少土地是由以前君主讓借予英國，但英勢力自印度撤出後，它的所有權由印度承襲，如現在的大吉嶺已屬印度統治，而錫金皇后認為對於這些土地，錫金應有剩餘主權。

由於她的影響，錫金王南基爾也說過，對於印度與錫金一九六〇年所訂的條約，他將會修改。

該約是商定錫金的國際、外交事務及交通全由印度負責的，錫金無異成為印度的保護國，這樣的地位比它的兩個鄰國——尼泊爾與不丹還低了一級。南基爾要修改聯約，即意謂要將錫金地位提高，印度的利益可能相應減少了。因此印度對這位美籍皇后當然不會滿意。

最近錫金國務院進行了八年來的第一次選舉，由民間選出十六個代表來，本來人民對於這種虛有其表的象徵式選舉是提不起勁的，但國務院在錫金來說相等於國王顧問團，國內的財閥及印度的政客均希望他們的人能入選，好影響一下國王的政策，使他不致太受皇后的影響，將一些舊傳統作劇烈改變，因此這個小型選舉也就熱鬧起來了。

《明報》，一九六七年三月二十日

詹森無性格而有福氣

大多數人批評美總統詹森沒有性格，但看他的相貌，福氣倒是有的，兩隻耳朵又大又長，雖不至於「兩耳垂肩」，如三國時之劉備，但確是相當突出。他的五官，在平庸中也給人一種忠厚的感覺。歷來美國副總統無權無勢，只等於一個「幫閒」的角色，除非正總統有甚麼三長兩短，副總統才有出頭的日子。詹森湊巧就碰上這種機會，甘迺迪遇刺斃命，他順理成章由副升正，得了大位。這不是「福氣」是甚麼？當時一般人說，如果要通過競選來取得總統的位子，詹森是絕對沒有機會的。現在當然不同了，在明年的美國大選中，詹森料當順利連任，因為他已在驚濤駭浪的政治局勢中，有數年的領導經驗，駕輕就熟，這在反對黨的對手卻是沒有的。選民心中覺得，在這樣一個危險時代裏，有經驗的人總比沒有經驗的好。

說到性格，在美國目前幾個政壇聞人中，似乎都相當缺乏，羅拔．甘迺迪（故總統甘迺迪之弟）故意把頭髮在額前垂下來，以扮成「書生」的樣子，要爭取青年一代的好感，但看上去也是不大自然，他到底缺乏「書生」的氣質，只不過有一點「傻氣」而已。

據說在對人對事上面，他也遠遠不及乃兄，他要成為民主黨候選人而出任總統的機會恐怕很微。更有一個因素可能對他有打擊性的影響，那是他嫂嫂（甘迺迪總統遺孀）的婚事，只要他嫂子再婚，人們對甘迺迪總統的剩下來的一點懷念也就淡忘了。這對羅拔的競選事業是更為不利的。

再來說到魯斯克，這位老兄也是毫無「性格」可言，他是「好好先生」一名，卻不是出色的政治家。有兩件事情說明他為人很不錯，第一，他對國務卿的高位並不戀棧，常常說要退休，讓他人來做；第二，他讓女兒嫁給黑人，表現出相當民主的風度。

副總統韓福瑞在美國經常舉行的民意調查中，「好評」甚少。據說韓氏有個毛病，無論說甚麼話，都喜歡把「詹森總統」掛在嘴邊，「總統如何」、「總統如何」，很少自己的意見，也許這是作為副總統的悲哀。觀察家們因此得出結論：又是缺乏「個性」的一個。比較有個性的應該說是國防部長麥納瑪拉，麥氏在多年來處理越戰的問題上，表現了精明能幹的本色，有人推測他將來可能競選總統，但這不是短期內的事。

《明報》，一九六七年十一月二十五日

沒有「性」的文學……

一位美國幽默作家寫了一篇文字，諷刺黃色書籍在社會中氾濫，讀之令人捧腹。可惜這篇文章不易翻譯，只好將其大意改寫如下，以博讀者一粲：

新近有一種文學潮流，叫做「無性主義」。這一派的作家標新立異，故意在文字中不提「性」的字眼，好教讀者大吃一驚。這一潮流的代表作家名叫金不賽。他的新作是《頰上一吻》。這書已轟動了社會，一群記者特去訪問金不賽先生：

記者：「金不賽先生，我一頁一頁地詳細讀過你的大作，但竟沒有發現任何一個猥褻的字眼，這不太叫讀者失望了嗎？」

金　：「不錯，很多文學批評家都在指責這一點，他們說我大逆不道，居然敢打破我們的文學傳統。」

記者：「你的書名《頰上一吻》，原來那是書中第一五七頁的內容，那母親在她八歲孩子的臉上吻了一下。這就是全書唯一的一吻了，你不覺得這簡直是欺騙讀者嗎？」

金　：「這不能說是欺騙，因為我聲明說是『一吻』，沒有說『二吻』呀。」

記者：「不是這意思，讀者們期待着一男一女的溫馨場面出現，期待着那男的會在女的頰上一吻，然後還有許多下文……可是你的書中一句也沒有，這哪裏對得起讀者？」

金　：「我書中的人物都不作興接吻。所以我也沒有法子。」

記者：「還有，這書中的丈夫竟從來沒有和他人通姦，你以為在現實生活中能找到這樣一個人嗎？」

金　：「我想是的，世界上沒有不可能的事情，是不是？」

記者：「更糟糕的是，這書中的丈夫，居然會愛他的妻子，這種描寫簡直太不近人情了。連一個三歲小孩子也不會相信。」

金　：「這就是我們令讀者覺得新奇的地方。」

記者：「天啊，我們的文學傳統豈非破壞無遺。」

金　：「我們就是要打破這些東西！」

記者：「不，求求你，為我們下一代着想，請你不要這樣做，你怎能忍心讓我們的下一代缺少『性』的文化食糧，你到底有良心沒有？……」

《明報》，一九六七年十二月五日

蘇聯外交界講究衣飾

近一兩年來，蘇聯外交界的風氣有很大的的轉變。

他們的衣着款式西化了，他們的態度輕鬆了，他們的談吐增加了幽默感，與斯大林或赫魯曉夫時代的板起臉孔的外交家簡直不可同日而語。

一個英國官員評論說：「十年前的蘇聯外交家們躲在房子裏面，你監視着我，我監視着你。今天他們到處去旅行、演講，甚至參加西方國家的電視節目。」

美國《新聞週刊》（*Newsweek*）說：或許這是他們新近的一種政策，或許僅是由於他們的一種愛好，總之，你到處可遇到蘇聯外交人員，他們在豪華的夜總會和餐廳中出現，他們時常過訪美國富豪、聞人或有權勢者的家庭。他們的太太們也逐漸在美國社交界露面，例如蘇聯駐美大使館第一秘書羅格雪夫的太太就以時髦和風度著稱，被華盛頓社交界記者稱為搶鏡頭的女人。

蘇聯外交人員的服飾今天十分講究，他們的服裝都經第一流名師剪裁，不是倫敦、羅馬就是巴黎，蘇聯駐聯合國大使費多倫科以服飾講究著稱，他的家中各種歐西服飾包羅萬有，足令美國的花花公子自愧不如。不僅在外表如此，最重要的是在他們內心有一種輕鬆感。在社交談話中，他們不再害怕批評，且有自嘲的勇氣。每一位派到西方國家的外交人員，都能與西方人建立一種私人的友誼，這在過去是很稀有的。最好的例子是蘇聯外長葛羅米柯（Andrei Andreyevich Gromyko）與美國務卿魯斯克，他們建立了非常老友的關係，在討論國際問題時顯得特別輕鬆。

蘇聯外交界的另一種風氣是對每一事件的報道力求接近事實，這與過去只求取悅克里姆林宮的態度不同。例如最近美國的反越戰示威，蘇聯大使館向莫斯科的報告是，首先引述白宮的文告及其他美國官員的言論，再摘引若干美國「嚴肅」的報紙的社評。其下開列參與示威的各單位組織，描述示威的詳細經過。最後才作一個結論說，這次示威雖表現了廣泛的戰爭所造成的挫折，但是參加者之中，並無一人是能真正影響美國的政策。像這樣小心的報道，可以說已達到相當「客觀」的程度了。

《明報》，一九六七年十二月十一日

沒有圍牆的監獄

《紐約時報》發表一篇通訊，詳細介紹瑞典監獄的新嘗試，其中情況令世界上許多國家自嘆弗如。

有一位三十歲的男子，名叫簡拉，他每天的工作時間如下：晨早六時起床，在七時前趕到十哩外的地區參加築路工作。晚間回到家中，他那在美容院工作的妻子已燒好了香噴噴的飯等他。飯後，他們一同看電視，或是有朋友來訪，度過一個歡笑的夜晚。

這種生活很正常是不是，但不平常的是，簡拉是個謀殺犯，現正在服刑期中。

這是瑞典在實驗中的新的「在家中服刑」的方法。也可以說是世界上最驚人的創舉。與簡拉一同接受試驗的還有另一個犯人。

簡拉不必擔心他的房租。他居住的房子有兩間臥室、一個客廳、一個廚房、一間浴室，完全是免費的。像這樣的房子，一對普通的瑞典夫妻要等待五年及付出一百八十美元的租金才可以得到。

簡拉每週工作可以賺到一百三十五美元。較之一般普通工人的收入一百美元週薪還要高些。每逢週末，他可以和妻子離家出外度假十二小時，他的行蹤只要打電話向警方報告一聲。

瑞典全國人口七百八十萬，監犯共有二萬五千名，瑞典人喜歡把他們稱為「我們的嘉賓」。這些「嘉賓」的確受到極好的待遇。二萬名已獲得假釋，其他五千名的三分之一是在一種「開放式」監獄中服刑。這些監牢沒有圍牆，頂多只有一道矮矮的籬笆。犯人每週工作五天（四十五小時），每天工薪一美元，週末可參加運動會或揩拭他們的房間。

瑞典不但講究監犯的福利，而且不斷地試驗新的囚禁方式，剛才所說的「在家服刑」的方法是最新的一種。還有一種是「假期監獄」，有九名犯人被送到瑞典北部去釣魚、游泳、遠足，以及參加運動競賽，度過三個星期的完全不同的生活方式，據說獲得巨大的成功。把他們的精神與犯罪思想完全改變過來。

「假期監獄」與「家庭監獄」都將繼續擴大試驗，這一個月（十二月）又有另一個謀殺犯接受與簡拉同樣的待遇。主持這種種試驗的官員說：「監獄的作用除了把壞人隔離外，是使他們改過。我們發覺新的方法更能達到這種目的。」

《明報》，一九六七年十二月十四日

明窗小札（一九六八年）

徐慧之

聯合國的「占士邦」

聯合國也有特務組織，不過這些特務人員，服務的對象不是某一個國家，而是國際性的，他們保護在聯合國工作或到聯合國開會的任何一國的外交人員，使他們安全和快樂。

外間人士只知道這個組織有十一男一女，至於還有多少秘密的則不得而知，這些人合起來能說十四種語言，表面上與一般外交家無異，滲雜在各國的宴會活動中，沒有人知道他們是「特務」。而事實上他們卻是老於此道的能手，能用各式各樣的槍械，精通各種秘密工作的技巧，縱然不會飛檐走壁，卻也是十八般武藝，樣樣皆能。

與聯合國的其他組織一樣，這個組織是國際性的。那位女人名叫施慧亞，只二十三歲，兩年前是美國加利福尼亞州一個警局的秘書，雖然她已是一位「夫人」了，但金髮、苗條，不亞於出席各種選美的女士們。她的工作是較為軟性的一種。

首腦名叫利曼，南美洲人，在警界服務多年，參加過聯合國軍隊在剛果及巴勒斯坦的維持秩序工作。

其中一位最傳奇性的「虎將」是小鬍子諾波爾。他是白俄，在中國長大，受訓於英國，在上海警隊做過事，住過南非一個時期，二次世界大戰時參加過法國的外籍兵團，經歷之多可謂無人能及。

其他成員，有來自美國海軍的官員、突尼西亞總統的近身侍衛、意大利警官及拉丁美洲各地的「大個子」等。

這些人混雜在聯合國的各種政治集會中，監視着一切，經常準備拿下一個刺客的手槍；驅散一群包圍的暴徒；處置埋伏於會內的計時炸彈；偵察誰盜去了某一個外交家汽車的輪胎……

有幾個特務人員揹着槍，其中一人專門站在聯合國秘書長吳丹（U Thant）的附近保護他。

他們還負責檢查寄到聯合國去的信件，把可能有危險性的「爆炸品」揀出來，他們都受過嚴格的犯罪學訓練。

不過，最大的特色也許是，這批特務人員，較世界上任何一國特務人員，有更高的道德，最低限度，他們只負責保護人家，而從不去暗殺別人。

《明報》，一九六八年一月二日

騙人的一種錯覺

十二月號的英文《讀者文摘》（*Reader's Digest*）有一篇文章講數學上的「或然率」問題，非常有趣。

對於某種事情是否可能發生，我們的想像往往是錯誤的。比方說，在一個有二十三個人在一起的房間中，你以為其中兩個人的誕生月日，有多少機會可能相同？想起來好像很難，機會是一百分之一，或是一千分之一吧？但數學上的「或然率」計算告訴我們，機會是二分之一。

「二分之一！」就等於說有一半的可能。你也許不相信，但事實的確如此，如果那房間內超過二十三個人，是三十個人或三十五個人，機會就更大。一個很好的證明是，在美國的三十五任總統中，就有兩個是同月同日誕生的。

懂得數學「或然率」的人，跟人打賭無往而不利，例如你和一個朋友打賭，在馬路上點算過往的汽車，在二十輛車數目內必然有兩塊車牌的末二個號碼相同。你的朋友不信。你們的打賭方法是一對一，他以為這對他非常有利，但實際上機會率是站在你的一邊，七比一！換言之，你得勝的機會大過他七倍，這是數學上計算出來的。

人類的錯覺很多。一個銀幣拋上去再掉下來，出現人像的機會與出現數字的機會各佔一半，這是誰都知道的了。但如果一連多次拋擲都出現人像，你也許會猜下一次出現數字的機會較多。其實這是錯誤的，機會還是各佔一半。

更有一種錯覺：「世界是小的。」當王先生與張先生在談話中獲悉彼此均認識在美國的李小姐時，大家不約而同地感嘆：「這世界果真是太小了。」其實這種機會是很多的。

利用這種原理，有一位心理學家試驗把一封信交給美國肯薩斯州一個農夫，要他用最快的方法託友人把它輾轉送到俄亥俄州某大學一個不認識的愛麗絲小姐手中。你以為這要多久？一個月還是三個月？事實嚇壞了你，只用了四天。那農夫把信寄給俄亥俄州一個牧師朋友，那牧師把信轉交某大學的一位教授朋友，這教授認識愛麗絲小姐，便把信直接交到她手上。中間只通過兩個環節。

這個試驗屢試不爽，換一個人把信送交給愛麗絲，通常都在六七天（五個環節之間）辦好。這說明人與人的關係並不如一般人所想像的「疏遠」。也說明為甚麼一個「謠言」或「壞消息」會流傳得這麼快的原理。

《明報》，一九六八年一月十二日

舞！

我對舞蹈藝術是個門外漢，不過最近看了一篇文章，卻覺得心癢癢的，不能不談一談。

這篇文章主要談到美國人對舞蹈的熱愛，及五位傑出的舞蹈創作家，分別向不同的道路發展新的領域，而結果各達到不同的境界。文字極有魅力，看了使人躍躍欲動，幾乎要擲下筆桿「改行」去學舞一番。

美國進展最大的是「現代舞」（Modern Dance）。這種舞蹈容許很大程度的自由發揮，不論是燈光、色彩、道具、服裝、音樂、舞台效果，處處均可以大膽的創造與變換（舞蹈的本身更不用說了），令人一新耳目，令人大開眼界。

我直覺上以為，舞蹈比繪畫更容許向抽象方向發展，一幅太抽象的畫，知音寥寥，但一幕抽象的舞蹈，卻仍可以獲得很多的觀眾，並從中體會出他們不同的觀感。

去年在紐約，每一場舞蹈上演，不論是戲劇性的或抽象的，或兩者相間的，均是座無虛席，足資證明我以上的看法。

美國舞壇的目前五位新的領導人物，各有各的特點。蘇可娜女士（Anna Sokolow）具有深沉的幻想，愛寫夢魘一般的低調子作品，但富有戲劇特色，能使人感動。

艾尼（Alvin Ailey）也是善於融戲劇入舞蹈，多數以黑人生活為題材，表達黑人的憂愁、歡樂與各種精神上的願望，別有一手。

康憐恨（Merce Cunningham，另譯：簡寧漢）本身是舞蹈家兼創作家，他的特色是將現代舞與芭蕾舞融於一爐，風格優美，表現細緻，其作品《夏》，演出空前成功。紐約市芭蕾舞團將他的舞劇復改編為芭蕾演出，亦大受歡迎。

鮑泰來（Paul Taylor，另譯：泰勒），富於機智，常有獨特表現手法，善於表現自然、人類及神的氣氛。

李哥拉斯（Alvin Nikolais，另譯：尼古拉斯）是千奇百怪的創作大師，利用各種舞台與燈光效果，創造一連串運動的抽象新境界。觀眾看來不一定懂，但卻感到刺激與歡悅。

這五人各擁有大量的觀眾。他們像傑出的作家，不過用的不是文字，而是用舞蹈去表現人生的一切。尤其是對於心智的微妙的變幻，有時舞蹈確是更能捉摸到那種瞬息萬變的特色，而非文字或戲劇所能表現萬一。

最難得的是現代舞並沒有脫離觀眾，而且獲得越來越多的喜愛。這是一條前景非常悅目的道路。

《明報》，一九六八年一月十五日

美國總統被幽一默

今年是美國的大選年，對準備參加大選的人物，幽默作家常常拿來作開玩笑的對象，包括美國總統詹森在內。好在他們為了爭取選票，總不敢對新聞界發脾氣。

「最好的競選戰略是甚麼？」幽默作家布芝華的一篇文章這樣寫着。

文章的主角是詹森總統，他正與一大群顧問在商量如何參與競選的問題。

一個顧問說：「總統先生，我已詳細研究過最近的民意測驗，它們似乎都……」

總統：「對我不利，是不是？」

顧問：「是呀，民意測驗現在最受歡迎的是洛克斐勒和羅拔·甘迺迪兩人。」

總統：「我知道，這因為我一天到晚為國家大事忙着，而他們這些傢伙卻一天到晚為自己宣傳。」

顧問：「或許是這樣，但經過科學分析的結果，他們兩人所以受到歡迎，是因為他們都說要放棄競選。請看看這張圖表：每逢某人宣佈要參加總統競選時，他的聲譽就低下了；每逢他宣佈放棄競選時，他的聲譽便馬上提高。」

總統：「你說這話是甚麼用意？」

顧問：「我的意思是，總統，你最好也馬上宣佈放棄競選。」

總統（怒）：「混帳，胡說八道！」

顧問：「請別生氣。這是一種戰略，當你宣佈放棄競選後，你的聲望馬上升到從所未有的高度。街頭上的成年人、學生、小孩會聚在一起，遊行到白宮前，高呼：我們要詹森！」

總統（轉怒為喜）：「這景象很可愛，但你以為這方法真正可行嗎？」

顧問：「有先例為證，埃及總統納薩爾就是用這種以退為進的法子保住總統的位置。他說不要做總統了，埃及人民像瘋了一般，湧出街頭流着淚，挽留他。」

總統：「但這是美國，不是埃及。」

顧問：「還有一點保證此法成功。當你宣佈不參加競選時，羅拔·甘迺迪與洛克斐勒便會改變主意去參加競選。那時，他們的聲望開始直線下降，而總統位的聲望卻不斷上升，這不是得到最大的勝利麼？」

總統：「妙哉。」

《明報》，一九六八年一月十九日

訪問大馬的伊朗國王

亞洲國家在互相交換她們的友誼。隨着菲律賓總統與其美麗的夫人訪問過馬來西亞後，伊朗國王與王后又接踵而至，到吉隆坡作友好的訪問。

伊朗國王今年四十九歲，稱得上是一個多才多藝的人，他是運動員、軍人、飛機師及社會經濟學家，曾在瑞士留學，對歐洲國家的開明、社會的進步，留下深刻的印象。故回國登基之後，即力圖改革伊朗社會。在全世界的國王中，他可以說是最開明者之一。

他的各種改革中，以土地改革最為重要，他將千萬畝的皇室土地捐獻出來分於平民。最多的一次是把價值一千萬英鎊的土地轉移到農民手上。

在現在為止，據估計，他在私人財產中拿出了三千萬英鎊出來以供農田灌溉和其他發展計劃之用。

因此，國王極受人民的歡迎和敬仰，他們把他視為尊崇的偶像。但國內的左右派勢力卻不喜歡他。

的歡迎。

右派以大地主為代表，他們害怕國王的土地改革計劃做過了份。左派則不願意國王受到人民

國王身邊的同僚，有許多屬於極右派，與大地主有聯繫。他們用多種方法以破壞國王的社會改革計劃，最嚴重的一次是一九五三年，國王看不過眼，自己離開伊朗。

在三天之內，民眾像瘋狂一般示威，要求國王返國。於是國王在八月十九日勝利地回到了伊朗首都。

這以後，國王得以較順利地實行他的改革計劃，有名的如婦女獲得自由；廢除封建佃農制度；普及教育；創立選舉法等等。

國王全名是穆罕默德・李查・巴勒維（Mohammad Reza Pahlavi）。他在外交上採取「左右逢源」的政策，一方面接受蘇聯的援助建立工廠，另一方面以美援的軍械去保衛這些工業。

王后法拉赫・狄巴（Farah Diba）也是出色的運動員，是騎馬與滑雪的好手，現育有三子女。

《明報》，一九六八年一月二十三日

外國人眼中的新德里

在外國人眼中，印度的新德里是一個「可怕」的都市。比方說，遊客剛下飛機，他就會聽到這樣的警告：「小心計程車的咪錶，它們有時轉動得特別快！」

如果有一個工人到你家中來修理東西，你也會受到警告，最好叫你的僕人由始至終站在他的旁邊，以免這位老兄順手牽羊，帶走家中的物品。

還有，外國人會受到提醒：如果你去買藥，提防藥店職員給你假貨。

所有這些「小心事項」，寫在各式各樣的「遊客小冊」或「入境須知」中，令一個印度本國人看來會感到啼笑皆非，受到巨大的侮辱——然而，沒有法子，事實確是這樣。

這種外國人的「小冊」，還開列多種事項，洋洋大觀，例如在印度請傭人，共有十四種，各司各職，要想請「甚麼事都做」的傭人很少。所以縱然一個單身漢，你也要請兩個以上的傭人。講好了只煮正餐的工人，他決不會為你預備早餐。

在新德里，租房子貴得要命。原因是新建築物少，造房子的人，因建築材料及地皮昂貴，很難取回它的代價。能有一幢房子收租的人是天之驕子，一個三房一廳的房子，可租到二百至二百五十盧比，這是最低的價錢。很難想像那些收入一百盧比的小職員和他的家庭住在甚麼地方。

這種種現象反映出印度今天的情景：工廠倒閉，商人在困境中掙扎，無數人失業，為了求一家溫飽，人人都在窺伺着機會，做一些小小的「非法」的勾當。

去年是印度天災人禍奇多的一年，宗教糾紛、語言糾紛、政治糾紛，處處引起示威、打鬥，令防暴軍警疲於奔命。

水災、旱災，使許多州的居民只靠救濟品生活，每日死者不計其數。

在新德里，人人為時局搖頭，他們不怪責總理甘地夫人，因為換上誰來當總理，都會束手無策。如果問這個國家甚麼時候才能搞好，印度人會回答你：「除非奇蹟出現！」

《明報》，一九六八年一月二十六日

書架長二百哩的圖書館

對於圖書館的運用，一般人總是缺少這種知識或習慣。但一些地方的圖書館因為藏書太少，每每令借書的人乘興而來，敗興而返，也是使人卻步的原因。

一個良好的圖書館，對各界人士的幫助，真是難以估計。許多有學問的人，可以說都是在圖書館中泡出來的。好的圖書館不但給你所需要的書籍，而且給你一種愉快、興奮、力求上進的氣氛。

今天世界上最有名的圖書館當推美國國會圖書館。這個圖書館的原意是供國會議員參考之用，但它同時也向各界開放。因藏書之豐富，而成為美國全國代表性的圖書館。

它坐落於華盛頓，由兩座巨大的古色古香的宮殿式建築構成。（另一座尚在興建中，預計一九七〇年前後完成。）

它藏書的書架，總長度達二百七十哩，職員有三千七百四十人。藏書包括一百八十三種文字，每一種文字幾乎都有懂得該語言的專家處理。除了書籍之外，這個圖書館還藏有約三百萬張地圖。三百餘萬件音樂產品，包括各式各樣的歌譜和唱片。不過，這個圖書館最有名的還不是它藏書之多，而是它管理的方法之新及完善。同樣一本書籍，在美國國會圖書館可以用最短的時間為你找出來，假如在倫敦博物院（亦以藏書之多著名），要找出來可能要花五倍或十倍以上的時間。

圖書館管理法是今天世界上一門專門的學問，每天都有新的發展。這種發展由專家寫成文字發表在專講圖書館管理法的雜誌上，洋洋大觀。書籍越多，管理方法就越複雜。今天世界上各國新誕生的圖書館，管理方法多以美國國會圖書館為藍圖。但年代較老的圖書館，像倫敦博物院，就不可能採用最新的管理法，因為牽一髮動全身，要改一個系統，必須全部書籍重新編排過，不知要幾年幾月才可以完成！

美國國會圖書館的另一優點是具有「讀書人」的風度，不擺架子，對白宮來借書的官員與一個普通的中學生一視同仁，絕不厚此薄彼。你提出要某種參考書，圖書館職員馬上可以推一整車來給你。令你感到驚訝之餘，自愧本身學識的渺小！

《明報》，一九六八年一月三十日

對付暴動的武器

一九六七年，是美國暴動特多的一年，各城市的黑人暴動事件使警察疲於奔命。為了應付新的發展，警方在拚命鑽研新武器，到現在為止，已有三種達到可使用的階段。

第一種是「滑粉」，綽號「即製香蕉皮」，其滑溜的程度十倍於凝冰的表面。用法是在暴動地點灑下這些滑粉，再用水喉射少許水份，一經滲和，地上便滑溜無比。一個人不要想在上面走路，就是要站在上面也不行，必定滑倒在地。

暴動者面對這種滑粉，登時無所施其技，只好乖乖地束手就擒。

這種滑粉每一磅可以鋪滿五百平方公尺的面積，許多易生暴動的國家都在研究使用中。

第二種武器是「盲霧噴射筒」，這種武器由警員隨身攜帶，倘若有一暴徒持刀向一警員衝來，以前他只有三種方法應付：一、向後躲避，高聲呼救；二、設法空手入白刃，奪下他的小刀；三、持槍向他射擊。但現在有了「盲霧」之後，他可以不費吹灰之力而將對方制伏了。

方法只須拿出腰間一個小巧的筒子，一按掣，便有一股水霧噴出，這種霧氣能使對方眼睛霎時間像瞎了一樣，但並無真正的害處。在失去視力之後，對方只好束手就擒。

第三種武器是「防暴坦克」，外形像個笨重房子。裏面可乘坐十五個防暴隊員，有冷氣設備，十分舒服。

它可以直接開進暴動現場，一面行進時，一面噴出催淚氣體，一面又能撲熄火燄，同時它有六個槍眼，可對外射擊。

但這都不是它最厲害的武器，最厲害的是一種「震聾器」，能發出一種聲音令人的耳朵不能忍受，霎時間像聾去一般，雖然在過後不久，可以恢復常態，但當時卻有一種極難受的感覺。

這種「防暴坦克」在去年美國奧克蘭的暴動中，曾駛抵現場待命，但結果卻是完全沒有使用。

《明報》，一九六八年二月二日

蘇聯的「笑匠」

蘇聯人也有他們的差利．卓別靈，那是他們稱為「偉大喜劇演員」的雷金（Arkady Raikin，另譯：賴金、萊金）。

雷金今年五十六歲，擅於用獨立的形式諷刺日常生活的各種現象，而提供無窮無盡的笑料。

例如他會說：「感謝馬克斯——列寧主義，使我們一年中有春夏秋冬四季。」或是：「黨經常教訓我們：水是由氫與氧兩種元素組成的。」

在觀眾哄堂大笑聲中，他接下去語鋒一轉，把諷刺的矛頭指向那些出產劣等傢具的工廠經理，他模仿經理的腔調向顧客咆哮說：「如果你坐在那些椅子上面，他們自然會爛的。你怎能向我抱怨？」

三十年來，雷金就靠着這種機智與幽默在蘇聯舞台上成名，他不但經常赴各地農莊、工廠演出，而且在電視、電影露面，成為男女老幼歡迎的「英雄人物」。

蘇聯人歡迎他，是因為從他的表演中，他們得到一種發洩的「快感」，日常生活的種種不滿，在這裏有人給他們吐露出來了，這在管制思想與言論的國家中，尤其顯得難得，例如在諷刺不負責任的醫生的時候，雷金會叫八個演員扮成病人，叫他們背貼着背緊緊疊在一起，然後用醫生的聽筒聽聽第一個人的胸部，就說：「一點沒有病，你們八個人可以回家了。」

與其說，雷金的聰明表現在怎樣諷刺社會的缺點上面，還不如說他懂得怎樣避免太刺痛當局和有關人士，他總是恰到好處地點到一下，便即越過，決不會超出「官老爺」們忍受的範圍。是這種能力使他三十年來，風平浪靜，一直沒有受到蘇聯政府的干預。雷金本是猶太人，少年攻讀列寧格勒戲劇學院，畢業後成為舞台劇演員，但很快地他就找到自己的路，一九三九年獲得「雜耍」演員全國冠軍，之後成為列寧格勒小劇場的創始人與表演人。他現在是蘇聯富翁之一，有洋房、別墅和汽車了。

《明報》，一九六八年二月六日

向酒吧女郎動腦筋

日本以酒吧女郎之多冠於全球。但從沒有人想到叫酒吧女郎轉業的問題，直到最近日本勞動大臣發表談話後，才引起舉國的注意。

他說：酒吧女郎與小舞廳的舞女佔去很多婦女的人力，這對勞工缺乏的日本來說是一種奢侈。日本的許多工廠正告缺人，百分之八十三的船塢都有人力不足的現象。其他如紡織工業、汽車工業、建築工業……在在需人。在未來數十年內，日本將面臨勞力缺乏的長期現象。

但與此同時，日本的許多習俗把人力花在不必要的地方。例如各種大小辦公廳用美麗的女孩子為職員倒茶及招呼客人；百貨公司聘請可愛的電梯女郎，目的只是向每一個顧客鞠躬，說一聲「多謝你的光顧」。這都是驚人的人力的浪費。

酒吧女郎與舞女，那是更不待言了，這一行人數極多，而且都在青年，每天把生命浪費在燈紅酒綠中，對國家生產自是毫無補助。日本政府號召這些女性們主動地「轉行」到工廠中去。

勞工部還指出，大小商店及餐室、小販採取送貨上門的方式也不適當，例如，魚肉小販每天派人去住家接受訂單，這樣又虛耗很大一筆人力。

總之，日本官員以為，隱藏的勞動力應當盡力發揮，像中年人，可以做半天工作的家庭主婦，身體有若干缺陷的人，都應該找到他們適當的工作崗位。

不過，日本政府聲明，它無意採用強制的手段，以影響上述各種社會習慣，因為日本憲法規定，人民有選擇職業的自由，這是不容破壞的。

在一般日本人民眼中，許多傳統上的「服務」都是改變不得的，例如大酒店或百貨公司的電梯女郎，在門口向人說聲「謝謝」，那是一種極美的風氣，叫顧客心裏覺得異常舒服。同樣，在公司裏給職員倒茶的美麗女性，相信也頗能增加工作的好情緒。

到底，日本是一個東方的國度，要人們為了工作效率而放棄了一切享受，會感到非常不樂意。

《明報》，一九六八年二月二十三日

欣賞航空公司的廣告

世界各種商業競爭中，航空公司大概是最劇烈與最困難的一種，因為各公司的設備大致上都已達到相同的水準，很難再用甚麼更舒適的東西去勝過別家公司，而同樣旅程的票價又是一樣的，不能減價以為招徠，所以只能夠在服務周到與極小的範圍上着眼去勝過別人。

因此航空公司的廣告，便是一門最高的學問，要怎樣才能把旅客吸引過來，去坐你的客機而不坐別人的客機？

以最近一期的《新聞週刊》來說，航空公司廣告多達十餘個全頁，各有巧妙不同，令人嘆為觀止。

一掀開封面，內頁就是法國航空公司的廣告，一個很天真可愛的空中小姐向你微笑着，題為「與眾不同的服務」。

其次是西北航空公司，這家公司標出了它的特點：「我們比任何其他公司能載你到更多的美國城市去——三十六個！」

北歐航空公司強調它飛機上的座椅，鮮明、美麗而舒適，由專家設計，自稱「世界上最舒適的座椅，縱然你坐足十一小時也不覺得有不愉快之處……」這是相當成功的一頁廣告，它在看來不大可能競爭的地方上，仍找到勝過別人的方法。

菲律賓航空公司的廣告很別致，「百萬富豪的航空公司」，原來它所指的「百萬」，並非身家，而是每一位飛機師都有飛過百萬里路的經驗。

英國海外航空公司的廣告一向是最成功的，這一期它的廣告是「贏了一個尾巴」（仿照馬迷的口吻：贏了一個馬鼻！）該公司的 VC-10 客機，引擎設在尾部，聲音留在後面，不致吵着乘客。

台灣的中華航空公司廣告上是一個彩色的中國民間節日服裝少女，做一個舞蹈的姿態，相貌很美，也具有相當的吸引力。

不過，我最喜歡的還是日航的廣告，上面是一個掩嘴而笑的日本空姐的臉部特寫。這種笑的表情，是東方人特有的，令人印象深刻，特別是西方搭客，一定會對日航增加了很多的幻想。

《明報》，一九六八年二月二十七日

未登月球　先見其利

人類上月球的日子已經不遠了，不過，科學家為了射月的目的而研究出來的許多副產品，對人類的益處，實在比真正上了月球還要大得多。

這是奧國外長華爾金（Kurt Waldheim，另譯：華德翰）最近發表的言論，華氏同時也是聯合國太空委員會的主席，他的話自然最是權威不過。

今年八月，科學家將在維也納開會，討論過去十年來人類因射月研究而得的副產品對航海、通訊、醫藥、生物及天氣預測各方面的有利影響。

例如，太空科學儀器將來可使輪船和飛機避免惡劣天氣的打擊。

在醫藥方面，由於對太空人體質保護的研究，已產生了不知多少種新奇的藥品。

不過，太空委員會同時也將討論兩項重大的問題，第一，一切因太空研究而引起損失的責任問題；第二，為太空下一個定義——究竟地球之上多少里才屬於太空範圍？

後者是相當棘手的問題，因為地球在赤道地方的大氣層比兩極的大氣層為高，沒有一定的標準。

這個問題可能永遠也不能解決，在會議上，科學家們或會硬性規定一個距離地面的標準作為太空範圍，正如硬性規定甚麼叫「公海」一樣。

太空委員會將不討論何種太空研究具有軍事性，何種太空研究不屬軍事性，或二者之間所花的費用多寡的問題。

事實上，幾乎每樣太空研究都與軍事有關。不論哪一個國家先上月球，它就有可能在上面設立「基地」以對付地面上的所有國家。正是為了這個原因，美蘇二國才顯得那麼急迫，對登陸月球這一點，誰也不肯遲延。

太空委員會還將討論一個問題是太空廢物的問題。

任何發射入太空的東西，都可能留下碎片或儀器在軌道上，成為通訊研究或衛星環行的一大障礙，如何能將之清除或避免，是科學家正在積極研究的問題。

《明報》，一九六八年二月二十八日

「接吻」與「太太聯合會」

印尼是一個喜用「縮寫」字的國家，不論叫口號還是稱呼一個機構，都用「簡稱」代替，例如ABRI代表海陸空三軍。AURI只代表空軍，ALRI代表海軍。當兩個印尼人談天的時候，他們幾乎每一句都帶有一兩個縮寫字眼，談起來津津有味，十分自然。

但對一個外國人來說，那可苦透了，往往聽他們講了半個鐘頭的話，而結果一句也不能了解。

英、美也用縮寫字，但沒有印尼人的濫，而且極力避免這一縮寫字與普通慣用字相混。但在印尼，你可能發現KISS這一字眼，如果認為是「接吻」，那就大錯特錯了。它代表的是四個字：「平等、團結、堅定、一致」的簡寫。

一個初到印尼的外交官或新聞記者，面對這些字眼，不免啼笑皆非。

首先他得花時間整理和學習一下那以千百計的簡寫名稱，其中或代表婦女組織、學生集團、法庭、軍隊、或代表政黨，革命、政變口號，洋洋大觀。

最要命的是這些簡寫字不一定代表重要的組織，一個極小型的學生團體或俱樂部，也喜歡把他們的名稱寫成神秘的縮寫字眼。例如RIA，代表的是「內閣部長太太聯合會」，一個高級「太太團」組織。

每一個縮寫字母，並無一定的意義。例如「P」可以代表「陣線」，也可以代表「黨」，「I」可以代表「印尼」，也可以代表「伊斯蘭」。當你看到這一串字時，請問頭疼不頭疼：PSIL、PSI、PMI、PMII、PII、PUI、PITI、PMKRI……這些不同的組織，性質大異其趣，但一不小心就會弄錯。

印尼各種政黨組織口號特別多，有時口號多過它們的會員。這些口號都用簡寫字髹在牆上，琳琅滿目，美不勝收。但一個外國人站在街頭，望着這些大同小異的羅馬字，不免「苦笑」一番。

《明報》，一九六八年三月三日

吃了令人聰明的藥丸

科學家常常想發明一種藥丸，這藥丸一吃進身體裏，會使他在頃刻之間，把人類各種知識累積起來，而成為一個學者。換句話說，他不用讀書，就能獲得學問。但這只是一種夢想，到現在為止，這種藥丸還不可能誕生。

科學家又幻想過另一種法子：把一個學者的腦袋冷藏下來，讓他的所有知識留傳到後代，或是將活生生的學者用「冷藏」的保護方法使他「冬眠」。到若干百年後才使他甦醒，與那新時代的學問互相印證。自然，這已有點科學幻想小說的味道了。

不過，現在醫生們確已開始使用藥丸以輔助學科成績不好的孩子。效果有的異常地好，有的沒有反應。

原來兒童功課不好，有一種原因是生理上的因素使他們過份緊張，不能靜靜地坐下來讀書，不能集中精神。

如果屬於這一種情形，醫藥可以使他鎮定，而獲得與正常兒童一般的效果。已有少數美國學生，服過此種藥丸後，學習成績馬上突飛猛進。

這屬於生理上的矯正作用。至於服食藥物能使兒童小腦袋聰明的還是沒有。

在學習上來說，集中精神是最重要的原則。任何人受教育的初步，就是訓練「集中」注意力。我們一般認為聰明的人，就是能很快掌握這原則，而認為「愚笨」或「低能」的人，卻不能「集中」。所以，當藥物能夠矯正這一缺點的時候，自是事半功倍，「愚笨」的人也變得「聰明」起來。

然而這種藥丸長期使用的結果，會令小孩們有甚麼傷害？醫生們還不能遽下判斷，須得一二十年的觀察。

也有人認為這藥丸根本沒有一點作用，但小孩們服食後，心理上以為得到了輔助，便也產生預期的效果。

《明報》，一九六八年三月四日

電影明星愛刺探秘密

許多人都慨嘆，科學越發達，個人所享有的秘密越來越少。最新的例子是，各國開始公開出售電子偵察儀器以供私人使用，這類儀器本來是間諜或偵探使用的，現在人人都可購買，只要你有錢。

有了這些電子儀器，你可以竊聽別人的電話，偷看別人房內的事情，記錄別人的聲音……在不同的情況下有不同的方法。

羅馬有一家這樣的商店，原定出售四個月的存貨，在一個星期內就賣光了，顧客聞風而至，因為想要知道別人秘密的人，實在是太多太多了。

該商店的主持人格力哥博士說：婚姻的不美滿是造成我們這一新行業生意興盛的原因，丈夫和妻子都想打聽對方的行動。

其次，商業競爭也使偵察儀器大行其道，互相要刺探，互相要保密，在在都非使用電子儀器不可。

在購買小型偵察儀器的顧客當中，又以女性為最多。這些女性中又以電影明星為最多。看來明星們的「私事」大概是最複雜的。

女明星們喜歡買的是與領帶夾或紐扣一般大小的擴聲器（麥克風）。還有一種是高度敏感的竊聽器，可以竊聽隔牆的聲音。前者價值十英鎊，後者一百三十英鎊。還有一種電話竊聽器，八十英鎊。全套加起來約合港幣三千多元。

對於一般有錢的婦女們，那是十分值得的玩意兒。

格力哥博士還舉出一個有趣的現象，凡是來購買偵察儀器的人，都是帶着幾分羞怯，忸忸怩怩地捏造一個不聰明的理由。實際上，商店只是做生意，根本管不着他們買這種東西作甚麼用。

商店最貴的一種儀器名為「無限傳播器」，一經裝在電話機內，便能將整個房間的大小聲音傳至另一地方的感應器上。距離可達相當遠的地方，這種傳音器連感應器在內共售七百英鎊。

《明報》，一九六八年三月七日

中藥在日本地位日高

據合眾社記者愛爾拔·卡夫（Albert Kaff）在東京報告，中醫中藥在日本正逐漸流行。日本財政部報道：去年日本藥商自中國大陸、南韓、印度及東南亞各地購進中藥共一萬二千噸，價值二十五億日元，合美金六百九十萬元。

一個日本中藥商說：自去年起，他們的生意就忽然暢旺起來。中藥來源供不應求，銷路比前一年增加了百分之四十以上。

中醫的營業情況也日佳。愛爾拔引述了這樣一個故事：有一個日本病人感到喉痛、脫髮、頭部有奇怪的不適，經西醫用X光照射、驗血及全身檢查後，找不出一點疾病。他服食了各種藥丸，均不生效。後來他看了一個中醫，只花了三十分鐘的時間，把病情述說清楚，那醫生給他藥吃，果然妙手回春，藥到病除，以後他的老毛病再也不發作了。

多數日本人開始對中藥產生信心。他們覺得中藥更溫和，不會產生不良的副作用，也不會令婦女生怪胎。

嚴格來說，按照日本的醫藥條例，中藥是不合法的，但中醫使用中藥到現在為止還沒有受到干預。日本的東方醫藥協會透露，該會屬下共有七百人是習中藥的。

日本人性喜研究，一有甚麼事情成為一種風氣，就會有人日夜加以鑽研。日本一個書商說：講中藥的書籍，如今洛陽紙貴，擺在書架上不到數個鐘頭就會賣光。因為需求的增加，價格暴漲。一本古式的中藥書籍可能取價五萬日圓，合美金一百三十八元。

本來中西醫學各有所長，如能兼收並蓄，取長補短，對醫學進展有極大的幫助。可惜習中醫者不習西醫，習西醫者又多輕視中醫藥。中國曾鼓勵中西醫混合研究，那本是一個極好的方法。可惜這些年來「文化革命」一類的事情鬧得雞犬不寧，再也沒有聽說中西醫藥混合研究下文如何了。

以日本人喜愛研究的精神，有一天，中藥與西藥混合使用之法，在日本大放異彩，亦不為奇。

《明報》，一九六八年三月九日

新舊兩代華僑在溫哥華

從香港或其他地方移居加拿大的華人，幾乎都集中在一個城市——溫哥華。

據溫哥華的《唐人街新聞》編輯馬萊說：在這裏的八萬華僑中，有一半沒有踏出過溫哥華一步。他們一到溫哥華，就在這裏住下，生了根。

馬萊又說：華僑的思想可分為新舊兩代。在一九三二年以前抵達的華僑，他們有一種思想是拚命的賺錢，賺夠了帶返唐山。這一批華僑人數約佔八千人。後來的華僑就不同了，他們想定居住在加拿大，永遠也不再離開這個地方了。

在溫哥華的唐人街，幾乎使人感到處身在香港，各種氣氛大同小異。最不同的是人們談話多數用英語，而且「空間」很多，決不像香港的擁擠。

在溫哥華乘巴士，你可以舒舒服服地佔一個軟綿綿的位子。

加拿大人與華人相處非常融洽，許多華人已離開唐人街搬到郊外去住，與加拿大人打成一片。

以前，一個加拿大人和華人結婚，還引起相當程度的注意，現在簡直誰也不當這是一回事了。

華人也可以順利地成為加拿大的公民。在這個國家，已有華裔的議員、市長、官員、學校、董事等，沒有人再把他們當作為「陌生人」看待。

不過，初到加拿大來的青年學生，心中確有一個矛盾，他們不知道應該全心全意投進加拿大人的生活圈子中去，還是重新回到香港或台灣，再做一個中國人。

許多華人在加拿大住久之後，他們不再講華語。

有時華人本身見面的時候，也互相誤會對方是日本人。

溫哥華的「唐人街」，在北美佔第二或第三的地位。

一般地說，這個城市給海外華人提供了一塊安靜的「樂土」。

《明報》，一九六八年三月十日

兒童玩具的「學問」

最近讀到一篇有關兒童玩具的文字，想不到其中竟藏有很多的道理。

一件玩具看起來雖簡單，但怎樣才能令兒童喜歡它？為甚麼有些孩子喜歡玩這一種，有些喜歡玩另一種？不同年齡的兒童為甚麼有不同的愛好？怎樣斷定哪一種玩具適合自己孩子的年齡？哪一種玩具有益，哪一種玩具無益？

醫生和兒童心理學家認為，最好的玩具是使孩子們在玩時得到一種「自主」的快樂。在他的心靈中覺得他在做一樣工作，而在「成功」中得到滿足。

實際上，孩子們的玩具就是他們自己的工作了。

要斷定哪一樣玩具適合某一年齡的孩子，最好去幼兒園觀察。在那裏可以發現許多兒童心理的有趣現象。

作為母親的常常提出一個問題：「在下雨天中有甚麼最好的玩具能令我的孩子安靜地玩，而讓我好好地熨衣裳？」

這個母親需要的是令孩子靜下來玩很久的玩具，這種玩具不是沒有，但父母們要注意的是：玩具有動態、靜態兩種，當孩子玩過幾個鐘頭的靜態玩具後，你就要讓他去跑跳一番，玩膠球之類的玩具，把他的情緒調整一下，這才對身體有益。

玩具有「學問」嗎？有的，而且頗不簡單。美國波士頓兒童醫院出版了一本書名叫《六百零一種學齡前兒童的玩耍方法》，洋洋大觀，美不勝收。

要想一樣新玩具給兒童們玩，有時會傷透專家的腦筋。

要知道，一件異常精緻複雜的玩具，不一定得到孩子們的喜愛（尤其是二三歲的孩子）；反之，一種簡單的玩具，例如一串小膠杯，從小到大數十個套在一起，可以搬下來再疊上去，這種玩具最受歡迎，孩子們玩得津津有味，久久不厭。

身為父母者，如果能回去家中研究一下孩子對玩具的愛好，當發現其中另有天地。

《明報》，一九六八年三月十七日

新加坡英語與香港英語

在東南亞各地，新加坡人用英語的比率最高，比香港、台灣、日本都高得多，尤其是新加坡的青年人，幾乎或多或少都能用英語交談。在英校讀書出來的那是更不用說了。

不過新加坡人講英語，可能受了馬來語的影響，喜歡把每一個字的高音放在後面，而形成本身一種特色。

例如，水（water）、貨車（lorry）、醜陋（ugly）、危險（danger）、女人（woman）、海倫（Helen）、占美（Jimmy）、東尼（Tony）……這些高音完全放在前一音節的字眼，新加坡人都愛把高音放在後一音節。

至於三四個音節的字，像美麗（beautiful）、練習（exercise）、不同（different）、公報（bulletin）……新加坡人更是把強音放在後節了。

別的地方的人初到新加坡，聽當地的英語，起初會覺得不習慣。最普通的莫如香港人與新加坡人講英語，如果是初次交談，頗有「格格不入」之苦。互相都不大聽得清楚對方的話。

新加坡愛把香港人的英語稱為「美國音」，這其實是一種誤會，香港並不是受「美國音」影響的地方，香港人尤其是從英文學校畢業的學生，說的都是相當純正的英國語音。

新加坡是多元民族和多元文化的國度，所以人人都能講多種語言，而每一種語言都不免受了另一種語言的影響。

新加坡的「廣東話」與香港和廣東的「廣東話」就有若干距離。那裏的廣東話受了潮州話、福建話的影響，加之吸收了許多外來語的「字彙」，另具一種韻味。同時，大多數新加坡人不論說甚麼語言，都有一種溫柔的語調，這似乎頗能表現該地一種民族性，溫和敦厚，不躁不急。

例如普通的一句話，「這裏的菜式是與別家不同的」。新加坡人喜歡說成：「這裏，吓——，菜式是與別家不同的。」那「吓」音特別拉長，引起你注意它下文的重要性，這才把那主題說出來。

《明報》，一九六八年三月二十一日

記憶力奇佳的怪人

蘇聯學者陸里亞最近在《衛星》雜誌上發表一篇文章，描寫一個他們發現及在研究中的怪人。

這人名叫塞利謝斯基，他的第一點怪處是記憶力奇佳。他只要看到一眼或聽過一遍的東西就能夠記下來，不論這是多麼艱深的文字或是數學表格，甚或其他全然不懂的東西。

例如一堆複雜的化學方程式，他聽了就能複述，一字無訛。

蘇聯科學家認為這人的記憶力幾乎是無限的，一系列超過一百位的數字也難不倒他。

第二點怪事是他能把自己分開來想像，像是兩個人。

例如去找牙醫拔牙的時候，他一點也不感痛苦。因為他想像在椅上被拔牙的是另一個人，他自己卻「逃」出來，站在旁邊。

這還不奇，他又能將左右手分別想像，幻覺左手於炭爐中，右手於冰窖中，於是左手溫度漸高，右手溫度漸低，高者可升高達二度，低者降低達一點五度。

這位怪人是一九二六年被發現的，當時他是一名記者，被送到心理研究所去測驗他的神奇的能力，直至今天。

其中許多檢測紀錄對人類思維的程序及心理的構造研究有很大的貢獻。

這怪人對人類的聲音能產生一種顏色的感覺。例如他會說：「你的聲音是綠色的，他的聲音是黃色的。」

他對一般名詞具有驚人的敏感性，例如聽到一條橋名「將軍橋」，在腦海中便立刻現出一個將軍站在橋上。讀到一句子「某人在樹林中」，他也產生自己在森林中的感覺。

如果讀到「哭泣的寡婦」、「他在濃霧中」等形象化的東西，他就會常常為幻覺困惑，以至感到混亂。

換言之，當他讀書時，對書中描寫事物的形象比一般人感覺強烈得多，因之他讀契訶夫的小說，能注意一般人沒有注意的疏忽：某篇小說的主角在開場時穿一件大衣，在後來卻變成一件普通的外衣。

《明報》，一九六八年四月三日

夢之預感實有其事

世界上許多人在研究「夢的預感」這一課題。有些人以為這種事情並不存在，但蘇聯現有一個專門研究這一課題的部門，其中多名科學家認為這種事情是可以解釋的。

先講一個故事。有一個莫斯科演員叫簡里，他在一個晚上夢見他的母親被老鼠咬傷足部，一驚而醒。他把這夢告訴同室居住的友人。友人笑道：「這是無稽的，你母親住在遙遠的鄉村中，就算她真的被老鼠咬傷，也不會傳到你的夢裏。」恰在這時，郵差敲門把一份電報送來，正是簡里家裏發來的，告訴他母親被老鼠咬傷了，叫他回去看她。

像這樣的例子，蘇聯科學院收集了很多。因為太多了，可以證明決不是巧合。

那麼怎樣解釋呢？蘇聯科學家說，這是一種腦電波的作用。每個人的腦子都有一種微弱的電波，能互相感通，正如一具收音機一樣。不過這種腦電波太微弱，不容易測得出，而且也不顯著，故此只有在偶然機會中，它才出現神奇的「感覺」。

有一些人，他們的腦電波是較別人的反應為強的。在蘇聯的實驗室中，做過這樣一個有趣的實驗：一個腦電波反應強的女人坐在一張桌子旁，桌上放置十二樣小物品：一盒火柴、一隻盒子、一包香煙、一隻梳子……等等；另外有幾個男人坐在二十尺外，用一張布幕把他們隔開。實驗開始時，助理員把一張小紙頭，上面寫着十二樣物品之一的名稱，交給幕後一個男人。這男人便集中精神想像這物品的形象，說也奇怪，在布幕的另一邊的女人便能受着感染地把桌上的一樣物品取出來，與那男人腦中所想像的物品無異。這實驗屢試屢應，證明腦子確是能感應的。科學家已初步發現這種人腦的作用，至於是否有所謂「事先的預感」，則尚在研究中，「事先預感」即當一件事未發生時，那人已在夢中夢見，後來竟與真事完全一樣。假如這種事情也是可能的話，那就更顯得玄妙了。

到現在為止，人類對於腦子的了解還太少，如果這種研究更深入，也許可以破除許多難以解釋的迷信事件。

《明報》，一九六八年四月四日

人與獸行為有何不同？

前文談「夢境與預感」，說到蘇聯在人類心理方面的特殊研究。但與西方比較起來，蘇聯的心理學家是很缺乏的，儘管他們在這一門學科上具有很高的地位。

原因之一是選修心理學的人甚少。著名心理學家廖安特夫指出，蘇聯急需一支心理學的大軍，以供應社會各界人士的需要。同時，各學院對心理學的教育也必須加強。

在心理學的研究上，蘇聯與西方有一種基本的分歧。說起來很有趣：蘇聯所着重研究的是人類與獸類行為之間有何不同；西方心理學所着重研究的是人類與獸類行為之間有何相同的地方。

另一點不同的是，蘇聯心理學注重教育及兒童方面，尤其注重語言；而西方國家則五花八門。簡而言之，蘇聯較專而西方較博，而蘇聯的成就一直受到西方的重視。

蘇聯像其他共產國家一樣，看不起佛洛伊德的心理學派，幾乎把它當邪端異說看待。佛洛伊德認為人類的性慾左右一切，「性」是一切行為的動機。各種心理的成因都與「性」直接或間接有關。

現代的心理學家們同意，佛洛伊德的見解雖或過於偏激，但不能抹殺他在這方面的驚人成就。在研究人類各種行為的時候，不能夠把它忽視。

蘇聯心理學研究有一個優點是一切由國家協助，任何奇異的事物一經發現，必被送到有關部門，詳加探討。

像上次所說的記憶力奇人，蘇聯的科學院給予他優厚的生活待遇，使他安心地成為醫學家和心理學家研究的對象。他個人已在實驗室中度過三十年。

最近蘇聯又出現了一個奇人，據說能用心智使外物移動，這人也在研究中，如果屬實，人類的能力真有點匪夷所思了。不過，像這種奇異的作用，所研究的就不僅僅是他的心理範疇了。

《明報》，一九六八年四月二十三日

空中小姐懷孕的問題

以小說《大酒店》（*Hotel*）一書而聞名的美國作家雅瑟．希利（Arthur Hailey，另譯：阿瑟．黑利），在過去三年來幾乎把全部時間消磨在飛機場上。他寫了一本新小說名叫《飛機場》（*Airport*），裏面羅列了各式各樣的關於空航方面的事實，以致其中的情節反而成了附屬品。

這位頭髮銀白的作家說，很多人以為乘飛機是危險的事情。但實際上，我發現乘搭飛機是最安全的旅行方法。負責飛機安全的機場人員，他們神經所受的壓力非外人所能想像。由於他們經常要保持外表的冷靜，在下班時便以醇酒、美人和賭博作為平衡。由於這種情況，他們的婚姻生活多數不美滿。回到家中他們常因精神的壓抑過久而大聲叫嚷，這對他們的妻兒都大為不美。

希利還列舉了美國航空事業的有趣事實：婚後的空中小姐如果懷孕，她會失去職位；反之，未婚的空中小姐，如果懷孕卻可以獲得假期，以後仍舊回來上班。

希利又說：在空中飛行時，要免費飲一兩杯酒非常容易，你只要拿出一張一百美元的大鈔來，空中小姐多數沒有找贖，而微笑地交還給你。在飛機上作「霸王旅客」可能比其他交通工具容易，只要你能混上了飛機，以後就沒有人理你，空中小姐很少會去點數人頭，看怎樣比機票多了一個。你甚至可獲得一份豐富免費的午餐。

機場規則有這麼有趣的一條，倘使有優先權選擇的話，郵件、龍蝦及將要孵卵的火雞都應比人先上機。

為了找尋寫書的資料，希利訪問過幾個空中小姐的宿舍，發現裏面充滿了各種飛機上的東西，顯然是她們信手「偷」來佈置宿舍的。

希利又說，在華盛頓飛機場，每一百件旅客的行李，有一件會發生問題，不是延遲了，就是寄錯了地方，甚或神秘失蹤。

希利所提供的這些資料可能使航空業的高級人員連夜開會予以檢討。

這本書出版後一定會受到空中人員歡迎的，但希利本人是否再受到歡迎就是一個問題了。

《明報》，一九六八年四月二十八日

活着的各種精彩滋味

《讀者文摘》是一本很好的雜誌，我想，這不僅在於它的中文本所標榜的「清新雋永」，更因它的內容經常使人注意生活和欣賞生活，給讀者一種向上的推動力。很少人不在看完一期《讀者文摘》後，感到一種新的樂觀和滿足。雖然這種心情也許在過了一二天後，就讓其他繁瑣的工作擾亂了。在每一期《讀者文摘》中，最少有一兩篇給人在生活上打氣的文章——通常都寫得很好，令人看後不期然地深深吸一口氣，想要振作一番。例如該刊五月號英文本有一篇〈熱情的區別〉（或許更貼切地譯為〈有志者事竟成〉），就有這樣的特色。

它旨在說出一種道理，任何一個人，不管他做的甚麼職業，如果他熱情地活着，就比另一種冷漠地活着的人，有意思得多。

這文章引述一個故事說：有一年，作者在西德一家酒店中看到小雜役，名叫漢斯，他做的是被視為該酒店最沒出息的工作，把餐室中顧客吃過的盤碟一一收進廚房裏去。但是漢斯津津有味地做着。作者不禁好奇地問他：「你好像幹得很快樂？」漢斯答：「是呀，先生，這是一家了不起的酒店。我喜歡人們吃餐時那種熱鬧的氣氛，這裏的服務是最好的，我們的廚師更是頂呱呱的哩，他簡直是一個藝術家。」

少年對他當時低賤的工作毫不在意，他希望將來做到一家大酒店的經理。好幾年後，作者在倫敦一家著名的飯館裏吃飯，飯館的年青的侍應長熱心地替他解釋每一樣餚菜，作者覺得這種態度很熟悉，好像在那兒感受過，細心一看，果然是那個漢斯。提起舊事，二人均感高興，漢斯雄心勃勃，表示他正向「酒店經理」的目標做去。至此，作者提出一個問號：你以為漢斯會不會成功呢？像他這種人能不成功嗎？熱情地工作和生活，縱然最後沒有成功，縱然他經過一次又一次的打擊，但這對他沒有損害，因為他嘗到「活着」的各種精彩的滋味，較之一個冷漠地過活的人，不知有意義了多少。後者只是「存在」於這世界上，他沒有「活着」。許多人很怕失敗，株守其成，默默過了一生，不敢向生活跨出一步。看了這篇文章，也許可以減少一些顧慮。

《明報》，一九六八年五月十三日

戴高樂的可能接班人

貧賤出身的法國總理龐比杜（Georges Jean Raymond Pompidou），初時並沒有引起太多人的注意。許多人都說：他不過是法國總統戴高樂（Charles de Gaulle）的一個「聽差」罷了。但時至今日，注意法國政局的人都對他另眼相看，有人甚至說：他是戴高樂的當然接班人，恐怕沒有誰能成為他的對手。

但在龐比杜最初成為戴高樂的總理的時候，他連一點政治經驗都沒有，一個親近的朋友擔心地問他：「你到底會不會演講？」龐比杜答：「不知道，我還沒有講過。」

與戴氏的所有支持者不同，龐比杜沒有在戰時與戴高樂共處倫敦的經驗，也沒有在法國地下打過游擊。

戰後，戴高樂凱旋歸國，龐比杜不過是站在路邊的一個看熱鬧的閒人。

但不久他成為戴高樂的隨員之一，為他做每日的備忘錄，由於他幹得相當出色，而獲得戴高樂的賞識。

一九六一年，當戴高樂重新當權時，龐比杜已獲重任，在安排阿爾及利亞停火會談中擔任一個主要的角色。

一九六二年，龐比杜出任總理，當時令得法國人大為驚奇，一般平民從來沒有聽過他的名字。

龐比杜的父親是巴黎一個貧民窟出身的教師。他本人對藝術的愛好多過政治，在他出任總理以後，家裏經常招待的仍是詩人、畫家或是戲劇界藝人。

不過這兩年，大家說，龐比杜已經變了，以前他常常抱怨做總理佔了他整天的時間，一點私生活自由也沒有到。現在他不說了，他似乎幹得津津有味，原因很簡單，這總理做過之後，可能就是總統。權力的引誘到底是難以抵抗的。

龐比杜身體甚好，雖然每天吸煙接連不斷，但仍強壯如牛。

據說戴高樂喜歡他身邊的人身體健碩，他不信任瘦小的人。如果他身邊有人表現出健康惡劣的傾向，他會極不高興。

《明報》，一九六八年五月十五日

價值二十五萬美元的間諜頭子

西德的最主要諜報局首腦蓋倫（Reinhard Gehlen），六十六歲，在最近宣告退休。這位「第三十號」先生有生以來很少拍照，直到他退休之日，還是拒絕拍照如故，以至記者們只能把他二十八年前的一張團體照片刊出來，指出其中一個矮小精悍、面貌嚴肅、蓄有一點小髭子的人正是他。

這張照片是一九四〇在蘇聯前線拍的，那時候蓋倫是德軍負責收集蘇聯戰線情報的指揮官。一九四五年，蓋倫與他的一群情報員向美軍投降，攜有五十箱小菲林，其中全部是德國所收集的關於蘇軍的情報。這一着令美國中央情報局印象深刻，他們立即任命蓋倫為該局西德分局的主持人。

到一九五五年，蓋倫的情報局轉歸波恩政府管轄，他成為阿登納（Konrad Adenauer）總理的寵兒。在以後這些年來，蓋倫發展了嚴密的間諜網，他所徵用的「僱員」廣達東德各地。據說，在東德共黨內潛伏有數以百計他的手下，其中一人且任職為東德政府的部長。由於他供給了可貴的情報，使美國在五六十年代，能夠從容應付蘇聯集團對柏林的恐嚇，因為已清楚了對方的底牌。

蓋倫的屬下很少見過他，只知他是「第三十號」。蘇聯對這「第三十號」恨之刺骨，曾經懸賞二十五萬美元給予任何能殺死他的人，有一次，這獎金幾乎被人領去，那刺客向蓋倫連開數槍，若非汽車裝了防彈玻璃，已要了他的命。

這位間諜頭子承認，他最大的失敗是在一九六三年發現他的得力助手費菲（Heinz Felfe）竟是一名蘇聯間諜，這給他的打擊與諷刺極其強烈，令他一度深感心傷與氣餒。原來別人也用了這一手，「以其人之道還治其身」。

蓋倫今天退休，接替他的是五十四歲的威素（Gerhard Wessel），是他過去在蘇聯前線工作時的老部下，那時擔任反間諜工作。不過威素性情活動，看來決不會像他一樣，整天躲起來，裝得那樣神秘。蓋倫可以說是世界間諜頭子中最少為人知道的一個。

《明報》，一九六八年五月十七日

喜歡獅子老虎的國王

本月二十一日抵達馬來西亞訪問四天的埃塞俄比亞國王塞拉西（Haile Selassie I），是一個愛好運動的國王。他喜歡騎馬，喜歡打網球，還喜歡一切動物如馬、獅子、老虎、狗、鳥類等等。

與伊朗國王有一點相同的地方，塞拉西頭腦開明，經常注意國內的改革，務求追上時代潮流。是到了塞拉西手上，埃塞俄比亞才出現三權分立的制度：國會、內閣和最高法院，使政治更走向民主化。

埃塞俄比亞本來是一個落後和偏處一隅的國家。但塞拉西極力打開通往外國的道路，他認為只有通過和外國的交往，才能達到更深切的了解和更有效的互助作用。也只有這樣，才不會落伍，不會被時代淘汰。

因此他特別注重教育。在他的堅持努力下，塞拉西大學於不久前開幕，這是他一個長期以來的夢想。他把美麗皇宮的一部份撥作該校校舍，又把人民捐獻以建立國王紀念碑的錢全部撥作大學基金。現在，不但埃塞俄比亞人民有機會享受設備優良的高等教育，其他非洲國家學生也來埃國京城就讀，領取塞拉西的獎學金。據說，塞拉西國王的嗜好之一，是到學校中與學生聊天，給他們一些慈父般的忠告。

因為塞拉西國王注意對外邦交，所以非洲國家團結組織之成立，他是積極推動的一個。現在這國際組織總部就設在埃塞俄比亞京城。

在政治上，塞拉西國王相信中立政策，他同時接受東西方的援助，但既不倒向東方，也不倒向西方。他一早就看出，亞非兩洲國家應該團結，因為這兩洲的國家，處境大致相同，都急待發展本國的經濟，應該建立親屬一般的友誼。

在家中，塞拉西是一個慈祥的老人，他的孫兒、曾孫都喜歡他。塞拉西國王誕生於一八九二年七月二十三日，現年已七十六歲，但仍精神奕奕，外表威風凜凜。

埃塞俄比亞位於非洲高原地帶，人口二千四百萬人，在塞拉西國王的領導下，幾乎是團結成為一個整體在進步着。

《明報》，一九六八年五月二十六日

雅加達第一家賭場

雅加達自去年底起，開設了第一間合法的賭館，其情形有點像澳門的「新華園」，不過這一賭館原則上是專供「外國人」玩樂的，以下是合眾社記者伊斯邁對這賭館的報道：

別看輕這只三十公尺、寬二十公尺的小地方，它每月為政府帶來的稅收是十二萬美元。每天大約有二萬美元在這裏轉手。雅加達市長之准許賭場的建立，是因為它可以取得大量的稅收以供建設橋樑、學校、醫院之用。

賭場設備簡陋，主要是兩張賭「大小」的桌子，與澳門設備一般無二。另外有兩個輪盤，還有賭骰子與牌九的賭桌。最吸引人的還是開「大小」的地方，一個年經的女孩子坐在桌旁，叫出動人心魄的骰子點數，許多人在此傾家蕩產，也有人高興得手舞足蹈。

進場者必須出示身份證或護照，如果他是印尼人，就不准入內。凡「外國人」（華人及歐美人）均在歡迎之列。在這煙霧瀰漫的場所內，可擠滿四百人在玩樂。賭場位於雅加達華僑地區的心臟，要穿進一條寬約三公尺的小街道才能抵達。

在賭館門口，有一印尼軍官保護，如果有甚麼軍人來搗亂或收保護費，均由這軍官出面應付。

經營賭場的是一個華僑集團，這一集團付出十萬美元予政府作為按金，保證它能依期交稅。在賭場內不准飲酒，但軟性飲料與食物均有供應。

記者（伊斯邁自稱）雖是印尼人，但獲得市府特別許可，進入該賭場採訪。賭場招待員殷勤地說，不久，這簡陋的情況就將改善，冷氣機會裝在牆上，使客人有賓至如歸之感。但從場內的熱鬧情況看來，來客根本就不介意它的設備。

反對開設賭場的人雖多，但也有人認為，讓賭場合法化，有利而無害。反正，雅加達有許多地下賭場，造成各種勒索、打架及詐騙的罪惡事件，烏煙瘴氣，倒不如讓它合法化，既減少麻煩，又可增加稅收，何樂不為。且從印尼政府的觀點看來，賭博的害處不會傷害到本國人，故影響更小。

《明報》，一九六八年五月二十九日

辦雜誌等於辦報紙

有朋友辦一本雜誌，問我那雜誌要具有甚麼特色才能暢銷，我想了一想說：「是新聞性。」趙君豪在《東說西》一書中，記述他訪問美國《生活》（*Life*）、《時代》（*Time*）二週刊的觀感說：「我們華人似乎有一個觀念，以為報紙是供給新聞的讀物，而雜誌是一本書，在可有可無之間，所以雜誌的銷路大受打擊了。美國人辦雜誌，其規模設備與組織，完全與報紙一樣，有時甚且過之。雜誌能夠銷行得更多更遠，內容完全是新聞性的東西，所以《時代》和《生活》這兩本週刊，記者與專欄作家有五百位之多，遍駐於世界各地，凡是報紙記者所奔競的一套，《時代》與《生活》的記者，也同樣爭取。事實上，時代出版公司的七種雜誌，其經營方法，完全與辦報紙一樣，沒有分別。他們站在讀者前面，為大眾發掘所需要的、所感覺興趣的東西。」這一段話，我相對任何辦雜誌的人都是一個很好的參考。「新聞性」是刊物不能忽略的因素，不論甚麼雜誌，如果你有了新聞性的材料，就暢銷了。否則大眾就覺得可有可無，缺乏某種主要的「吸引力」。因為最新發生的事情，才最受一般人的注意，在今日這瞬息萬變的社會，過了幾個月的事，大家都已覺得舊得不堪，如果一本雜誌還拿來談，不免興趣索然。出色的雜誌編輯都知道追求最新的東西，所謂「配合時間性」。有時間性的東西越多，越受歡迎。有些老經驗的編輯，他也許不知道「新聞性」的重要，但卻在不知不覺間做到了。經驗告訴他們讀者就是喜歡這些。所謂「辦刊如辦報」，如果一本雜誌經常談論最新的問題、最新發生的事物，與時代的進展緊密配合，它的銷路一定是沒有問題的。即使是一本「家庭」雜誌，講的多是靜態的東西，但如果它每期能報道當地最新的婦女活動狀況、時裝表演、聞人行蹤、世界婦女近態，以及有關家庭生活的各種活動，圖文並茂地刊出來，那麼它一定較專門談「靜態」文字的家庭雜誌暢銷，當無疑問。

《明報》，一九六八年五月三十一日

泰國吧女與混血兒

《紐約時報》刊載：泰國出現了一個新的問題，稱為「紅髮仔」問題。「紅髮仔」的意思，就是指美國男人與泰國女人生下來的私生子。

經過七個月的調查，發現泰國現有一千二百名「紅髮仔」。這數目在九個月後就會增加四倍，因為另有三千六百名泰國婦女在懷孕中，她們多數是年青的酒吧女郎，孩子的父親則是美國丘八。

這些數目純指私生子而言。經過正常婚姻結合的美國男人與泰國婦女生下來的孩子，不在此例。

由於美國駐軍四萬六千人於泰國，另每週還有南越美軍五千名到泰國度假，這使「紅髮仔」問題變成無法控制的現象。

＊在調查四百一十一個紅髮仔的母親中，計十分之七是吧女，十分之三是普通女性。

＊在這些嬰兒中，十分之七具有白種人的血液，十分之三具有黑人的血液。

＊只有一半婦女知道孩子的父親名字叫甚麼。

＊只有百分之三的婦女能得到孩子父親的經濟供給。

＊半數的紅髮仔還不到一歲。

由於上述最後一項調查，給予泰國專家們一種鼓勵。他們認為這問題還是剛剛開始，不似日本、南韓的嚴重，要加以遏制和防止還來得及。

美泰混血兒在曼谷受到人們的歧視，他們的母親多數不願帶他們出外，使這些孩子非但失去父親，而且失去正常受教育的機會，長大後又充滿自卑感，這才是有關部門感到關心的地方。

據說：美國大兵一般地都喜歡泰國少女，他們認為泰國姑娘明媚、溫柔，在戀愛時又極其熱情。有一本幽默雜誌向南越美軍試作測驗，「你喜歡娶哪地方的女郎為妻？」得到的答案是：泰國最多，日本次之，以下是南越、台灣和香港。

《明報》，一九六八年六月一日

報紙連載的優點

本報「海外書」的一篇，題目是〈日本的連載小說〉，內容提到報紙副刊連載小說的缺點問題，由於隨寫隨登，一般連載小說缺乏一氣呵成、首尾相應的優點，很難有傑作出現。反之，在日本的雜誌上，常有一口氣把一篇二十萬字的小說登完，令讀者得窺全豹，淋漓痛快。這話誠然很有道理，但天天連載的小說，卻也有許多不能抹煞的好處，是該文所未提到的。

一、這種每天刊一小塊的連載方法，是報紙編輯積多年經驗，也是讀者習慣的反映而成，不多不少，每天刊那麼八百至一千字，讀者看得心癢癢的，懸掛着第二天的發展。在這個忙碌的社會裏，很少人能夠付出整段時間去看一個長篇說部，只有這種一天看一點的方法，使每個人不知不覺之間，吸收了一部又一部數十萬言的小說。（筆者有一個時期懷疑讀者每天看那麼一小段，是否夠癮的問題。後來看到英文報章上的連環漫畫，每天只登三幅，上面表示內容的對話寥寥無幾，但讀者仍然津津有味地跟隨着故事發展。這個疑問不覺一舉而破。答案是：只要讀者對這漫畫（或小說）的人物生出了感情，不論刊多或少，都非常樂意追下去，所以連載小說，縱然每天只刊五百字，或少至三百字，即所謂「小小說」，閱者也一樣不嫌少。反之，如每天刊出三四千字一大段，讀者反容易膩。）

二、因每篇小說所佔篇幅少，讀者可得到多樣的選擇，尋找適合自己口味的去看。不致為一二個長篇佔去所有篇幅，被迫去看不喜歡的東西。

三、在小說作者而言，只有這種「積少成多」的方法，才使他們不知不覺產生了許多巨著。如果要他們一氣寫完才獲刊登，相信很多作家都沒有這「勇氣」；況且，寫文章的人是不迫寫不出來的，如果沒有報紙天天等着他付排，有些人一個字也寫不出。

四、因是連載的關係，作者必須照顧讀者的興趣，不能沉悶，不能拖長，每天還要製造一點小高潮，使讀者有追讀第二天興趣。這種小說，大多數可保證精彩緊湊。

五、在每天連載時，作者經常能得到客觀的意見，有許多讀者寫信來指出他的錯誤，或是建議情節的發展，這對作者的幫助很大。

《明報》，一九六八年六月三日

對數字的敏感

初到星馬來遊覽的人，會發現一個奇怪的現象：一般人對號碼有異常的敏感。如果甚麼地方發生汽車碰撞，大家趕快去把那車牌號碼抄下來。領了一張新的證件，第一件事是注意上面有無號碼。一個新朋友的門牌，一輛新汽車的車牌，一張新鈔票的號碼……總之，只要是有數目字在其上的，人人都會加以注意。有個香港來的旅客，不大清楚其中的奧妙，他的一個本地友人慎而重之地把他的房間號碼「二一四」抄下來。後來知道，這為的不是要找他，而是拿去買「千字票」。千字票、萬字票是星馬人士閒暇時的消遣之一。花一二塊錢買一個自己心中所想的數目字，如果開彩中獎，就可得數百元至數千元，這是人人樂此不疲的原因。

起初我不知道一般人對「萬字票」狂熱的程度，後來在星加坡一書店裏買到一本英文的《賭萬字票秘訣》的小書，這才知道好此道者如許眾多，以至有人不惜下苦功去研究「必勝」的秘訣出來。

這本小書除列出許多數學上的原則外，另開列所謂秘訣之一是，如果你買萬字票（四個數字），應當買數字完全不同的，即「一二三五」、「二六七九」等。這種情況中獎的機會，較之其中有若干數字相同的號碼（如「二二二四」、「八八一八」）要大得多。如果你買四個數目相同的號碼，如「二二二二」、「四四四四」等，小心！每年八十次開彩中，只有三次出現的機會。

秘訣之二是不要迷信，凡已經在某次開彩出現過的號碼，千萬不要再買，在一年約八十次開彩中，很少有幾個號碼是重複出現的。所以，你放棄已經出現過的號碼，對你有利。

秘訣之三是應該經常性地購買固定的號碼，如果時時更換號碼，或對某個號碼時買時輟，會失去很多的機會。該書建議，每次買四元，買四個比較有系統的號碼，如「一二三四」，「一三二四」，「一四三二」，「一四二三」，這次不中，下次再買，直到中獎為止。

看來這寫書的必然是一個飽歷滄桑的「萬字票迷」，在經過慘痛的教訓後，寫成這樣一本小書。

《明報》，一九六八年六月六日

南斯拉夫的「性感可樂」

南斯拉夫自發現一種「性水」之後，大大引起遊客的興趣，而且成為世界人士談論的話題。所謂「性水」是一個含有礦物質的泉水，據說服食之後，能令男性增加他的性能力，當地人稱之為「男性之泉」（Male Water）。

今年初，一個南斯拉夫報館記者到該處遊玩，無意間發現當地的男人雖然十分蒼老，仍然對女人抱着濃厚的興趣。有一個村人名叫沙立，曾經結婚三次，生下二十一個孩子，最近一個是在他八十一歲的時候生的。原因就是吃了那泉水的功效。

那記者把這故事發表後，南斯拉夫的男女爭相抵達該地，要嚐一嚐那泉水的神奇。

不到數星期，全世界都知道這消息，一個西德學院要訂購九萬公升「性水」以供研究及嘗試，出價四萬五千美元。一個加拿大商人願出巨資獲得全井的租用權。一家西德旅行社包下了該泉水附近所有的客房，為期五年。美國伊利諾州一家診療所也出資二十萬美元要買下這泉水。

南斯拉夫衛生當局馬上注意此事。他們把泉水拿去化驗，由專家巴夫奧俄教授在檢驗中。（但一般人相信，縱然經化驗後，認為全無作用，南斯拉夫也不會公佈，因為這泉水不啻是她的國寶，可以吸引無數的遊客。）

地方當局在泉水之旁築起籬笆，由一警衛員看守，如不付出每瓶五角美元的代價，誰也不許飲用。

除了計劃在泉水之旁大量興建酒店以供遊客居住外，一家專門利用這泉水的公司已經成立，計劃將之裝瓶發售，現正徵求一最有吸引力的名字，有人建議用「性感可樂」（Sexy Cola），有人建議用它的原名「男性之泉」，也有建議用「大情人飲料」，當局現正在考慮中。

泉水的所在地波斯尼亞，是南斯拉夫七邦之一，原本缺乏旅遊價值，現在一登龍門聲價十倍，期望在今年內能賺到二億美元的遊客的金錢。

《明報》，一九六八年六月十三日

在星空戰受傷的澳洲總理

澳洲新任總理哥頓（John Gorton），是一個性情很隨和的人。他與同僚討論問題時，喜歡把西裝脫掉，穿一件襯衣，無拘無束地談。人家給他一個「老好人」的綽號，事實上，即使與他政見不合的人也同意這個說法。

在事業上，哥頓可說一帆風順。出生於一九一一年九月，今年五十六歲。幼年時，父親開一個果園，他幫忙着做一些雜務，長大即赴英國留學，在那個時期，奠定他的政治家的見解與基礎。

回國後，因父親身體衰弱，他不得不放棄當個新聞記者的願望，而把管理果園的擔子挑起來。

二次大戰爆發，哥頓加入空軍充當一名戰鬥機機師。在保衛新加坡一場戰役中，他的戰機為日本敵機擊中，緊急着陸以致面部受傷。

後來有人把他救起，休養了兩星期，趕上一班撤退到澳洲去的船隻。詎料禍不單行，這艘輪船又被日本魚雷擊中，不過哥頓與二十個人幸運逃生，為一艘澳洲驅潛快艇所救。

或許是因為這樣的緣故，他對新加坡是特別有一番感情的。

戰後，他參加政府工作，開始他的政治生涯。澳洲前總理孟齊斯（Robert Menzies）很賞識他，先後委任他多個部長職位，如海軍、內政及工務部等等。在就任總理之前，他是教育及科學部長，兼參議院政府領袖。

上屆總理何特（Harold Holt）泅泳逝世後，哥頓臨時接任了他的職位。他辭去了參議員，加入眾議院，被選為自由黨領袖及現任總理。

由於哥頓性情隨和，在眾議院嚴肅的唇槍舌劍的辯論中，似有些不慣。他所習慣的是參議院內慢條斯理與平靜商量的氣氛。

不過，他在電視上的風度極佳，給人十分親切的感覺。在政策上，他仍然依據何特的方針——把澳洲的命運與東南亞聯繫起來。

哥頓之所以持着這個主張，與他太太也很有關係。他太太是美國人，但卻專修印尼語文，能講流利的印尼話及馬來話。在澳洲，她經常與大馬、印尼的學生交往，且不時在電視上對這兩個國家廣播。

《明報》，一九六八年六月十六日

大學生並不風流

美國男女大學生的浪漫作風，一般來說不及倫敦。而整個來說，歐美學風的腐敗，亦不如報章雜誌所登載的離譜。實際上，他們是很嚴肅地讀書的，只因其中若干「害群之馬」的故事刊登出來，遂使一般人誤會，認為歐美大學中已經烏煙瘴氣，無藥可救。這是一種錯誤的印象。

幽默作家布芝華就此情況寫了一篇令人捧腹的文章，它的要點如下：

有一次，我（作家自稱）到一家大學去演講，見一個學生垂頭喪氣。問他發生了甚麼事情，學生答：「唉，別提啦，我從前騙爸和媽說，我和一個女同學在同居，現在爸媽遠路迢迢的要來看我，你說糟糕不糟糕？」

「這有甚麼糟糕的，孩子，你就光明正大的把女同學介紹一番好了。」我笑說。

「問題不在這裏，」那學生跳起來：「並沒有一個女同學和我同居呀。」

「那更加沒有問題，你就說沒有好了。」

「這令爸爸多麼失望，」學生愁眉苦臉：「他一直以為我做了一件叛逆社會的事情，十分驕傲，每月還為我匯來兩個人的生活費。現在西洋鏡拆穿，不但令他感到恥辱，我的生活費馬上減少一半了。」

我聽了很感同情，說：「既然這樣，你就索性真的找一個女同學同居吧。」

「我早就試過。」學生答：「我問了十個女同學，第一個答，她來讀大學，不是為了和一個窮小子熨衣裳的。另四個坦白對我說：她還未到找男人的時候。有三個叫我去死，一個向學校警察報告……」

「噢！」我真為他難過：「那麼《生活》雜誌所登的〈大學的性生活〉看來並不真實。」

「可不是，現在社會上人人都以為學校是一個性的天堂，每次我回家度假，親友弟妹們爭着要我講述風流艷史，我窘得不得了。我告訴他們，只看過兩次意大利電影 *La Dolce Vita*（一部描寫男女情慾的影片），他們大笑。」

「既然你爸媽來了，你就說女同學懷孕，入了醫院，不能見他們好了。」我這樣建議他。

「對了，為甚麼我不曾想到，」他興奮地答：「這麼一來，爸會更加驕傲了。」

《明報》，一九六八年六月二十二日

星馬讀者閱報興趣日濃

報紙越多，競爭越大，讀者的興趣也就越濃。這是拙欄以前所談過的。香港是一個很好的例子。據最近出版的張國興先生所撰的《中文報紙概觀》一書列出香港共有華文報四十九家，總銷數一百三十五萬份，每份報紙銷數自一二萬至十餘萬不等。凡是能夠存在的報紙，幾乎都有它本身的特色，別的報紙無法能將它取而代之，在讀者中也就形成這樣的現象，他看了甲報還不能滿足，必須同時再看乙報和丙報，因為甲報無法包羅乙報或丙報的特色。一個人看幾份報紙的現象，在香港極為普遍。以星馬為例，這一年多來新出了一份報章《新明日報》。她的銷數增加很快，在短短的期內報份起了百分之六百，星馬新聞界人士都公認這是一個奇蹟。但是《新明日報》銷數的增加會不會影響他報的銷數減少？答案是：並不。非但不，而且他報的銷數也同樣地在增加中。拿新加坡來說，新加坡的四份日報中，《南洋商報》與《星洲日報》去年的報份都是大有增加，還有一份《民報》也是欣欣向榮，這三份報紙加上《新明日報》，在過去一年中所增加的讀者，數量至巨。這是一個很好的現象，證明新加坡的華文報讀者讀報的興趣越來越濃。也證明並不因一家新報紙的加入競爭而減低了他報銷路。相反地，是每一份都增加了銷路。這看來好像不成理由，實際上是有理由的。在《新明日報》開辦的一年多來，其他三報《南洋》《星洲》《民報》都分別徵聘更多的記者與辦事人員，這些報紙的內容都作了不同程度的豐富與改進，更加令他們的老讀者覺得滿意。換言之，因一家新報紙的出版，推動了彼此的競爭與進步。這給予讀者最大的利益。因之，過去不看華文報的，現在也要看了。過去只看一份報紙的，現在說不定要看兩份或三份了。星馬的華文報不但未到飽和的程度，而且還有很多發展的餘地。比方說，星馬現在正需要一份華文晚報，以報道在晨早到午後發生的消息。這樣一份晚報相信在不遠的時期內便會有人開辦。華文報不必擔心銷路的問題，只要新聞界人士共同努力，每一份報章都辦得有聲有色，相信各界人士對華文報必將有不同的評價，讀者方面也必越來越廣。

《明報》，一九六八年六月二十八日

三千個單字包括一切

一張華文報紙使用的全部文字，是否可以局限在三千個單字以內？這是國際新聞協會亞洲計劃部出版的《中文報紙概觀》（張國興著）所提到的一個饒有趣味的問題。

該書說，中文的單字大約有五萬個。但實際使用的只有八千個到一萬二千個之間。如果能把使用單字的範圍縮小到三千個，則華文報紙可以使用機械排字法，像英文報紙一樣，不必用人工手排那麼辛苦（倘若超過三千單字，機械無法操作）。

問題在於：三千字是否夠用？能否概括日常生活的一切大小問題？

林語堂博士提出一個例子：孫中山先生所著的三民主義，全書共有十六萬三千二百九十六個字，但所用不同的單字只有二千一百三十四個。

這是一個相當有說服力的例證。不過台灣《聯合報》在實際試驗時，卻發生了困難，該報使用了一種自動鑄排機，共有常用單字二千三百七十六個，並出版了一本小冊，上面列出了這二千多個字，分發給報社的編輯和記者，請他們在使用單字時，盡可能莫超出這一範圍。但是編輯和記者均覺得非常困難，他們所寫的文章，常常超出了這範圍以外；還有一項困難是，編輯和記者無法記住那二千多個字，在執筆的時候，無法確定哪些字在範圍以內，哪些字在範圍以外。另一個基本的問題是：《聯合報》所選的二千三百七十六字，是不是真正的最常用單字？不過，這一方法確已提供了華文報紙機器排字的一線光明。現在只要解決了兩個問題就行了：一、確定最常用的三千字；二、如何使編輯、記者用字不超出那範圍。後者或許可以通過一種「漸進」的方法，例如《聯合報》可以這樣做：每天選擇編輯、記者所寫的超出自動鑄排機範圍以外的字眼，用大字寫在黑板上，請大家以後避免。久而久之，當會做到相當接近的地步。最後一個問題是：把華文新聞寫作局限於三千單字內，是否一種開倒車的做法？文字的發展應該是越來越豐富多彩，而不是越來越狹窄。同時，這樣做會不會覺得束手束腳？這問題值得文化界人士作一番探討。

《明報》，一九六八年六月二十九日

美國人與槍

美國人越來越多人主張對槍械加強管制，以下是《新聞週刊》對「槍」的各種記錄：

美國是一個槍的世界。美總統詹森說，每年有六千五百宗謀殺案是用槍械作兇器的。此外，槍械與每年一萬宗的自殺案、二千六百宗意外死亡、四萬四千宗暴行、五萬宗搶劫及十萬宗傷人案有關。

根據美國官方記錄：自本世紀開始以來，美國共有七十五萬人死於私人槍械之下，約等於美國歷史上所有戰爭死亡人數總和的三分之一。美國孩子自四歲起便自從爸爸手上接過一把玩具手槍；到了十二歲起即能開氣槍；長大後，只要喜歡，誰都可以擁有一把自己的槍械。美國公路上的廣告牌常常鑲滿彈孔，那是駕車過路者的消遣。

近幾個月，因黑白種族衝突事件蔓延百餘個大城市，人們對槍械的要求更甚，起因是為了害怕與自衛，但警方擔心，結果必然造成更多的麻煩。

德薩斯州一張黑人報紙刊登一則「夏季大廉價廣告」：「左輪手槍，每柄只售三十九元八角八分，勿失良機。」在底特律郊外，白人婦女紛紛加入手槍訓練班學槍法。

在芝加哥，一個黑人說：「槍就是身份——人們叫槍做『平等物』。一槍在手，人人平等。今天的情況是人們越來越平等了，因為人人都有一把。」美總統詹森估計說，美國每年售出的槍械大概是二百萬枝，實際情況更多，今年可能達到四百萬枝，較之去年增加百分之三十。槍械製造是一門大生意。

幾乎每一次暴動或暴行事件之後，槍械的銷售就大量增加。在黑人領袖馬丁．路德．金（Martin Luther King, Jr.）被刺事件之後，一個三藩市警員說槍械銷售增加了三倍。

但羅拔．甘迺迪被殺，卻生出一種頗為不同的效果。在蘭加士打有行獵二十年的獵人自動向警方交出他的來福槍和一把散彈槍，他說：「請你們把它毀掉，我不想再射殺任何東西了。」相同的情況很多，在三藩市，人民向警局自動交出了二百八十枝槍械；在芝加哥，一百七十五枝。這是一種令人想像不到的現象，也許羅拔之死，與他哥哥（故總統甘迺迪）之死重複，使人特別傷感與同情吧。

《明報》，一九六八年六月三十日

英國政治家安全嗎？

美國的重要人物迭遭刺殺之後，倫敦的報章提出一個問題：英國政要究竟被保護到怎樣的程度？他們是否安全？

故首相邱吉爾的個人保鏢梅里說：「一個在群眾中行走的大人物，無法獲得百分之百的安全保障。可怕的槍手隨時會隱藏在人叢中。我們唯有到處張望，希望在這種人行動之前發現他——而不是在行動之後。」

當約旦國王胡辛在倫敦舉行招待會時，他身邊圍繞一整隊虎視眈眈的侍衛，如臨大敵，十分驚人。

但在英國，不作興那麼「隆重其事」。不論任何一政治家，亦不論其政論如何尖銳與引起敵視，通常認為有一個亦步亦趨地跟隨着他的保鏢已經足夠。

英女皇幾乎在任何公眾場合中，都有她私人的警探護衛。蘇格蘭場敢說，英國首相、內政大臣、外交大臣都是「非常妥善地被保護着的」，不過當倫敦記者詢問：英首相出外是否總有一個武裝衛士跟隨時，獲得的答覆卻是：「不便奉告。」

英國的最近一次政治刺殺案是二十八年前，一九四〇年三月十四日，邁高（Michael O'Dwyer）爵士在倫敦西敏寺演講，被一印度人向其背部射一槍而死。原因可能再推至二十一年前，一九一九年，邁高爵士任印度賓積省（Punjab，另譯：旁遮普）省長，面對一次暴動事件，邁高的軍隊開槍射殺三百四十九人。那仇怨留到一九四〇年報復。

但這些年來，英國一直沒有發生可怕的政治暗殺事件，想來是由於英國人民主思想濃厚，政見儘管不同，卻不會使用槍桿子以謀解決。

通常一個大人物在公家場所出現，蘇格蘭場總作出適當的戒備，屋頂、陰暗的地方必受到注視。任何匿名電話通知一種危險的行為，必受到警方的關注，他們決不把這當作開玩笑。

英國政治家之比較安全的原因，除了上述民主風度外，一般人擁有槍械的情況比較少，遠不及美國之風行。而英國沒有嚴重的黑白種族問題，亦有很大的關連。

《明報》，一九六八年七月一日

新聞標題的趣味

今天手頭上沒有甚麼新鮮的國際資料，且談一談新聞標題的趣味。（按：由國際新聞協會出版的《華文報業概觀》一書中，曾特別提出新聞標題加以討論。）

「標題」在做新聞工作的人來說，是一件很值得研究、也很有興趣的東西。如果在標題上能好好改進，對華文報的銷路，相信是一種最好的刺激。好的標題不但能概括新聞的內容，而且字字精鍊，充滿美感，令人誦讀再三，回味無窮。

同是一段新聞，甲報編輯與乙報編輯的標題，可能截然不同。用心的編輯與不用心的編輯一經比較，高下立辨。前者字斟句酌，絞盡腦汁，有時一個字的取捨會花去幾十分鐘的時間。然並不以此為苦，反之當他最後想到一個合適字眼時，那種快樂不足為外人道。他覺得當報紙第二天出版後，讀者也會欣賞這個標題，分享他的喜悅。不用心的編輯總想盡快把工作做完，一段新聞的標題，只求把事情大略交代一番，不講究它是否能有力地表現內容，也不講究是否能突出新聞的最新鮮之點。一段好新聞到了他手中，往往標得枯燥無味，白白糟蹋掉。自然，也有一種編輯，他雖然非常用心，但限於才華或資歷，一時還未能達到很高的水準，這卻怪他不得。

目前最講究標題的華文報章大概是台灣報，隨手翻開哪一天、哪一份都有佳作。例如〈傾囊濟貧婦，柳鶯嘘春風〉（軍人贈款）；〈良師難為力，啞女萬籟寂〉（啞女屢醫不癒）；〈船小豪情壯，遊艇渡重洋〉；〈九城歡聲上元夜，萬家燈火起笙歌〉（元宵）；〈銀幕讚星落，影迷哀胖哥〉（劉思甲病歿）等等。

又如〈烈火不識警察，一焚宿舍七家〉（火焚警察宿舍），〈刀下留狗，險成香肉〉（一犬被救回），〈醉與罰〉（一醉漢被罰）等，非但能道出內容，而且還有題外的幽默感與人情味。

不用心的編輯最大的毛病是永遠把標題定下幾個方式，一成不變。讀者對那樣的標題覺得千篇一律，那段新聞也就可看可不看了。

《明報》，一九六八年七月二十一日

耶魯方法學習華語

美國人學華文已成為一種普遍的風氣。紐約記者赫格第在一篇文章中說：大約十年前，華文課程只在極少數的幾家大學中設立。但今天，最少有八十家學院或大學在教授華文。

在許多大學中，華文甚至成為最熱門的課程。俄亥俄州的奧布林學院（Oberlin College）一學生說：「我們學校中，華文可能是最多人選修的新科目。」

在大學之外，由私人基金及政府開設的華文班更不知有多少。連中學學生現在也開始學習華文了。

五年前，美國全國只有一家至二家中學教導華文，現在總共有一百四十家。

這種劇烈的轉變，可通過伊奧華大學（The University of Iowa，另譯：愛荷華大學）教導華文的梅教授一番話看出。他說：「以往我常常只教導一個學生，直到他畢業為止，還是一個人。現在僅華文科的教授已有七人。」

因為華文忽然吃香起來，教華文的老師便供不應求。俄亥俄州奧布林學院的麥諾頓教授用錄音課程的方法以協助兩個中國籍教師。他們在俄亥俄州的安狄奧克學院（Antioch College，另譯：安蒂奧克學院）及印第安那州的華伯斯學院（Wabash College，另譯：瓦伯西學院）教導四十個學生。

很多美國學生認為學習歐洲各國語言沒有多大用場，紐澤西州一個中學學生溫特和達說：「德文、意文和法文都差不多可以說是一種死的語言了。」他準備將來用華文去學習建築工程。

不過多數美國學生承認學華文不是一件容易的事。但學講華語卻容易得多。他們多數用羅馬拼音法學講華語，學起來就不困難。許多人在講得相當流利的華語後，卻仍然不識一個中國文字。

超過半數的華語課程都採取上述的教導辦法，即所謂「耶魯式」教習法，已有一定的課本。據說，認真學習的學生可以在一年內把華語講好，這是美國加州國防語言學院（Defense Language Institute）發言人說的。該學院的華文部主任說，共有四十人在教授華文。

雖然沒有人公開提起，但誰都知道美國中央情報局正大量吸收華文優秀的美國學生。

《明報》，一九六八年七月二十五日

咖啡或茶？偷情外交？

在每次巴黎和談中，有一段輕鬆的時刻，那是中間一段休息和喝咖啡的時間。

到今天為止，北越與美國代表所能達致的協議似乎只有一項：在每星期三舉行會議一次。而這項協議就是在喝咖啡的時候達成的。

每次開會喝咖啡的時間沒有硬性規定，雙方都有權利隨時要求休息。

不過幾乎已形成了習慣，總是在雙方讀完他們的致辭之後，即分別離座去享受一下咖啡的香甜。

在離席時，遵照外交界的慣例，美國的首席代表哈里曼與北越的首席代表春水走在一塊。第二名代表萬斯（Cyrus Roberts Vance）與何文樓走在一塊。各由他們的通譯跟隨着。

依次是各類等級的官員，分別構成一小堆一小堆，互相交際一番。不同的是，一般官員用法語交談，沒有通譯而已。

談論的話題，從巴黎的美麗天氣到雙方代表如何度過他們的週末，以及寮國、法國與越南香煙品質的比較等等。

由於咖啡時刻比較輕鬆，而地點又很寬敞，各適其適，可以走到酒店大堂去，也可以走到任何小室中，哈里曼很希望將來在這個小息段落達致秘密的協商。說不定越南和平就繫於這手上的一杯咖啡，誰知道？

除了咖啡或茶以外，沒有更強烈的飲品供應。喝咖啡的時間由二十五分鐘至五十五分鐘不等，通常是由一方客氣地提出：「我們該進去了嗎？」（Shall we get back?）作為結束。

雙方代表在開會完畢後，除了對會上所作的正式演講加以記錄報告之外，即使是很小的象徵某種意義的閒談，也在揣摸與討論之列。巴黎會議就是這樣一種東西，在正式會議桌上不可能產生甚麼效果，只能轉彎抹角，旁敲側擊。

有一位法國記者比喻得好，現代的外交家就像偷情的男女，他們喜歡在偷偷摸摸中完成一切，到第二天彼此相見時，依然詐作互不認識，甚至互相譴責一番。

《明報》，一九六八年七月二十九日

怎樣採訪蘇聯消息？

有一篇幽默文字寫西方觀察家如何獲得關於蘇聯的資料。

「在莫斯科，每一次外交宴會都有巨大的重要性，這倒不是因為它的美好的食物和免費的佳釀，而是因為多數西方觀察家可以在這裏獲悉蘇聯的動態。」

以下是在一個外交宴會上可以聽到的對白：

「你注意到哥虎斯基跟隨庫賓斯基之後進來嗎？」

「不錯，這真令人感到興趣，七月四日在美國大使館的宴會中，庫賓斯基是跟着哥虎斯基進來的。」

「是呀，在七月十四日的法國大使館宴會中，他們兩人是並肩而至。」

「這表示庫賓斯基已連升兩級了。」

「我也這樣想，對了，你們看到柏洛夫和普清斯基握手嗎？」

「我正要告訴你，上次柏洛夫見到普清斯基只點了一點頭。今天他會和他握手，裏面一定有文章。」

「說不定普清斯基在蘇聯主席團的官運增高了。」

「也許是柏洛夫的降低了呢？」

「我想我們都忽略了一件事，重要的不是柏洛夫跟普清斯基握手，而是普清斯基的太太不跟柏洛夫太太說話。」

「有趣得很。不過我認為最重要的還是波哥洛夫喝醉了酒，把酒潑在伊葛維支元帥的整套制服上。」

「這有甚麼重要？」

「道歉的是伊葛維支元帥。」

「波哥洛夫的官運也許上升得比我們想像的快。」

「毫無疑問。伊葛維支元帥甚至去為波哥洛夫再斟一杯酒。」

「波哥洛夫有沒有再把這一杯倒在伊葛維支元帥的制服上？」

「沒有，但他把他的腳踏在伊葛維支元帥的腳面上，不肯離開。」

「由此看來，波哥洛夫要當國防部長了。」

「他一定將要做甚麼大官，因為我從未見過伊葛維支元帥肯讓人在他腳面上踏這麼久。」

《明報》，一九六八年八月九日

《聯合報》社長談辦報

與台灣《聯合報》社長范鶴言先生一席談話，對該報在台灣的成功，不覺又多了一層了解。

范先生說，辦報不能有一分鐘放鬆。一步鬆了，別的報紙就走在前面。讀者也就對你的報紙感到失望。

《聯合報》擁有外勤記者四十餘名，但人手還嫌不足。該報厲行一種新作風：本報記者絕對不得與他報交換新聞（華文報界本有一種風氣，甲報記者採訪五段新聞，乙報記者也採訪五段新聞，二人交換一下，每人便都有十段新聞。但缺點是，第二天刊出時，兩報的新聞大同小異，沒有特色。）

為了鼓勵記者追尋獨有新聞，《聯合報》每月頒發獎金一次，分甲、乙、丙、丁四等，由總編輯評定。能夠獲得他報所沒有的有價值新聞者，可獲最高獎金。但就算每家報紙都有的新聞，如能寫得更詳細，更真實，也可獲得獎賞。

《聯合報》是一份不斷向前發展的報紙，該報有一個花紅制度，凡廣告費增收十萬元，全體同人，可加薪金二級（每級數目多少，依職位高低而定）；凡報紙銷數增加一萬份，全體同人亦加薪金二級。因此，報紙的進步變成每一個工作人利益攸關的事情，自是人人盡力，個個奮發。

《聯合報》在過去十餘年來，每年最少增加銷數一萬份。銷數增加的原因，有時因為一段報道詳細的社會新聞，有時為了搶先刊出政治新聞，有時為了對某一問題的一系列社評，引起廣大讀者的關心與興趣。（《聯合報》注重社評，每天捕捉為大眾關心的問題，予以評論，對一個較大的問題，可以連續談論十天至二十天，把讀者對這問題的興趣越提越高，而銷數亦因之不斷增進。）范鶴言先生以為，辦報最重要的是人才。在台灣新聞界，好的人才還是缺乏。該報現從各大學新聞系畢業的新人中挑選、吸收，事實證明，這些新人更有衝勁，更容易吸收新的優點，進步很快。

在台灣辦一張新報紙，容易成功嗎？范先生以為不容易，第一，人才難尋；第二，資金必須充足；第三，競爭劇烈，各報已有相當規模，新出的報紙如無特色，很容易被淘汰。

《明報》，一九六八年八月二十二日

第一夫人的快樂與悲哀

在美國過去的三十五位總統中（詹森是第三十六位），每一位總統夫人都有不同的特點，美貌的與平凡的，慧黠的與遲鈍的，任性的與羞怯的，她們構成多彩多姿的一群，並不亞於三十五位總統本身。這些夫人中有一點相同的是，她們都珍視遠離公眾場合、與家人靜靜地團聚的時刻。

最年青的總統夫人是第二十二位總統克利夫蘭夫人（Frances Cleveland），她在一八八六年與克利夫蘭（Grover Cleveland）在白宮結婚時，只有二十一歲。其時克利夫蘭已就任總統一年。這位活潑的夫人舉行過一個公開招待會，歡迎任何人和她見面及握手，一天之內，總共有一萬人握過她的手，事後，整個手臂幾乎僵硬不能動彈，必須接受按摩手術治療。

最喜歡請客和受歡迎的第一夫人是第十九位總統希斯夫人（Lucy Ware Hayes），她被人起了親切的外號，叫做「檸檬汁夫人」（Lemonade Lucy）。原來希斯（Rutherford Birchard Hayes）總統夫婦主張禁酒，招待會上從不設酒，只有咖啡、茶與檸檬汁。這與前任總統格蘭（Ulysses S. Grant）大不相同，在格蘭的豐盛的宴會上，有時多達二十九道菜，美酒無限量供應，酒客皆大歡顏。

最悲哀的第一夫人是第十四位總統皮亞士夫人（Jane Means Pierce），她的兩個兒子先後短命去世，第三個兒子，也是最後一個，在皮亞士（Franklin Pierce）將要就任總統的幾星期前又因火車失事身亡。這一事件令夫人哀傷成疾，過着隱居生活。皮亞士以為這是他追逐政治功名的罪孽，常常自責，致在任內毫無建樹，成為最軟弱無力的總統。（按：美國三十五位總統中，除貝尊納〔James Buchanan〕是一個王老五外，其餘三十四位的夫人共產下一百二十九個孩子，其中四分之一是早夭的。）

在白宮日子最久、最快樂、最成功的第一夫人是麥迪遜夫人（Dolley Madison）。她的丈夫麥迪遜（James Madison）本是前任總統謝扶遜（Thomas Jefferson）的國務卿。謝扶遜是個鰥夫，在他任內八年，麥迪遜夫人陪他主持白宮各種宴會，儼然是白宮女主人的身份。等到謝扶遜下台，麥迪遜上台，她成為真正的白宮女主人，又度過八年。之後，她搬到白宮對面的一座小房子居住，由於她過去的人事關係，仍以「非官式第一夫人」姿態出現。她被稱為「最受歡迎與最被人敬愛的女人」。從沒有一天失去生活的熱情。直活到八十二歲，無疾而終。

《明報》，一九六八年八月二十四日

安妮公主芳齡十八

曾經有一個時期，英國瑪嘉烈公主成為一般少女的偶像。她的服飾，她的戀愛，她的一舉一動都是報章的熱門新聞。現在這時代過去了，大家開始注意的是安妮公主。

安妮公主剛剛度過她的十八歲誕辰，她是英女皇伊莉莎白二世的愛女，皇儲查理斯的妹妹。

安妮性情很活潑，甚至可說比她的哥哥更為外向。

她愛騎馬，在草原上馳騁的時候，姿態極美。查理斯王子卻喜歡玩音樂，他玩鼓、吉他和大提琴。

安妮公主雖然也學過鋼琴，但除了鋼琴外，再無其他音樂上的興趣。

安妮十八歲生辰的一天，與女王、父親菲臘親王及哥哥等乘坐遊艇「不列顛尼亞號」自樸茲茅斯開赴蘇格蘭遊玩。由於安妮不大可能有成為女王的機會（她哥哥查理斯王子是儲君，如果哥哥有甚麼變故，她的弟弟安德魯王子將繼任），她所能接受的最隆重的封號是Princess Royal（大公主），在她二十一歲時接受母親賜封。

十八歲是一個迷人的年齡，許多英國女孩子在這個時候開始踏入社交圈，結交男友，或已成為一個妻子。

但安妮似乎還沒有那樣早，她的父母也故意把這十八歲生辰的重要性減低，使它像平常的生日一樣。

安妮讀書選的科目是地理和歷史，查理斯王子卻選擇考古學作為主要科目。

這也表現二人性格的特點。安妮雖然明知哥哥有一天要做國君，但是卻一向對他毫不「客氣」，常常反唇相譏，或頂起舌頭向他大做鬼臉。

但二人相處得很好。皇宮人員說，查理斯王子脾氣很好，他幾乎和任何人都能相處得頗為融洽。

安妮還沒有男朋友，當她有一天墮入愛河的時候，她的新聞定會轟動全世界的。

《明報》，一九六八年八月二十八日

過份忙碌的世界

英國幽默作家戴倫說：今天世界人類有一個相同的地方，都朝着越來越緊張的生活走。由於步伐越來越急迫，到了下一世紀初，會發生如下的各種情形：

＊人們的脖子是僵硬的，當他們要轉頭看人的時候，不得不整個身子轉過來。他們臉上沒有自然的笑容，只有在老闆發笑的時候才機械化地陪笑一陣，在若干秒鐘後自動停止。

＊馬路上開快車死亡人數倍增，當這些幸運地得到安息的人闔上眼皮後，其他人沒有功夫把他的身體移出來安葬，就讓警察把他連同那摧毀的汽車，一起拉走，送到廢車廠中，讓高壓機器把車子壓成廢鐵，省卻了埋葬和祈禱的時間。

＊餐廳的菜單雖然有各式各樣的大菜，但幾乎清一色都是粉末或糕漿，這有助於不必咀嚼而消化，食客們也不作興一道一道菜的上了，他們乾脆把所有要吃的放在一隻大碟子上。

＊忙得要命的經理和高級行政人員，他們選擇在寫字桌旁一邊辦事一邊吃飯。通常是由他們的女秘書一湯匙一湯匙餵在他們嘴裏，因為這樣不妨礙他們多思索一些事情，用甚麼方法去打倒與他們作對的公司。

＊夫婦再沒有時間閒話家常了，見了面頂多彼此點點頭，有時頭也不點，就各做各的工作。夫婦沒有時間調情，沒有時間討論孩子的性格和學業，甚至也沒有時間做愛，有一天丈夫忽然想到要做愛的時候，他叫他的女秘書撥一個電話回家：「某某先生準時八時三刻回家，他總共有十分零三秒的時間，請即準備一切。」

＊為了節省時間，結婚和離婚的形式減至最簡單化，在教堂的左右各有兩道拱門，可供汽車駛過，情侶只要駕駛他們的汽車，通過左方那道稱為「結婚」的拱門，便算儀式完成，可直赴他們的蜜月地點。同樣，怨偶也可以駕車通過右方那道「離婚」之門，便算彼此分手。當然，有些剛剛通過「結婚之門」的男女，由於他們在車上吵了架，馬上兜一個圈，又從「離婚之門」穿過去，於是他們完成一生的兩件大手續。

《明報》，一九六八年九月一日

「親愛的競選人」

美國女作家洛慧兒（Juliet Lowell）編過幾本很有趣的書集，其中一本叫做《親愛的議員先生》（*Dear Mr. Congressman*），專門收集美國人寫給議員的幽默的書信。一本叫做《親愛的醫生》（*Dear Doctor*），是病人寫給醫生的。一本叫做《親愛的先生》（*Dear Sir*），收集一般人向政府部門投訴的信，一本叫做《親愛的候選人》（*Dear Candidate*），最近出版，裏面全是對政壇人物挖苦的書函。

例如其中一封是寫給詹森總統的：「總統先生，請你的所得稅人員不要來打擾我。如果你在許多專家協助之下，尚且不能使預算平衡，又怎能期望我們得到？」署名是「被擾人太太」。

洛慧兒女士的座右銘是「製造笑料，不要製造戰爭」。她認為神經質者與健康者的分別，就是後者能夠發笑。「如果世界上的政治家能聚在一起大笑一番，一定有更多的和平。」

洛慧兒說：我生平喜歡逗人笑，但現在一般人不像以前那麼開心了，他們笑得比以前少。而目前流行的笑料有許多是病態的。

洛慧兒結婚兩次，一九三〇年已想到出版書，收集這新鮮的念頭。她的材料有許多是旅行中收集得來的，例如《親愛的醫生》就是她與一群醫生去旅行，在途中混熟了，醫生們談起許多病人寫來的怪信，令人捧腹。洛慧兒靈機一動，馬上開始編寫這樣一本書。出版後果然風行一時。

在接受訪問時，她說：「我是在火車中出世的，沒有停過。」不過她現在的寫作主要在紐約東郡一個豪華的寓所完成，這房子有兩個露台。

她說，我小名叫「茱麗葉」，怎可缺少一個露台？

將來，她準備寫一本自傳，題目叫《親愛的我》（*Dear Me*），這書名語意雙關以，也有「天呀」的意思；同時因為她每一本集子都冠以「Dear」，故以此名。

《明報》，一九六八年九月十九日

在捷克拍美國戰事片

當蘇聯軍隊開進捷克時，他們發現布拉格之南十五公里有八輛美國坦克、兩挺高射炮，多輛吉普車、運輸汽車、裝甲車，還有美國大兵在忙碌地跑來跑去。

這情景並沒引起「美蘇大戰」，因為當時的情況是：一部美國戰事片正在該處拍攝。上述的坦克與武器，都是那部影片的道具。

影片叫《雷馬根大橋》（*The Bridge at Remagen*，另譯《雷瑪根鐵橋》）。製片人沃爾泊（David Lloyd Wolper）是第一個在捷克拍攝美國片的人。去年十月取得前捷克主席諾伏尼（Antonín Novotný）政府的同意後，即開始拍攝這部以二次世界大戰為背景的影片。

其時東德新聞界曾發動炮轟，謂沃爾泊是美國中央情報局人員，他們把美國武器冒充電影道具運入捷克，又把大批間諜作為明星及攝製人員混進捷京活動。他們說，這是要來協助杜塞克（Alexander Dubček，另譯：杜布切克）政權的。捷克政府對這種攻擊立予否認，沃爾泊等總算順利地進行拍攝，沒有遭到阻攔。但拍攝戰爭場面的道具一度發生困難，美國國防部因該片在共產國家境內拍攝，不允借出坦克、兵車等武器。結果沃爾泊改向奧國國防部洽商，由後者供給：八輛美式 M24 坦克、數輛裝甲車、兩挺高射炮以及許多來福槍、機關槍等等，如前所述。這些都是如假包換的武器，不過使用的假彈藥而已。

事有湊巧，影片還未拍成，蘇軍即開進捷境。據男主角賓．加薩拉（Ben Gazzara）稱，當時情況真尷尬，他生怕蘇聯米格機會向他們拍戲用的坦克展開攻擊，因為那些武器太「逼真」了。

現在這一批八十人的工作人員已從捷克撤出，不能與他們一同撤出的是那些坦克、武器及數十具攝影機，都落在蘇聯軍隊手上，損失約一百萬美元。不過，沃爾泊決在西德繼續拍完這一部影片。外景的一部份準備到意大利去尋找與捷克相類的景色。

當他們在捷克拍片時，得到捷克人民極衷誠的合作，他們僱用了許多當地人員，與居民建立了很好的友誼。

從這一小事件可見，縱然在前主席諾伏尼統治下的捷克，也已對西方世界有相當程度的開放，不過杜塞克當政後，自由的風氣益發如火如荼地發展罷了。

《明報》，一九六八年九月二十三日

如果每個字只說一次

今天世界上逐漸傾向一種潮流，甚麼用品都是用一次就丟掉，語言學家在妙想天開：如果限定人們每說一個字之後就要放棄它，將有怎樣的後果。

比方說，你說過「麵包」這個字詞，以後在你一生中也不能再提到「麵包」。你說過「我愛你」，以後便永遠不能再用這字眼來表達同樣的意思。

每個字都只能說一次，多麼有意思。人的一生數十年，而字彙終究有限。所以必須惜「字」如金，非必要時誰也不說一個字，留待最緊張的關頭，或留待臨終之前的叮嚀之用。

於是可能有如下各種有意思的發展：

有人一生中盡力節省使用字彙，到他死亡時留下來給他的子孫，作為遺產，增加他子孫的語言的財富。換言之，如果某甲畢生未說過「我愛你」，死後遺留給他的兒子，他那幸運的兒子就有說兩次「我愛你」的權利。

如果他遺下的字彙很豐富，他又不止一個兒子，便可能為了這筆遺產而發生爭奪與訴訟，要由法官來裁決。如果某一家族代代節省下來的結果，可能形成他們是字彙富有的人家；而另一些家族則因太過浪費，致使他們的子孫在字句的運用上非常「貧窮」。

由於習慣性的結果，甲家族是喜歡說「形容詞」的，便遺留下大批未說的「動詞」；乙家族是喜歡說「動詞」的，便留下大批的「形容詞」或「名詞」。有一天，可能出現字彙的經紀，代表乙家族向甲家族兜售「形容詞」，以交換其「動詞」。或者形成一個語言的「交易市場」，自由貿易。

於是階級也形成了——「語言豐富」的階級與「語言貧乏」的階級，前者因歷代遺傳積蓄，愛說甚麼便說甚麼。後者等於能用的字彙非常少，便如啞子吃黃蓮，有苦說不出。

還有「語言的乞丐」，他們在街邊苦苦向人哀求一個字眼，因為他們以前太浪費，把最偏僻的字都用完了，現在就如啞巴一般，無法生活。他們的情況真可憐，令人忍不住要施捨給他們一兩個「字」……

這是一個童話嗎？不是，它是語言學家研究出來的一種可能的結果。

《明報》，一九六八年九月二十九日

漫畫上的政治人物

今年的兩位美國總統候選人雖然不一定符合民眾的願望，但漫畫家卻表示歡迎，因為不論尼克遜（Richard Milhous Nixon）還是韓福瑞，都有強烈的特點，使他們畫起來很容易。

尼克遜兩頰突出，上尖下闊，鬍子滿腮，鼻子高挺，是最佳的漫畫人物。韓福瑞面型又寬又扁，高額頭，孩子臉，一副可憐巴巴的模樣，好像受了誰的欺負，這是漫畫家給他的造型。

《華盛頓星報》（*The Washington Star*）的畫家高洛克說：「從繪畫上言，我真喜歡他們之一當選為總統。」另一位畫家薩普也說：「我對兩位候選人非常失望，但對本行來說，卻將是成功的一年。」薩普本來希望麥卡錫參議員能夠獲得提名。

尼克遜的漫畫形象出現在報章上總帶有點西部片的「流氓」味，在戰前這種情況沒有問題，自他成為共和黨候選人後，編輯要求畫家筆下留情，把他畫得漂亮一點。於是新的尼克遜像出現在漫畫上是下巴剃得光光的。不過有些漫畫家依然喜歡老形象，其中一位畫家當編輯指摘他時，他索性拿一幀尼克遜的照片出來給他看，證明他確具有「下午五點鐘的外形」，滿臉鬍子，烏煙瘴氣是也。

韓福瑞出現在漫畫上始終是詹森的「從者」，例如一幅漫畫把詹森與韓福瑞畫成二人樂隊，但韓氏揹着皮鼓，卻由詹森來敲打。《芝加哥日報》（*The Chicago Daily News*）的畫家費斯捷提說：「詹森與越戰成為韓福瑞的兩個包袱，我還未見過韓氏以其本來的面目出現過。」許多人都認為詹森是韓福瑞最大的「敵人」，《丹佛郵報》（*The Denver Post*）有一幅漫畫，上繪詹森從韓福瑞腳下把一幅地毯抽起來。說明是「韓福瑞聲言將把美軍從越南召回，但詹森第二天便說，沒有人能預測這一天甚麼時候來臨……」

另一位候選人華萊士（George Corley Wallace Jr.）卻奇怪地很少在漫畫上出現，這倒不是他的形象沒有特色，而是漫畫家們不喜歡他。所以能經常在漫畫上出現的政治家，反而是易受歡迎的人物。說不定將來韓福瑞當選，就為了他那副可憐巴巴的表情哩。

《明報》，一九六八年十月二日

如果太陽神七號成功

美國為登陸月球作準備的實驗——太陽神（Apollo，另譯：阿波羅）七號已經在天上飛行了，這一實驗如果成功，下一步驟又如何？甚麼時候可完成探月夢想？下面是美國科學家的時間表：

太陽神八號——如果太陽神七號成功，接着試驗的是太陽神八號，準備在十二月發射。這一艘太空船可能繞地球軌道飛行，也可能繞月球一周而回到地球，或是環繞着月球飛行一次又一次。到底是哪一種情形，端視太陽神七號之成績而定。由於太陽神八號仍無攜帶着陸月球的設備，故太空人將始終留在船上。

太陽神九號——明年三月，另一艘重十萬磅、攜有着陸月球設備的太空船將作首次試驗，其上有三個太空人，將作一連串複雜的太空相會，及假定降落月球後，如何回到太空船的實驗，這一次仍然未直接降落月球。

太陽神十號——登陸月球的「綵排」，對一切作最後的試驗與檢討，說不定這一艘太空船就是最先到達月球的「使者」。但按照計劃，真正的着陸還留待太陽神十一號。

太陽神十一號——探月計劃的最後步驟，如果不是蘇聯太空人搶先一步到了月球，則太陽神十一號將會是攜帶兩個太空人首次到達月球的表面。其時大概是明年秋天或冬天，發射情況與太陽神八、九、十號大致相同，在發射後約十二分鐘，太空船將在地球軌道上作暫時性飛行，距地球一一五哩。在發現一切正常時，火箭即作第二度發射，離開地球軌道，飛進月球的範圍，此一段時間約需飛行六十小時，時速每一小時二萬五千哩。

以後速度便減低下來，逐漸減到三千六百哩，進入月球軌道。以七十哩的高度繞月飛行，兩太空人進入着陸之「四腳升降器」，脫離了「母船」，降落月球。而「母船」依然繞月飛行，等待太空人歸來。

兩名太空人在月球的時間大約渡過二十四小時至二十六小時。他們將花二十分鐘的時間搜集月球表面的泥土，但不會作重大的實驗，那些實驗將留待第二次登陸時才做。第一次到達月球的太空人只要能夠小心謹慎地在着陸後再回到太空船安返地球，這就算大功告成了。

《明報》，一九六八年十月十四日

李梅將軍一身是膽

美國前任空軍參謀長李梅（Curtis Emerson LeMay）將軍被提名為美第三黨候選人華萊士的副總統。這使華萊士增加了一批鷹派與激進派的擁護者。

李梅將軍是最「性格型」的軍人，方面大耳，相貌威武，言語有力，不時用「三字經」表達他的激動的意念。他一天到晚嘴邊不停地抽着雪茄。三十七歲時，他是最年青的二星將軍，領導美國空軍對德國作戰。上頭如果給他一張複雜的需要迂迴曲折地到達敵方目標的地圖，他會把它撕掉，乾脆對他屬下的轟炸機員說：「去他媽的，你們去把這東西炸掉，回來見我。」果然，那些轟炸機師不照地圖的指示，迅速地完成任務歸來。

李梅的哲學是「弄得到甚麼，就趕快去得到它，不要等待」。這種哲學也是美國鷹派人士的哲學，他們對詹森政府的忍耐和等待政策感到不耐煩，認為由於詹森的抑制，已浪費了許多美國青年的生命。如果敵人在附近，你又有一枝槍在手，那麼趕快發射，打完了再談判。如果你有一顆大炸彈，快把它投下去吧。這是鷹派的哲學。

李梅在二次大戰時，贏得「一身都是膽」的美譽，他不知甚麼叫做「怕」字。他在對德戰事中成績美滿，但忽然為最高當局召回。當時許多人不知是怎麼回事。原來李梅被召回去擔任美國第二十一轟炸大隊（21st Bomber Command）司令，在他的指揮下，把原子彈投下廣島，結束了二次大戰歷史的一頁。

一九四八年，他擔任美國戰略空軍司令，管轄世界最大最有力的一支戰鬥隊伍。在他的努力下，取得世界各地的戰略空軍基地，印度、格陵蘭……也在他的主張下，使美戰略轟炸機能攜帶核彈一天二十四小時不停地換班在天空活動，以應付突如其來的核子戰爭。

李梅不信任飛彈，他認為飛彈昂貴、不準確，且不可靠，他要製造超音速的新型轟炸機B-70型，以負起戰略轟炸的任務，而寧可不要飛彈。「電腦永遠不能取代人」，他說。

現在李梅年紀雖老，其激烈火暴的性格依然，他的強硬作戰的理論，不時成為白宮參考的資料。

《明報》，一九六八年十月十七日

新聞界的珍珠港事件

甘迺迪遺孀積桂蓮（Jacqueline Kennedy，另譯：積琪蓮、賈桂林）之再婚，其保密的程度簡直高於美國國防部的頭號秘密。儘管有許多「事後諸葛亮」，表示他們對此早有所聞。但事實是在她宣佈婚禮的二十四小時之前，有一位甘迺迪的朋友，以積桂蓮與昂納西斯（Aristotle Onassis，另譯：奧納西斯）的友誼關係詢之於十二位甘迺迪的親戚或密友，沒有一人相信他們有結婚的可能。足見她這秘密保守得多厲害。美國新聞界一致把這事稱為「珍珠港事件」。太突然了，把記者先生們殺了個措手不及。更致命的是報章雜誌把積桂蓮的名字經常與英國的夏里爵士連在一起，現在忽然爆出大冷門，令他們無從向讀者交代，此氣之一也。

二百餘位記者以為亡羊補牢，趕到希臘富豪的島上採訪新聞，誰知警衛森嚴，大部份被拒諸門外，只允八人進入。美國前任「第一夫人」再婚，美國記者竟成「門外漢」，是可忍、孰不可忍，此氣二也。

有位記者先生發牢騷說，如果有權力，一定把越南的 B-52 機調一架來，把這小島炸平，好出一口霉氣！

積桂蓮再醮，觀察家認為她選擇了最佳的時候，正當世界人士集中注意力於美國大選之際，她來一個出其不意，「暗渡陳倉」，令美國新聞界碰了一個大釘。要是平日，積桂蓮移動一步，也受到密切的注意，怎能偷這個大雞。早就有人笑說：美國新聞界有一個「積桂蓮情報總部」，屬下數百人，不惜工本，採訪積桂蓮的一切，甚至她還未到某一處，記者先生早已在那邊恭候多時了。

積桂蓮之婚事，美國人意見如何？民意調查顯示：女子百分之三十表示震驚（男子百分之十一）；女子百分之十五認為她的對象不理想，因已離過婚（男子毫無意見）；女子百分之七認為新郎太老（男子百分之十二）；女子百分之十二認為新娘是幸福的（男子百分之七）；女子百分之九十四注意此新聞並答覆調查（男子百分之七十八）。儘管美國新聞界為積桂蓮的婚事鬧了個手忙腳亂，但兩大新聞刊物《時代》和《新聞週刊》都在那麼短的時間內，把原來封面抽去，趕上把積桂蓮的照片和畫像刊了出來，應變之快，不能不令人佩服！

《明報》，一九六八年十月二十六日

明窗短論

金庸

開篇語

「明窗短論」是本刊[1]永無止境的開拓中，又一個新的呈現。它的執筆人是金庸。

金庸先生名聞港台兩地文化界，曾入選本刊風雲十年票選的「文化十人」之列，他在武俠天地中，古今獨往，名震港台，這已是人盡皆知的事了。然而，他對歷史的專注、對新聞的執着、對文化的體認以及對國際政治現況的品評論析，精闢入微處，已自成一家之言，這，又不是一般所熟知的了。

在「明窗短論」專欄裏，他將以一個報人的閱識、史家的眼光、學者的胸懷、作家的筆觸，為我們辨明社會、文化及國際間政治、經濟的種種問題，他的論點也許與我們不同，但卻值得我們深思，他的微言，可能只是雲淡風清，卻也足堪我們細品。

——《中國時報》編者

[1] 編按：即台灣《中國時報》。

給渾沌鑿七竅

莊子〈應帝王篇〉中有一則寓言：南海帝王儵和北海帝王忽，常在中央的帝王渾沌的國土上聚會，渾沌待他們很好。儵和忽商量報答渾沌的美意，說：「人都有七竅，用來看、聽、飲食、呼吸，只有他沒有，我們來給他鑿開七竅吧。」兩位帝王每天給渾沌鑿一竅，到了第七天，渾沌就死了。

莊子這篇文章是他的政治理論，主張無為而治，認為絕對不干預人民生活的政府是最理想的。但我們也不妨拿來另作比喻，雖然，與莊子的原義不盡相符。一般人根據自己的經驗，覺得如果沒有七竅，生活中大有缺陷，但渾沌沒有七竅，明明過得很好，一有七竅反而就死了。或者說，開七竅的手術如果動得精巧，效果良佳，如果硬鑿，不免鑿死了人。

每個民族和國家的歷史文化背景各不相同，生產情況和生活方式截然有異，適合於甲國的制度硬搬到乙國來，後果往往不好。再者，用筷子、刀叉或者用手指吃飯，各有各的偏好，很難說哪一種方式更合理。

一件事的結果好不好，更與辦事的速度、方式、程序、外界條件等等有關，豈能一成不變、一概而論。砒霜、嗎啡、盤尼西林都是治病良藥，但用之不當，即能殺人。林黛玉讀《西廂記》《牡丹亭》，如痴如醉，料想薛大爺必定不感興趣。釋迦牟尼說過一篇《水蛇經》，他說學佛法如捉拿水蛇，捉拿部位要恰到好處，在蛇頭七寸處一把緊緊握住，若部位捉得不對，被水蛇回頭咬一口，不免中毒斃命。學佛法不當，猶有弊害，何況其他？一個政黨若徒然搬弄引述祖師爺經典語錄，執守教條主義，是一大弊害。在這個問題上，大家見解都是一致的。

全世界一百八十多個國家中，目前只有三十餘國實施真正的民主制度。其餘國家或地區，實施的是各種各樣其他制度。在各種政治制度之中，代議制的民主選舉，相信是迄今為止人類各種政制中流弊最少的，如果各國最後都能採用民主制度，大多數人民的生活一定會幸福得多。但必須注意到，任何事情都有一定的程序。越是精巧靈敏的機器，操作和維修越是困難，更需要較高的技術和維修費用，一切制度也是這樣。噴射機當然比牛車馬車好，但在沒有飛機場的山區，噴射機如要降落，非撞毀不可。

美國人在戰後碰了很多大釘子，出錢出力、流血送命，努力要幫助別國，卻往往給人大叫：「美國佬回家去！」其中重要原因之一，相信是給渾沌鑿七竅的手法不夠高明。

《中國時報》，一九八〇年四月二十二日

不能以最高標準來衡量

世界上一切事務，只能根據現實的具體條件，用實際可行的方法，一步步鍥而不捨地去推行。朝着好的方向，多走一步，就是改進了一步。所有陳義過高、理想太大、天翻地覆、大刀闊斧的主張，我們都不贊成。

目標通常總是好的，如果要達到這目標，必須令多數人民先作極重大的犧牲，放棄已有的成就，甘冒極大的危險，這種猛衝猛打的方式殊不可取。個人可以冒險，如果所犧牲的只是自己的生命財產，個人不妨自行抉擇；但如牽連到別人，尤其是牽連到成千成萬人的身家性命之時，那就應當得到可能受牽連者的同意。倘若為了個人的權力、名譽、利益、理想（即使這理想是為大多數人謀幸福），因而從事損害到無數人的冒險，那是非常卑鄙自私的行動，即使自己為此送命，也決計不足以贖罪。

我們社會中的許多小小改進，從這個觀點來看，都是值得讚揚的。如果用西方國家民主自由的最高標準、用最先進國家人民所享受的福利來衡量，我們社會中近年來的進步，或許頗不足道；但也決不能使用前者的標準。先進國家的情況或許可以作為理想的目標，事實上，是否能作為目標，也大有可以商榷之處，因為每個地方的歷史傳統和具體條件都不相同。在目前，要求我們這社會中居民所享到的個人自由、民主權利、社會福利和先進國家一樣，那是不切實際的。如果看到不及先進國家的最高標準，就將各種改進一筆抹殺，認為完全要不得，那是所謂「取消主義」，是不公平、不講理性的態度。

中華民族在許多方面落後，還只是近一百多年的事。美國於一七七六年建國，那是清朝乾隆四十一年，其時中國國勢於當世少有倫比，經濟繁榮，文化興盛。後來我們落了後，從歷史觀點來看，只是在一路領先的長跑中給別人追過了頭，在一兩個圈子中墮後，儘可一步步的再追上去。問題是我們不能在原地踏步，更不能倒退，也不能狂衝亂奔而跌得頭破血流。

我們希望中國人所住的社會有進步。眼光放遠一點，應當希望全世界整個人類社會都有進步。不過我們所基本關心的，終究是中國人的社會，包括在海外的華人社區。外國人的社會，有他們自己去關心。中國人目前所能做到的，主要是在各方面不斷爭取進步，向好的方向發展。中國人的將來，長期來說，終究大可樂觀。

《中國時報》，一九八〇年四月二十九日

社會有異　制度難同

第二次世界大戰之後，美國給予許多國家大量經濟及軍事援助。一來是幫助這些國家在戰爭破壞中復興，二來是對抗共產主義力量在這些國家中奪到政權。這兩個目標是互有關連的，一個國家中人民生活貧苦，社會不安，共產勢力就極易發展。馬歇爾計劃在西歐得到巨大成功。美國佔領日本後，積極協助其建立民主制度，發展經濟，成績也是極大。今日西歐和日本成為美國最重要、最有力的盟友。但在其他地區的努力，卻大部份遭到慘敗。其間的差別實足令人深思。美國本來應當好好研究這中間成敗的關鍵，作為制訂今後外交政策的主要方針。可惜的是，美國花費了無數人力和金錢研究各種各樣問題，對這個根本性的問題卻沒有深入的接觸到。

所以如此，在於美國當局的決策人以及一切研究外交政策的人，都從一個假定出發：美國的民主自由制度是最好的制度，美國外交政策的目標，在於使世界各國都實施美國的民主自由制度；如果這目標一時達不到，至少，要盡量使接受美援、受到美國影響的國家向着這個方向發展。

所有與美國決策有關的人士，心中都是根深蒂固的懷着這個假定，三十五年來，幾乎可以說沒有一個重要人士對上述假定有絲毫懷疑，確信那是天經地義、根本用不到討論之事。但事實證明，這個信念是錯誤的。由於基礎錯誤，於是由此而出發的種種努力便得不到應有的效果。而且往往造成了反效果，美國人一番好心，想在別國建立民主自由制度，卻被拳打腳踢、破口大罵地趕了出來。

美國人不明白，任何國家民族都有不同的歷史傳統、經濟背景、社會結構、人民的教育水準、宗教信仰等等。美國那一套決不是放諸四海而皆準的。美國那一套制度很好，但決不是任何國家都可依法仿行。如果條件不具備，時機沒有成熟，好的方法會變成極壞的方法。人參是最佳的補品，但高血壓患者服得多了可能致命。拖拉機比牛力耕種當然好得多，在梯田中使用就是不行，在沒有石油供應的地區也毫無用處。只有降低了血壓之後才能服人參進補。必須先將小塊田地拉平成為大塊，再具備了能源、技術等等，方能有效地使用拖拉機。

西歐和日本的社會條件已經成熟，尤其是西歐各國有長期的民主自由傳統，美國的援助與之一拍即合，成績美滿。但在別的地區就不同了。美國在越南、柬埔寨、寮國、伊朗等地遭到重大失敗，基本原因便在於此。美國認為李承晚、吳廷琰、朴正熙等政府不夠民主，硬要以自己的方法強加於人。直到今日，美國還是沒有從這些經驗中醒悟過來。

《中國時報》，一九八〇年五月十三日

教育工作　着重愛心

從事教育工作，不論是做大學校長、教授，還是幼稚園的老師、保母，最要緊的是對學生有一份真摯的愛心。

中小學的老師生活比較清苦，工作相當繁重，沒有發財和享大名的機會，如果沒有對學生的愛心，這份工作恐怕沒有多大可羡慕的地方。但如天性喜愛兒童、喜歡和年輕人接近，覺得幫助少年男女發展品格和智力是極愉快的事，那麼做老師是最好的職業。無數天真的眼光，充滿着尊敬和感激之情，天天望着他們的老師，這種心情一直到幾十年後還是不會消失。任何其他的職業，都不像做老師那樣，能贏得這麼多真誠的愛戴。一個人生活在世上，能為許多人所愛，實在是最感到安慰、最感到幸福的事，那不是任何金錢所能買得到的。這種無私之愛，大多數只存在於家庭之中、學校之中。如果喜歡製造矛盾、玩弄手段、進行權力鬥爭、施行高壓統治，那為甚麼不選擇另外一種職業？學校的天地很小，玩弄政治沒有甚麼前途。可惜的是，我們卻常常見到學校成為權力鬥爭的場所，從大學以至到幼稚園都在所不免。

少年兒童的個性各有不同，有的溫和膽小，有的活潑頑皮，有的勤勉，有的懶惰，有的聰明伶俐，有的愚笨遲鈍，然而對於老師愛心的反應，卻並無多大分別。學生的成績有好有壞，但如校長和老師愛他們，他們也必愛校長和老師的。

學校除了傳授知識之外，更應當是培養學生品格的場所。為別人設想、尊重對方的意見、諒解旁人的困難、寬容、謙和、禮貌、明辨是非等等品格，在我們看來，比之盲目服從於權威更重要，也比鬥爭和組織的技能更重要。任何事情都有兩面性的，民主和自由的基本精神，在於不可走極端，不要認為真理全部在自己一面，對方全部錯誤，一無可取。紀律和愛心結合是好的，和放任結合便不可取。愛心和任何事情結合都是好的，教育工作更加不應缺少真誠無私的愛心。

其中只有一個例外，以愛心為手段而尋求自私的目的，那便不好，不過在這情形下，這種愛心也不是真誠而純潔的了。天下的校長和老師都不妨自己反省一下：我的所作所為，是真正為了愛護學生，還是為了自己任何一種目的？是真正利於學生的幸福與前途？還是只利於我自己、我的職業、我的地位名譽、我的上司、學校的名譽、我的理想、我的信仰與主張、我的求勝利慾望、鬥爭的刺激與快感、我權威的貫徹等等？

《中國時報》，一九八〇年五月二十日

由奢入儉　勢所必至

英國大哲羅素在《哲學大綱》一書中說：一切生物的目的，似乎在於將地球上所有的資源都化作自己。植物吸收無機物而化作自己身體，動物吃植物與動物，化作自己身體。一切生物都不斷繁殖，自細菌以至人類無不如此，好像不將整個地球消耗乾淨，決不罷休。

他所說的確是實情。直到最近，人們才認識到節育的必要，不再以為無限制的擴充自己種族是天經地義之事。所以非節育不可，由於大家知道地球所能供應的資源並非無窮無盡，坐吃不但山空，也可以吃（廣義的）得整個地球都空了。從這個觀念推論下去，自然而然會得出第二個結論：不但不必增加消耗資源的人口，現有人口對資源的消耗也不能無限制的增加。

大約二十年前，美國的科學家們開始促請人們注意到生活環境的污染問題。人們終於了解，工業並非有百利而無一弊。舉世都力求工業化、現代化，然而工業化和現代化中也伴附着無數缺點。工業化和現代化一方面固然能普遍提高人民的生活，另一方面，卻也製造了無數不易解決的困難。

工業化的意義，是用機器來迅速製造消費品，使舉世人士心中形成一種幻覺，以為消費品永遠用不完，資本主義社會的問題是生產過剩，消費品太多，賣不出去。只要有市場、能夠出口、貨物能夠推銷，一切就上上大吉。過去的經濟恐慌，都發生於產品過剩，消費不足。人們很少想到，世界上的原料有用完的一天。因為那時世界上的工業國家寥寥無幾，真正消費得起工業產品的人數，在全世界人口中也只佔一個極小的比例。但現在情形不同了，連最落後的國家也在迎頭趕上，拚命工業化。工業化的真正意義，其實是以最快速度消耗地球上的有限資源。

農業社會中的人都明白物資來源有限，所以對「節約」兩字看得極重。節約是生活的一部份。工業社會中的人觀念完全不同，整個經濟學的哲學基礎，就是怎樣鼓勵人們作最大消費。生產不成問題，只要消費的需求不斷增長，要擴充工廠、增加設備是很容易的事。

今後人類的基本問題，恐怕是如何達成下列目標：不論生產或消費，都需要嚴格節約。這當然十分困難，由奢入儉，談何容易。然而人類要長期的生存下去，非設法克服這矛盾不可。美國政府向國會提出了能源計劃，副總統孟岱爾（Walter Mondale）說，這個計劃是美國政策（也可能是現代政治史）的一個基本改變。從無限制的消耗改變為節約，這個基本性的革命是非出現不可的。

《中國時報》，一九八〇年六月三日

營養價值？

對於某些食物，廣東人往往有二字評語，稱之曰：「冇益。」初來香港之時，對這二字評語的真義完全不了解，以為「無益」並沒有甚麼關係，只須無害就可以了。直到相當時候之後，才知道這裏的方言之中，所謂「無益」，其實包含了「有害」的意義。在北方人的語言中，「無益」是個中性詞，只不過沒有好處，並無「有害」的含義，如果要說有害處，必須說「有害」。各地方言均有不同習慣，無所謂是非好壞，通或不通，任何語言文字都只是習慣。但從「無益」兩字的意義之中，似乎顯得廣東人對於食物的營養價值，以及補身功能，比之北方人要重視得多，所以廣東的湯水燉品之中往往放以大量藥材，而廣東人對於每一種食物之或涼或熱、有助於人體某種機能之增長等等，研究之精，更為北方人所遠遠不及。遇到這些問題時，我通常以一句話對付之：「外國人與上海人（即非廣東人）不懂這些學問，身體未必就不及廣東人健康。」廣東同胞的結論則是：「這裏水土不同。」

食物應當選擇有營養價值的東西，這態度當然十分正確，如果將大量無益亦無害的東西（例如木質纖維）塞滿了肚子，人體完全吸收不到營養，雖然這些食物不含毒素，但長期來說，終究會營養不良而致餓死。至於含有毒素之物，自然更加不可入口。或許天氣炎熱之地食物容易腐爛而產生毒素，所以廣東人注重沖涼之餘，又注重食物之是否有益。在不同的自然環境之下，需要有不同的生活方式與之適應，如果不採取這種生活方式，就會水土不服。所謂「水土不服」，就是不適應當地的自然環境。

在農業社會中，糧食始終是懸在人們心頭的一個大問題。必須選擇最有營養價值的東西來吃，用以維持生命，至於食物滋味的好壞是次要問題。這種觀念似乎影響到了全人類對一切問題的觀點，凡是無益的東西，往往並不認為是中性的，而是有害的。社會中遊手好閒之徒，雖然不是壞人，並不損害別人的利益，但這種人消耗糧食而不生產糧食，對整個社會來說，結果還是有害的。

當生產力發展到了某一階段之後，社會有能力供養一些不事生產的閒人了，如果這些閒人能夠娛樂生產者，以博一笑，那麼社會的觀念對這些人便不再歧視。事實上，這些閒人也並不真正的「閒」，只不過做另一種工作而已。一切藝術家都是在這個基礎上發展起來的。不過人類的觀念根深蒂固，某些藝術作品的思想內容雖非有害，但也無益，一般人往往還是認為有害。殊不知藝術家所以能夠存在，還是在於整個社會的生產力已足夠供養一些從事無益亦無害工作的人。

普通對於文藝的要求很簡單，只是「好看好聽」四個字。世界上任何一個民族的要求都是這樣。至於文藝的思想性如何如何，社會意義怎樣怎樣，風格技巧又如此這般，那都是知識分子所想出來的花樣，跟人民大眾沒有甚麼相干。群眾所以欣賞戲曲、圖畫、音樂、小說、詩歌、電影、舞蹈等等，要求其實很簡單，只是「好看」、或「好聽」、或「好看兼好聽」，除此之外就沒有了。

「好看好聽」四個字之中，當然包含有豐富複雜的內容，問題並不簡單。但人民群眾通常並不期望從文藝欣賞中接受教育。

從國家民族的長期觀點來看，把整個民族弄得嚴肅呆板不堪，人人猶如戰士，臉上沒半點笑容，絕不是國家民族之福。雅典優美的文藝與活潑的思想，到今天仍然嘉惠於全人類，斯巴達僵硬的軍國教育卻又安在哉？中華民族所以數千年來能屹立於世界，民族性中的幽默風趣、活潑而善於適應環境的性質，相信是很重要的原因。

文藝與主食不同，不必一定非有益不可。文藝在人生中只等於零食，主要只求美味適口，無毒無害，不必研究營養價值。

《中國時報》，一九八〇年六月十日

他們是異族嗎？

「民族」與「國家」不同。民族是自然形成的，根源是人種血統、語言文字、文化傳統、風俗習慣等等。國家是人為形成的，根據於歷史、政治、軍事等等。簡單的說，民族由生殖而形成，國家由武力而形成。一個國家通常包括許多民族，中國和蘇聯都各有一百多種民族。像新加坡這樣的小國，也有華人、馬來人、印度人、英國人等四種主要民族。一個民族也分佈在許多不同國家，如阿拉伯國家的人民基本上是一個民族，如南美國家也大致是一個民族，只巴西是例外。由於國家與民族的來源不同，所以兩者無法一致，不可能由一個單一民族成立一個國家。所謂「民族自決」，也只是大概而說，並不能劃得一清二楚。

中國東北有朝鮮少數民族，南方鄰近泰國的有泰族，鄰近越南的有安南少數民族，鄰近緬甸的有撣族；新疆有維吾爾人、哈薩克人，內蒙有蒙古人等等，這些少數民族都是中國人。這些民族又大量居住在朝鮮、泰國、越南、緬甸、蘇聯等國家，分別為別國的公民。中國不能將這些少數民族都趕到外國去，外國也不能說這些少數民族所居住的中國土地是該國的領土。國家的疆界、軍事與政治力量等等常常有改變，民族所居住的地域卻大致是固定的。

今日世界上的各種紛爭，重要原因之一，是國家的劃分與民族劃分不一致。中東以阿鬥爭、塞普魯斯希土鬥爭、北愛爾蘭的紛爭、菲律賓南部的戰爭、非洲各處的戰爭、西班牙北部的紛爭，都與民族問題有關。這些紛爭，歸根結底很難說誰是誰非。在理論上，任何民族都有生存的權利，都有不受異民族統治的權利。然而生存的權利是眾所公認的，不受異民族統治的權利事實上卻辦不到。中國和蘇聯決不可能容許國內的一百多種不同民族，自行獨立成為一百多個不同國家。甚至像英國，也極難同意蘇格蘭、威爾斯民族成為獨立國。美國的黑人、印第安人要成立獨立國固不可能，美國有大量華人、日本人、意大利人、墨西哥人、德國人移民，這些不同民族又怎能在美國分別建國？

問題的解決，只有等待將來世界大同，國界取消，那時候國家與民族之間的矛盾才能消失。在此以前，唯一公道合理的原則，是各國政府必須對各民族一視同仁，不得歧視，多數民族不可以恃眾暴寡，欺壓少數民族。

民族的流動性極大。早在地球上有國家與政府之前，民族就已有了。華人散居全世界各地，在任何國家都有居住與生存的權利；同樣的，在中國的朝鮮人、安南人、泰族人等也有居住與生存的權利。東南亞許多國家歧視華人，認為他們是異族，無權在本國居住。這種說法絕對不通。在這些地方有國家與政府之前，早就有華人住在那裏了。

《中國時報》，一九八〇年六月二十四日

談藝論政議人生

——金庸

漫談《書劍恩仇錄》

梁羽生弟是我知交好友，我叨長他一歲，所以稱他一聲老弟。他年紀雖比我輕，但寫武俠小說卻是我的前輩，他在《新晚報》寫《龍虎鬥京華》和《草莽龍蛇傳》時，我是忠實讀者，可是從來沒想自己也會執筆寫這種小說。

八個月之前的一天，《新晚報》總編輯和《天方夜譚》的老編忽然向我緊急拉稿，說《草莽》已完，必須有「武俠」一篇頂上。梁羽生此時正在北方，說與他的同門師兄中宵看劍樓主在切磋武藝，所以寫稿之責，非落在我的頭上不可。可是我從來沒寫過武俠小說啊，甚至任何小說都沒有寫過，所以遲遲不敢答應。但兩位老編都是老友，套用《書劍》中一個比喻，那簡直是「章駝子和文四哥之間的交情」。好吧，大丈夫說寫就寫，最多寫得不好挨罵，還能要了我的命麼？於是一個電話打到報館，說小說名叫《書劍恩仇錄》。至於故事和人物呢？自己心裏一點也不知道。老編很是辣手，馬上派了一位工友到我家裏來，說九點鐘之前無論如何要一千字稿子，否則明天報上有一大塊空白，就請這位工友坐着等我寫。那有甚麼辦法呢？於是第一天我描寫一個老頭子在塞外古道上大發感慨，這個開頭下面接甚麼全成，反正總得把那位工友先請出家門去。《書劍》的第一篇就是這樣寫的。

後來情節慢慢發展，假如第一天寫得豁邊，第二天馬上想法子補救，東拉西扯，居然讀者們看得還有點興趣。前天遇到中聯公司的劉芳兄，他說他與他太太天天爭來看，中聯很想拿它來改編電影。我一聽之下，頗有點受寵若驚的感覺。前幾天緬甸仰光一位曹先生寫信來說，仰光說書的人，有好幾位以《書劍》為壓軸，頗得聽眾歡迎。此書在海外並有兩家報紙逐日轉載。想不到遊戲文字，居然有人喜愛，難道揮拳打鬥，竟是人之同嗜麼？

朋友們常問我，書中人物是否全部憑空捏造，還是心中以某人為模型？我的答案是：有的寫生，有的想像。如俏李逵周綺，那就是我認識的一位小姐的寫照，此人綽號「糊塗大國手」，天真直爽，活潑可愛。這位小姐常讀《書劍》，常讚周綺有趣，而不知其有趣乃從她身上提取出來者也。

有一位朋友尤為熱心，他把《書劍》逐句細批細評，甚麼「草蛇灰線法」、「橫雲斷峰法」，把這部小說詳加分析，說得作者滿腹經緯，成竹在胸。此書出單行本時準備附印他的評註，這是由於他的文思周密，筆調雅致，而不是由於他的「烏龍」——把我的胡思亂想，說成了刻意經營。

有時文思忽告枯竭，接連數日寫得平淡乏味，此時最為難過。幸虧常接讀者來信，討論一場，鼓勵一番；寫武俠小說之樂，除了讓想像力自由發揮之外，大概以此為最了。

日前遇張冰茜小姐，她說：「你再不讓文泰來救出來，就把你自己關進去。」這位小姐之刁蠻，尤勝李沅芷。文泰來要不要讓他被救出來，的確是大傷腦筋了。

（老編來信，又要我自吹自擂一番，謹吹擂如上。）

《新晚報》，一九五五年十月五日

讀者們的來信

《新晚報》的讀者們有一個好習慣，那就是喜歡給報館和作者們寫信，大概每一位經常替《新晚報》寫稿的朋友，都會常收到讀者們熱情的來信。這些信或者是指出錯誤、或者是提出問題、或者是鼓勵和讚揚，對於每一位作者，這些信件都是令他十分喜悅、值得非常珍貴的東西。當我在《新晚報》上寫《書劍恩仇錄》時，大概平均一天收到一封信，如果我在今天的報上擺一個烏龍，那麼明天的信一定會多些。有一次，我寫言伯乾在寶相寺用「殭屍拳」和文泰來大戰，文中不經意的用了一句「雙目如電」，此後三天中一共收到七封信，都說言伯乾早已被余魚同射瞎了一隻眼睛，應該說「單目如電」。

現在《書劍》已連載完了，但偶然還會收到讀者們的來信。比如最近一位署名張象的讀者，他同時也讀我在《商報》寫的《碧血劍》，寫信來問：袁承志（《碧血劍》中主角）與陳家洛誰更厲害？穆人清打得過天池怪俠嗎？木桑道人和天山雙鷹的武功是否差不多等等。

有些讀者的來信很不客氣。有一位讀者來信大罵我為了刮龍，實在可恥。為甚麼呢？因為他見到《書劍》與《碧血劍》有些單行本印刷錯漏百出、風格十分卑下。其實，小書攤上那些「刮龍本」（指盜版），是別人偷偷翻印的。書上沒有印上出版書店的地址，就是明證。這位讀者雖然來信破口大罵，但盛意還是可感。

有一位讀者來信很得意的告訴我，他搵了別人一次笨：他上個月到澳門去玩，住在中央酒店，見旅客名牌上寫着「文泰來」、「陳家洛」、「徐天宏」等的名字，想必是《書劍》的讀者們開玩笑。於是他在旅客登記簿上自稱名叫「沈有穀」。這名字在牌子上一出現，第二天「陳家洛」果然改名了，原來沈有穀是陳家洛的爸爸啊。

西貢有一位署名為「滄浪客」的讀者，經常給我寫長信，分析書中人物的性格，對結構和情節常常提供寶貴的意見。這是一位很有學問的讀者，他的信寫得十分淵博。《書劍》中香香公主這樣一個虛無飄渺的結局，有一部份是受他意見影響的。

還有一位署名「霍青桐迷」、一位署名「緊張派」的人，總是一起寫信給我。我對他們的來信極感興趣，因為他們總是把書中人物當真實的人那樣看待，真誠地為他們擔心，為他們抱不平。可惜我不知道這兩位讀者住在哪裏，否則我會詳詳細細地把我的感想告訴他們的。我在寫這書時，確是也把自己當作了紅花會的一分子（算是一個小頭目吧）來設想，這兩位讀者的想像有許多地方和我自己很接近。「霍青桐迷」建議拍一部電影，由李嬙飾性格複雜的霍青桐，樂蒂飾溫柔美麗的香香公主（如果人選完備一些，要請夏夢飾愛笑的駱冰，石慧飾頑皮的李沅芷，張冰茜飾魯莽的周綺）。想得倒真好！可惜不大可能實現。

如果問我寫《書劍》最大的收穫是甚麼？我一定會說：「那是這許多朋友們的來信。」

《新晚報》，一九五六年

談批評武俠小說的標準

最近有人在報刊上談到了武俠小說的批評問題，並且因此而引起了若干的論辯。適逢《新晚報》七週年，編者先生要我寫篇關於武俠小說的文字，我就關於這問題談談我的意見。

如果把武俠小說當作純粹是一種消遣性的娛樂，那麼批評的標準只有一個：「它是不是能使讀者感到有趣？」但顯然，最近這些討論，是把武俠小說當作是我國民族形式文學中的一支來看的。就我個人而論，確也希望武俠小說能有資格被稱為「文學」，確是在努力依着文學的途徑來寫作武俠小說。雖然，到目前為止，在這方面實在並無成就。

批評一部武俠小說的好壞，我想主要的標準是下面四點：

主題思想

第一，主題思想：一部作品必然是有主題思想的。有的是作者有意識的力求表達這主題；有的是作者信筆寫去，但仍然出現了主題。武俠小說中一般公認的思想是肯定仁俠、義氣、反抗暴虐惡政、劫富濟貧、鋤強扶弱，不屈於惡勢力等等。但在一些共通的標準之下，作者的世界觀、人生哲學、政治觀點等等，也總是反映在作品之中。批評者的立場或者與作者恰恰相反，那麼對作品的評價就有了基本上的分歧。比如說，正統的維護者十分欣賞《蕩寇誌》而要禁止《水滸傳》，在我們看來，《水滸傳》的價值卻不知比《蕩寇誌》要高多少倍。

而作品是否很好的表現了主題，也是批評的重要標準之一。我想拿我自己寫的三部武俠小校來說說。我企圖用《書劍恩仇錄》來表現這樣一個主題：「決不要對壓迫人民的統治者存幻想，不可和他妥協。」《碧血劍》的主題是：「民族與人民革命的利益，必須放在個人的恩怨與利益之上。」《射鵰英雄傳》的主題是：「描寫一個渾噩無知的少年，怎樣逐漸在生活中成長發展，而成為一個英雄。」我自己覺得很不滿意，因為這三個主題都表達得不好。儘管香香公主用她的鮮血在地下寫出這部書的主題：「決不要相信皇帝。」但我想許多讀者們看了這部小說後，或許只記得一些打鬥與愛情場面，並不去理會我所企圖表達的主題思想，可見在處理上是不成功的。

梁羽生兄每部作品都包含有明確的思想，如《龍虎鬥京華》尤其清楚突出，這是他重要的優點。

人物的刻劃

第二，人物的刻劃：小說與戲劇在藝術上最重要的是人物。一部作品在藝術上是否成功，主要就是看是不是寫活了人。一位學問很好而頗有見地的文學批評家小泉八雲曾說，我們和親戚朋友相隔十多年之後，可能已記不清楚他們的聲音笑貌，但是偉大文學作品中的人物，我們卻永遠不會忘記。不過真正寫活了人物，在全部文學作品中數量也並不多。他認為一個作家一生之中只要創造成功一個人物，那就可以死而無憾。

《水滸》中的人物描寫，在世界文學中有不朽的地位。雖然金聖歎說它一百零八人有一百零八種不同面目，但真正寫成功的，我看也只是李逵、林冲、魯智深、武松、石秀、宋江等幾個而已（茅盾先生認為書內重要人物中，約有一打以上的人物各有不同的面目）。

我們批評武俠小說如果也用這樣高的標準，那當然是未免不自量力。然而以人物寫得好不好，來衡量每一部作品的文學價值，我想這仍是主要的。我以為《十二金錢鏢》的文學價值比《蜀山劍俠傳》與《江湖奇俠傳》高，因為前者寫飛豹子、俞劍平、楊華、柳葉青、華吟虹等人物都有成就，而後兩者專以情節離奇取勝，不免落了次乘。

故事性與結構

第三，故事性與結構：故事性強，是我國傳統章回小說的民族特點之一。但真正生動的故事，必須依循着生動的人物性格而發展，如果作品中沒有鮮明的有血有肉的人物做骨幹，那麼故事說得再緊張曲折，終究不能讓讀者們有深刻印象。《三國演義》中的赤壁之戰所以比《東周列國志》中的長平之戰寫得好，我想主要是前者有曹操、孔明、周瑜等這些生動的人物；

後者的戰鬥規模與重要性雖然更大，經過也很曲折，但因白起、趙括這些人性格不鮮明，因之一場大戰就顯得黯然無光。

西洋小說很注重結構技巧，像湯姆斯．哈代（Thomas Hardy）的有些作品，結構幾乎是幾何學式的天衣無縫。近代美國小說家亨利．詹姆斯（Henry James）一部影響極大的恐怖小說《螺旋之轉》（*The Turn of the Screw*），結構上就如一枚螺旋，將事件與人物的心理一層轉深一層，技巧完美之極；蘇聯小說家費定（Konstantin Fedin）的《城與年》（*Cities and Years*），結構更是別出心裁。結構是重要的，但就文學本身而論，這不是最主要最基本的東西。

《碧血劍》的結構受了西洋小說很大的影響，起初是東佈置一點，西佈置一點，最後用一根線把許多本來似乎是散亂的事件貫串在一起。在技巧上似乎比《書劍》稍稍好些，但仔細想來，實在太多人工的雕琢的痕跡，未必有意義。李希凡先生分析《水滸》的藝術結構，認為它雖然表面上鬆散，但整體看來，卻是有機地完整的。我很同意這種見解，因為《水滸》採用的可說是一種更高級的結構方法，正如武功高明的人雖然掌法散漫，本事卻比那些把一套拳打得十分嚴密的小伙子高得多。

王度廬的文筆甚差，因之讀他的小說實在感不到愉快，但他的《臥虎藏龍》與《鐵騎銀瓶》等書，人物是有內心思想的，結構也比《十二金錢鏢》好，比《蜀山奇俠傳》當然是更好了。

環境的刻劃

第四、環境的刻劃：偉大的思想家恩格斯曾說：「現實主義除了細節的真實之外，還要正確的表現典型環境中的典型性格。」現實主義雖然是最好的創作方法，但不是唯一的創作方法。武俠小說走的向來是浪漫主義的道路。但在武俠小說之中，縱然容許很大的誇張，容許出現與事實頗有距離的現象，但社會環境、人民生活、政治環境等等，在作品中卻必須有生動而真實的刻劃。在這一點上，我們之中似乎沒有一個人做得接近於令人滿意（別說真正的令人滿意了）。《射鵰英雄傳》中的對話決不是宋元人的口語，思想方式、生活習慣等等也不大對頭，儘管我曾花了相當多的時候去研究當時的社會風習，但阻於學養，沒有多大收穫。

據我個人意見，對武俠小說進行批評（如果這種批評是值得的話），應該針對這四個要點來談（在資產階級的文學批評中，對小說的評價傳統上分作人物〔character〕、故事與結構〔plot〕、環境〔circumstance〕三者來研究）。其他如武技描寫、兵器的使用、掌法拳法、輩份稱呼、派別關係等等純技術性的各個方面，決不能視作是一部武俠小說的重要部份。何心先生在《水滸研究》一書中，前後指出《水滸》在細節上的錯誤共有百餘處之多，包括潘金蓮的年齡、宋仁宗的在位年代、日期、地理、官名、情理、季節等等，然而這許多小錯並不損於《水滸》的偉大。拿《水滸》來與我們不足道的小說相比自然是擬於不倫，但道理卻是一樣的。當然，我們希望一部好的武俠小說連細節上也是完美的，但如果它本身是優秀的話，那麼武技描寫上偶然與前人有些雷同、前後照應上有些疏漏與錯失，並不能影響它文學上的價值。而進行細節上煩瑣的比較，對於「提高武俠小說水準」恐怕作用也不大。

以上這些看法未必很對，希望博雅君子予以指教。

《新晚報》，一九五七年十月五日

關於《碧血劍》《射鵰英雄傳》
——金庸公開答覆讀友

親愛的讀者們：

自從《碧血劍》於一九五六年元旦在《商報》刊出後，在連續不斷的兩年八個月之中，我天天在文字上與各位見面。這種文字上的交往並不是單方面的，因為從去年下半年起，收到讀者諸君的來信愈來愈多，現在每天總有一兩封來自《商報》讀者的信。

這些信有的和我討論小說的情節和人物，有的提供很寶貴的意見，有的指出作品中某些疏忽或錯誤之處，也有些是詢問我個人的工作情況，對某件事的看法等等。更有許多是給你鼓勵、關切和友誼。這些信大部份是港澳讀者寄來的，但也有從曼谷、印尼、新加坡、寮國、美國、南非、印度……等遙遠的國土和地區給我來信，想到《商報》行銷的地區是這麼廣，而讀者們是這樣熱心，那確是一種極大的鼓勵和安慰。

從讀者的來信中可以看出，商報是怎樣地普及於廣泛的各個階層。有一位讀者送給我一幅裝裱好的題字，從題字的內容和書法看來，顯然是一位學者；還有一位贈給我兩首七絕詩，那是寫得很好的詩；但也有許多正在自學的青年讀者的信，他們希望知道，自己的寫作是相當於小學或中學幾年級的程度。收到這封來信，我是同樣的歡喜和感謝。對於前者，感謝他們的獎飾；對於後者，感謝他們的信任。

更感謝的是讀者們的指正和意見。這些意見我的確是很重視的，因為我相信，廣大的讀者總是比作者一個人聰明得多。曾有讀者的信中說陰曆的七月初二不應該有月亮，又有人細心的指出，某一天的插圖中將九指神丐洪七公畫成了有十根手指。這些意見給了我很多好處，有些意見縱然在寫作中不是直接採用，往往也給了我啟發。例如洪七公所騎的那頭鯊魚，因口中被撐棍棒因而不會中毒的想法，就是某一位讀者在信中給我提出的。曾有好幾位讀者來信稱讚這個想法聰明，我要乘這機會表明，這個想法確然很聰明，不過那是一位我不識面的讀者腦子中的產物。

對於《射鵰》的情節與人物，有些來信中提出了各人的想法，有些人甚至是很堅持很認真的。為了洪七公的生死問題，一位體育界的朋友曾接連給我打了許多電話，他說他代表他周圍數十個人的意見，洪七公決不能死在歐陽鋒手裏。他不但打電話，而且還寫信。現在，討論的中心集中到了郭靖與華箏公主或黃蓉結婚的問題上。

當初我在構思《射鵰》的主要情節時，這三人的三角戀愛與婚姻，是當作大關鍵來考慮的，一切主要的和次要的事件、線索、人物等等，都圍繞着這三人的個性與當時的歷史背景發展。讀者們對這問題感到興趣，在報上展開了公開討論，《商報》編輯部還收到大量未發表的來函轉給我看。

意見很多，但大致說來，當然只有兩種：主張郭靖和華箏結婚，以及主張郭靖與黃蓉結婚。前者主論的主要根據是：當時的歷史環境、南宋時人們的思想情感、郭靖對信義的重視。後者則強調愛情、個性的解放、幸福的追求。前者比較重視理智與責任，後者則更加重視情感和幸福。

大家都不反對黃蓉。只是「擁華派」的讀者們不喜歡誠實的郭靖不重視信義，行動違反了自己的諾言。

也有人提出了中立的或是折衷的意見。例如「斑馬佬」和強格兩位，就主張華黃二人一齊與郭靖結婚。

有人預先警告我，他堅決反對以華箏死亡來輕易解決問題；還有一位讀者提出一個辦法：黃蓉作了丐幫幫主，因為傷心而堅抱獨身主義，郭靖無可奈何，削髮為僧，兩女誰都不娶。有一位署名 Joyce 的女讀者則說：「郭靖和誰結婚都好，就是不要悲劇。」看來，她心地很好。

到底應該怎樣安排呢？在我以為，這應該順着書中人物的性格和當時的歷史事件，盡可能合情合理的發展。我想讀者們不會喜歡我現在就將結果透露，我也不敢保證結局是悲劇、喜劇，或是悲喜劇，但可以保證的是，不論郭靖在這件事上作甚麼決定，他這決定決不致於損害到他英雄的品格。

非常感謝讀者們進行這場討論，因為這許多來信中，幾乎把每一個理由、每一種可能性都研究到了，對於我以後的寫作，當然是幫助極大的。

在這裏謹向讀者諸君敬致謝意，並希望以後不斷地能接到各位的指教。

《新晚報》，一九五八年

《雪山飛狐》到底有沒有寫完？

《新晚報》出版十週年，主編先生要我寫一篇紀念性的文字。因為和《新晚報》很老友，幾乎它每年的生日，都要寫一篇文字，甚麼祝賀、批評、感舊、回憶等等都寫完了，乘着這機會，我向許多位新晚讀者答覆一個問題：《雪山飛狐》為甚麼沒寫完而中斷了？

去年，《新晚報》報館曾轉來好幾封讀者來信，問起這問題。最近，又有一位讀者問起。

其實，《雪山飛狐》是寫完了的。我首先設計了這個兩難的結局，再佈置故事。胡一刀死在苗人鳳的手裏，胡一刀的兒子胡斐後來卻愛上了苗人鳳的女兒苗若蘭，最後胡斐和苗人鳳在一個極危險的局勢下動手，到了一個決定性的一招時，胡斐或者是顧全愛情而犧牲自己性命，或者是殺死對方而保全自己。

到底他如何決定，讓讀者自己去猜測。

《雪山飛狐》寫了沒幾天，在宋喬兄家中的宴會上，我和羊朱兄、梁羽生兄等談起這個結局。他們覺得這個結局比較新奇，雖然未必很贊同。

這個故事的性質，使它的結局不易成為喜劇，也不易成為悲劇。這種兩難的處境，容許讀者們有極大的自由來發展想像。重視實際而不喜歡想像的人，決不會讀武俠小說，而喜歡武俠小說的人，一定有豐富的想像力。《雪山飛狐》這樣的結局，可以讓讀者們自己過一下寫武俠小說的癮，他們在自己的心裏，可以寫出胡斐和苗若蘭的結婚場面，也可以寫出胡斐和苗人鳳同歸於盡的悲慘場面。

每個結局都是不確定的，他們今天這樣寫寫，明天可以隨着自己心情的轉變（比如說愛人答應了自己的求婚，或者愛人結婚了，而新郎卻不是我），而設想另一種不同的結局。

張良的結局怎樣？范蠡的結局怎樣？因為大家不知道，就容易引起各種有趣的想像。

西方有一個著名的故事：一個公主愛上了一個武士，但這武士卻愛上一個卑微的宮女，國王大怒，決定處罰他。廣場上有兩扇完全相同的門，一扇門中出來的是一頭餓獅，另一扇門中出來的是那武士所愛的宮女。國王命那武士自己去打開一扇門，出來的如果是餓獅，他當然立時送命；如果是宮女，他就可以和她結婚。公主是知道這兩扇門的秘密的，她向左邊一扇門指了一指，武士便去開門，公主一見，登時暈倒了。

出來的到底是兇惡的獅子，還是美麗的宮女，那是千古之謎，誰也不知道。公主的愛情很熱烈，可是她也非常妒忌。

美國的作家馬克吐溫也寫過一篇類似的小說，叫做《中世紀的傳奇》（*A Medieval Romance*）。故事中說，一個女扮男裝的少女即將承襲公爵的爵位，老公爵的女兒和人私通而生了一個兒子，按照法律，她要被判死刑。判決由那假公爵來宣佈，但按照法律，凡是沒有加冕的女子坐上公爵寶座，須處死刑。這個假公爵為了宣判，只好冒險坐上寶座，哪知道這個犯人暗中一直愛着這女扮男裝的假公爵，她當眾宣佈，這個私生子的父親便是假公爵。要辯明是非，假公爵必須暴露自己是個女人，但她若說明是女子，未經加冕而坐上寶座，其罪必死！

這篇小說最後這幾句話是這樣：「這件駭人聽聞，變化莫測的事，下文如何，無論現在或將來，你在任何書中也找不出答案的。老實告訴你：我把我的主角（或女主角）置身於如此奇特的絕境，使我不知怎樣才能把他（或她）搭救出來，因此我想完全不再過問，聽其自然，讓他自己盡可能去獲得圓滿的下場——否則就到此為止吧。本來我以為這個小小的難題是很容易解決的，可是現在我卻無能為力了。」

《新晚報》，一九六〇年十月五日

對武俠片的期望

三年前，峨嵋影片公司成立，開始拍攝《射鵰英雄傳》，終於成為專業性的拍攝武俠片的電影公司，今日能有這樣的成就，自是頗感欣慰。

在香港影壇中，近年來武俠電影非常流行。單是粵語片，最近幾個月來每個月都有十餘部武俠電影開拍，國語的武俠影片，也有好幾部正在拍攝或籌備拍攝。人們不禁要問：這是不是一個健康的現象？

任何這類的影片，如果為了迎合市場而一窩蜂的拍攝，如果數量過多，至少在營業方針上，未必會是健康的。又如果為了趕時間，因而近乎粗製濫造，觀眾便會感到厭煩。這在歌唱片是如此，喜劇胡鬧片是如此，武俠片也是如此。

武俠片中不免有神怪誇張的場面，如果影片的主題是健康的，應該容許有誇張的處理。在《武俠與歷史》小說雜誌中，我曾提出「武俠小說健康化」這樣一句口號，同時舉出了八點內容，在我個人以為，這八點對於武俠影片也同樣適用，現在謹列舉於下，以供製作武俠影片的朋友們參考：

一、影片的道德信條，必須和中國人固有的民族傳統道德觀念相符合，我們主張任事必忠而對父母孝敬，對兄弟友愛；主張仁慈，反對殘酷；主張守信重義，反對反覆卑鄙；有犧牲小我成全大我的精神，反對自私自利，損人害群。即使影片只不過敘述一個曲折離奇的故事，也不能有意或無意的破壞這些道德規條。

二、戒除色情的描寫，黃色的場面。

三、打鬥不宜過於殘酷，不宜血淋淋的使人慘不忍覩。

四、影片中不免有誇張、有奇異、有特殊的人物和事件。但這些事件須不致宣揚迷信，對邪惡人物須有應得的懲罰。

五、影片可以是悲劇，正面的英雄可以死亡或不幸，但悲劇的目的不是使觀眾沮喪，而是使人意氣激昂發揚。

六、避免「誨盜」的暗示。英雄人物是行俠仗義、鋤強扶弱的好漢，而不是打家劫舍、欺壓良善的盜賊、幫匪、流氓、惡霸。

七、頌揚愛情上的堅貞和真摯。

八、主張人類的平等，各種族之間的和平相處。在描寫古代民族之間的鬥爭時，如漢人反抗滿清等等，主要是從愛國心出發，而不是從種族偏見出發。

不論是在美國、蘇聯，武俠形式的影片都已有很久的歷史。美國的西部片歷久而不衰，近來更注入較新的內容和人生哲理。蘇聯的《游俠傳》、《寶劍屠龍》等有豐富的想像，為廣大觀眾所喜愛。香港拍攝的武俠片數量很多，一般說來主題也還不錯，只是限於製作成本和攝製的時間，往往令觀眾有「兒戲」之惑。我個人誠懇的希望，香港影壇要拍攝幾部製作認真、娛樂性豐富、內容健康嚴肅的武俠片出來。

關於武俠片的製作方面，我覺得有幾點是值得注意的：

一、武俠片只是一種特殊形式，其內容主題，其實和其他的影片並無多大不同，總之是要導引觀眾向上向善。

二、武俠片應當多強調「俠」字，而不能一味打打殺殺。

三、武俠片的一大部份觀眾是少年和兒童，製作者應當經常注意到，影片對於少年觀眾所發生的影響。

《中聯畫報》第五十八期，《峨嵋影片公司三週年紀念畫冊》，一九六一年五月

《武史》百期漫談

《武俠與歷史》小說雜誌這本刊物終於出到一百期了。起初我們絲毫沒有心懷大志，希望在這本消閒性的讀物上有甚麼作為，可是一出版之後，香港的作家朋友們很捧場，寫稿寫得很起勁，讀者們也很歡迎，銷路穩步的上升。情勢逼得我們非越來越加努力不可，否則未免太對不起海外這幾萬位讀者。

凡是本刊的長期讀者，自能發現《武史》在這一百期中逐步蛻變的過程。起初，《武史》百分之九十的重心放在武俠小說上，「歷史」只是作為一種點綴；但逐漸地，我們增加了一些中國歷史的材料，後來又少量加入了一些外國著名人物的材料。當然，《武史》基本上仍舊是一本消閒性的、娛樂性的刊物，可是我們的編輯方針中經常不忘記這樣的一個志願：要使讀者們在消遣和娛樂之餘，附帶的也得到一點真實的知識。於是我們改變了封面的形式，刊出一系列中國古代藝術品的彩色圖片，刊出了一系列中國歷代帝王的圖像、一系列古代的名畫，同時刊載一些與封面相配合的故事和文字。欣賞美麗的圖片，那仍舊是富於娛樂性的，但附帶的也得到了一些知識。對於我們大量的青年讀者、學生讀者，相信這不會是完全無益的。這個方針我們還會堅持下去，我們已搜集了許多中國歷代名將的圖片、名畫家所繪的人物版畫、名山大川（如少林山、武當山、峨嵋山這些武俠小說中的著名地點）的版畫，以及名人的書法手跡等等，準備陸續刊登。

但讀者最感興趣的，當然還是精彩的長篇武俠小說。遺憾的是，我們雖然在努力約稿，大量的精彩武俠小說終究是不易得到。我們約稿的範圍早已從香港擴充到了台灣，台灣最好的武俠小說作家們是經常替《武史》寫稿的。一方面我們也在努力發掘新的作者。可以向讀者們告慰的是，《武史》所登載的武俠小說，一定能維持最高的水準。除非香港和台灣的作家們個個寫不出好作品了，那是沒有辦法，要是有好作品產生，我們總會有辦法爭取到刊載在《武史》之中。每個作家的寫作總是有高潮，有低潮；有一段時期情緒飽滿，靈感湧如清泉，也有一段時期精神苦悶，故事舒展不開。然而不可能所有的作家一齊遭逢低潮，因此讀者們在閱讀每期《武史》時，即使對其中一兩篇不滿意，但另外總有好幾篇是緊張驚險、熱鬧動人的。

中國的文化藝術，有中國人自己的體系。西洋的歌劇、話劇、芭蕾舞傳到了中國，但極大多數的中國人還是只欣賞中國傳統的戲曲。並不見得西洋的話劇、歌劇、舞劇不好，也不見得因為水準太高而中國一般觀眾不能欣賞，只因為中國數千年的文化傳統，自有它自己一套美妙的形式。

中國近代的小說受西洋小說影響極深，意識和技巧上都有很大進步，可是讀者最多，流傳最廣的，還是傳統的說部。《水滸傳》《紅樓夢》《三國演義》《西遊記》這些真正偉大的小說不必說了，甚至像《彭公案》《永慶昇平前傳》《三門街》這些在意義和藝術手法上都頗不足取的說部，還是擁有極廣大的讀者，至今流傳不衰。主要的原因，那是由於這些說部的形式和內容合於中國人的口味。武俠小說在這一點上，也總是能保持中國傳統小說的風格。

許多人都說，武俠小說所以能有這麼多的讀者，是由於海外的中國人精神苦悶，無可發洩，於是從武俠小說中去逃避現實。這可能是一部份原因，但決不是根本原因。武俠小說的讀者中，佔比例最大的是青年和少年，從十歲到二十歲的不計其數。十幾歲的孩子，能有甚麼苦悶？有甚麼解決不了的難題，必須在武俠小說中去尋求逃避？據我想，武俠小說中展開着一個神奇的世界，人物和事件充滿着新鮮的羅曼諦克情調，本身自有它奇異的吸引力。好像吃糖果、吃冰淇淋，不一定是為了爭取營養，也不一定是為了精神苦悶需要調劑，只是為了它的美味。

我們要努力把《武史》調製成一件甜蜜的、有刺激性的、中國式的糖果。它雖然不是飯和麵包，然而是令中國人感到津津有味的美食，雖然不一定有不得了的益處，然而也決不是有害的。

《武俠與歷史》，第一百期，一九六二年

一個「講故事人」的自白

佟碩之兄那篇〈金庸梁羽生合論〉在《海光文藝》上發表後，他要我對他的批評表示一些意見。佟兄是我已有了十八年交情的老朋友，當年共居一屋，同桌吃飯，相知不可謂不深。這篇批評文章的用意，確如他所說，是出於「友直」兩字。老友有命，自當略抒己見。

他那篇文章的標題前加上「新派武俠小說兩大名家」的稱呼，我很覺愧不敢當。我寫武俠小說，着眼點只是在供給讀者以娛樂，只不過講一些異想天開的故事，替讀者們的生活中增加一些趣味，決不像梁羽生兄那樣具有嚴肅的目的。所以「梁金」不能相提並論。羽生兄是一位「文藝工作者」，而我只是一個「講故事人」（好比宋代的「說話人」，近代的「說書先生」）。我只求把故事講得生動熱鬧，羽生兄卻以小說來灌輸一種思想。我自幼便愛讀武俠小說，寫這種小說，自己當作一種娛樂，自娛之餘，復以娛人（當然也有金錢上的報酬）。佟碩之兄的文章中「責以大義」，認為羽生兄小說的思想正確，而我的小說思想有偏差，甚至是美國好萊塢思想，「實迷途其未遠，覺昨是而今非」，勸我痛改前非。他的盛意雖然可感，但和我對小說的看法是完全不同的。

我以為小說主要是刻劃一些人物，講一個故事，描寫某種環境和氣氛。小說本身雖然不可避免的會表達作者的思想，但作者不必故意將人物、故事、背景去遷就某種思想和政策。

我以為武俠小說和京戲、評彈、粵劇、音樂等等相同，主要作用是求賞心悅目，或是悅耳動聽。武俠小說畢竟沒有多大藝術價值，如果一定要提得高一點來說，那是求表達一種感情，刻劃一種個性，描寫人的生活或是生命，和政治思想、宗教意識、科學上的正誤、道德上的是非等等，不必要求統一或關聯。藝術主要是求美、求感動人，其目的既非宣揚真理，也不是分辨是非。藝術並不是「不道德的」，而是「非道德的」。《紅樓夢》中的賈寶玉既愛上了林黛玉，卻對薛寶釵、史湘雲，以至襲人、晴雯、紫鵑、金釧兒、妙玉、芳官等等都有情意，和秦鍾、蔣玉涵更有同性戀的意味，我們實不必去研究賈寶玉的做法是否合乎道德，更不能說一個男人愛幾個女子便是「好萊塢式」。莎劇《麥克白斯》的主角弒君篡位，希臘悲劇《伊迪普斯》主角殺父娶母，從道德來說，不忠不孝之極，但在藝術上，我們卻感到了驚心動魄的人性之激盪。古來巨大的文學作品，無不如此。《水滸傳》中的英雄殺人、放火、偷雞、偷錢、開黑店、吃人肉，都不能用尋常的道德標準來加以衡量。宋江最後受招安而去征伐農民起義軍方臘，以佟碩之兄的標準來看，那當然是革命叛徒、投降主義者，罪大惡極自遠過李秀成，那麼《水滸傳》也就不值半文錢了。

我對寫作中國舊詩詞完全不會，不是如佟兄所說「非其所長」，而是「根本不會」。對佟兄的批評全部接受。

佟兄一文很反對我《射鵰英雄傳》中宋代少女黃蓉唱元曲這段情節。我所以寫這一段，主因是在於極欣賞這幾支元曲，尤其是「興，百姓苦！亡，百姓苦！」這幾句話，忍不住要想法子抄在小說裏。

元曲的曲，起源於唐。據王國維的研究，元曲三百三十五種調子，出於唐宋古曲者有一百十種，此外若干種雖不知其來源，亦可確定是從唐宋時的曲子變來。其實，我以為在小說戲劇中宋代人不但可以唱元曲，而且可以唱黃梅調、時代曲。山西人的關公絕對可以講廣東話、唱近代的廣東調。梁山伯祝英台是晉朝人，越調的曲子卻起於民國初年；梅蘭芳以起於清朝雍正乾隆年間的皮黃曲調唱秦朝末年的《霸王別姬》；董永是東漢時人，黃梅調起於清朝末年，《天仙配》中的董永卻滿口黃梅調，那在藝術上都不成問題。我想很少有人會去研究《空城計》中諸葛亮所唱的曲調在三國時代是否已經存在。

任何歷史小說中的人物，所用的語言必須是現代化的。司馬遷寫史記，就將《尚書》中堯舜等人古典的對白「現代化」（漢代化）了。如果認為宋人不能唱元曲，那麼宋人說話「的了吧呢」更加不可以了。我國的成語都有來歷出典，假定每一個「詞」都要研究一下出於甚麼時代，比如說，在寫歷史小說時，馬援之前的人不能說「馬革裹屍」，劉秀之前的人不能說「得隴望蜀」。「三姑六婆」四字，出於明人所作寫元朝史事的《輟耕錄》，我們在寫宋代的故事時，事實上不能用「三姑六婆」四字，那不是太迂腐了嗎？

佟兄關於段譽和蕭崇的批評，完全錯了。因為這故事的結局，與佟兄所想像的完全不同。作為一個說故事人，發現別人一點也猜不到我在兩年多前所佈置的結局，不免沾沾自喜。因為我所重視的，正是好好的說一個故事。要古代的英雄俠女、才子佳人來配合當前形勢、來喊今日的口號，那不是太委屈了他們麼？

《海光文藝》，第四期，一九六六年四月

金庸談小說為甚麼要「增刪改寫」

《書劍恩仇錄》是我第一部武俠小說，寫於十五年前的一九五五年。十五年來，這部小說再版了許多次，盜印本也有許多版本。雖然還受到讀者們的歡迎，但我自己並不感到滿意。

我的每一部武俠小說都在報紙上連載，每天寫一段，刊一段。當旅行之時，在飛機上寫、在酒店中寫。記得很清楚，《神鵰俠侶》中楊過斷臂那一節，是在深圳火車站上寫的。那時到內地去參觀，在火車站等火車，在一張黃紙上寫完楊過的手臂被郭芙一劍斬斷，投入深圳的郵筒寄回香港。在印度的臥車上、南斯拉夫的賓館裏、愛丁堡的餐室中，都寫過武俠小說。

這樣一段一段的寫，印成書後，文氣當然不連貫，前後的呼應照顧，伏線補筆，都感到粗疏。看到文學史上的記載，作家們怎樣一次又一次的修改作品，內心總是感到慚愧。當然，武俠小說只是娛樂讀者們的玩意，並不是甚麼嚴肅的作品，但印成了書後，明明可以改得好些的，卻還是保留着當時的匆匆之意、草草之情，對讀者們實是一種虧欠。這些單行本為了趕時間，都是跟着在報上發表的文字即排即印的，錯字誤句，一仍其舊，未及改正，就出版業而言，覺得自己是相當的不負責任。

在報上寫連載，有一種特殊的要求，在連載的結尾往往要安排一個「鈎子」，放一個懸疑，以吸引讀者明天跟着再看，這些連續而有規律地出現的「鈎子」，放在整本書中，有時會顯得是不必要的庸俗趣味，也往往破壞了正常的節奏，使人覺得不大愉快。好多位朋友曾勸我修訂一下，出一套全集。雖然說不上有甚麼貢獻，對於喜愛武俠小說的人，卻是一樁賞心樂事。數年來久有此意，可是辦報、辦雜誌，寫時事評論、讀書研究，時間永遠不夠，許多要緊事都擱了下來，躭擱了許多朋友們的事，覺得實在沒有理由去做這件不急之務。

最近哥倫比亞大學夏志清教授、加州大學陳世驤教授來港，把酒長談，說到了我這幾部武俠小說，既有謬讚之辭，復多直言之評，提到趙元任、錢穆、李政道等等前輩均是「同好」。有這些「高人」在瞧門道，縱不能藏拙，所獻之醜也是越少越妙，所以下決心來修訂一下，希望減少一些自己想來會臉紅心跳的錯誤，也是對十五年來這些讀者們的一個交代。對於武俠小說，一般人有兩種反應：或者是根本不看，用刀指住他要點穴道，也是不看；另一種人是喜歡看，並不討厭多看一兩遍。所以舊作重印，倒也不算全無意義，新讀者會看，舊讀者也會看。原來發表《書劍恩仇錄》的報紙，性質和《明報晚報》完全不同，何況經過了十五年，小孩子長大了，中年人老了，讀者也換了一批。

這十五年中收到了來自世界各地讀者的來信，其中許許多多寶貴的意見和批評，自然是修訂這部小說的重要參考資料。

原來的回目也改過了，未必改得好，總算理順了些。原來的四十回，改成了二十四回。

姜雲行兄的插圖生動活潑，線條優美，很能刻劃書中人物的個性，渲染故事的氣氛，大增小說的光采。這部小說最初發表時，插圖不是他繪的，現在請他重新繪寫，相信當可增加閱讀的興味。

《明報》，一九七〇年

《吳家太極拳》跋

太極拳的基本構想，在世界任何拳術、武功、搏擊方法中是獨一無二的。我相信這是老莊哲學在拳術中的體現。用在政治上，那是清靜無為的黃老之術；用在拳術上，便是以柔制剛的太極拳。道理是一樣的，以自然、柔韌、沉着、安舒為主旨，基本要點是保持自己的重心，設法破壞對手的平衡。但設法破壞對手的平衡，並不是主動的出擊，而是利用對手出擊時必然產生的不平衡，加上一點小小的推動助力，加強他的不平衡。

所以太極拳講究「以靜制動」、「四両撥千斤」、「後發制人」。太極拳不運氣、不用力。力氣的來源在於對手，我只是轉移對手力氣的方向。對手所以失敗，是他自己失敗的，他是被他自己的力氣所擊倒。如果對手自始至終保持他的重心和平衡，或者，他根本不來打我，他就不會失敗。練太極拳的人，應該不會去主動攻擊別人。

世上萬事萬物，永遠在變動之中。太極拳的動作看來似乎緩慢，但永不停頓，沒有一刻有窒滯的時候。在建築學上，弧形的線條比之直線能負擔更大的重量。在太極拳中，速度並不是最重要的事。要旨是永遠保持平衡和穩定。練習太極拳，推手的訓練十分重要，那是憑敏銳的感覺來捉摸到對手力道中的錯誤缺失，如果他沒有錯誤缺失，那麼就設法造成他的錯誤缺失。重要的是，自己的每一個行動中不能有錯誤缺失。只要他想來打倒我、攻擊我，遲早會有弱點暴露出來。保盈持泰，謙受益、滿招損，那正是中國人政治哲學、人生哲學的要點。自己立於不敗之地比擊敗對手重要得多。自己只要不敗，那就好得很了，對手敗不敗，並沒有太大關係，他如不好自為之，遲早會敗的；他如好自為之，那也好得很。

太極拳相傳為張三丰所創。張三丰是道士，太極拳正充份體現了道家哲學。道家哲學並非純粹是守勢的。老子重視欲取先予，「大國者下流」，強大者不是來勢洶洶，而是積蓄力量，讓對手氣衰力竭，然後乘勢而取。

練太極拳，練的主要不是拳腳功夫，而是頭腦中、心靈中的功夫。如果說「以智勝力」，恐怕還是說得淺了，最高境界的太極拳，甚至不求發展頭腦中的「智」，而是修養一種沖淡平和的人生境界，不是「以柔克剛」，而是根本不求「克」。腦中時時存着一個「克制對手」的念頭，恐怕練不到太極拳的上乘境界，甚至於，存着一個「練到上乘境界」的念頭去練拳，也就不能達到這境界罷。

吳公藻《吳家太極拳》，一九八〇年

深摯熱烈的演出

——為話劇《喬峰》重演而寫

最近在一次友人的聚會中，大家玩一個遊戲，各人述說「今年最開心的一分鐘是甚麼時候」，必須誠實坦白，不准說謊。輪到我說的時候，我說：「十月十六日晚上十一點多鐘，在大會堂劇院，演完了話劇《喬峰》，台上演員介紹：『金庸先生也在這裏。』觀眾熱烈鼓掌，長達一分鐘之久。我開心得好像飄在雲霧裏一樣。」

這個遊戲是從《天龍八部》中銀川公主問三個問題裏化出來的。我的答覆很誠實。今年高興歡喜的時刻很多。但集中在一分鐘裏的，確是那個短短的時刻。因為這事先完全沒有心理準備，那個戲演得這麼好，觀眾反應這麼熱烈，我心裏充滿了感激之情——感激觀眾，感激安排這個演出的工作人員，感激香港話劇團的全體演員，感激盧景文先生。

我的小說拍過許多電影，許多電視片集，改編為話劇演出，這是第一次。在三種不同的戲劇表現方式中，我相信話劇最難。比之電視片集，舞台劇的演出時間有限制；比之電影，舞台劇的場景變換有限制。然而令我看得最感動的，卻是香港話劇團的《喬峰》。這不能說他們演得比所有的電影或電視劇更好，或許由於舞台劇的演員與觀眾有感情上的直接交流，可以互相感染。我們感到面前是有血有肉、活生生的人，他們的喜怒悲歡，直接引起了我們的喜怒悲歡。我當然早就知道（比天下任何人都更早知道），喬峰會打死了阿朱的，但當舞台上的喬峰當真一掌打死了阿朱時，我突然強烈的心酸，忍不住流下淚來。我相信我寫的是真情，導演和演員所演的是真情。

盧景文先生和李耀文先生所寫的《喬峰》劇本，十分忠實於原作。盧先生幾個月前告訴我，他的設想是，要表現書中的一個主題：種族不同和文化背景不同而引起衝突，因而造成不可避免的悲劇。他說這個戲要以較高的格調、較高層次的思想來演出，決不僅僅是一個「武俠話劇」而已。他這個目標是充份達成了的。當我閱讀劇本時，我擔心場景太多，對原作改動太少，曾想建議他精簡一些，處理上不妨自由一些。但我對他的導演才能很有信心，終於沒提甚麼意見。在看了第一場的演出之後，我還在擔心。那知道後來越演越緊湊，高潮迭起，我用了幾十萬字來敍述描寫的人物和情感，他們在短短三小時中就演了出來，除了「滿意，佩服，感動」之外，沒有別的可說了。

喬峰和阿朱在人生中活得高尚，愛得深摯。舞台上的喬峰和阿朱也活得高尚，愛得深摯。我相信那一晚觀眾在散場出來時，心頭都有一份激動和願望：要待我所愛的人更加好些。

一九八一年十一月六日

「香港文藝」的民主性

一切藝術大概都從兩種需要產生出來：一是遊戲與娛樂，原始人唱歌、跳舞、在山洞壁上畫一頭野牛，圍在火堆旁講述打獵的故事，加以誇張；另一是宗教目的或政治目的，祭祀、歌舞以取悅神道，跳躍叫喊以喚起戰士的作戰勇氣，朗誦漂亮的詞句以歌頌酋長的英勇雄武。前者抒發感情，本身就是目的，後者則是為另一個目的服務。

中國所能保存下來的最古的文學《詩經》主要便分為兩類：抒發愛情和其他各種感情的「風」；具有政治作用的「雅」與「頌」。這兩大類文學作品的傳統始終保持下來，直至今日。抒寫感情的作品比較得到大眾的喜愛，往往也從群眾之中產生。至於服務於政治的「廟堂文學」，內容固然比較枯燥，形式也比較典雅深奧，非一般人民大眾所能了解。最明顯的例子是漢朝的賦和兩晉南北朝的駢文，其中使用大量典故、生僻的文字、古典的詞句，只有帝皇貴族及高級知識分子才了解和喜歡。這一類文學流傳不廣，只供「內部人」、「圈內人」互相討論與讚美而已。

唐朝的詩本來是民間文學，有如今日的流行歌曲，在酒宴之上，歌女唱詩助興。宋朝的詞也是這樣，所以說凡是有井水的地方，都有人唱柳永的詞，表示流行一時，普及民間。元朝的民間文學是曲，明朝是小說，清朝民間最受歡迎的文學藝術當是戲曲與小說。

高級知識分子本來瞧不起民間文學與通俗文藝。任何朝代都是這樣的。詩、詞、曲、小說初起之時，文壇權威人士都嗤之以鼻，認為不登大雅之堂。在民國初年，一般著名學者也不大瞧得起章回小說，包括《紅樓夢》《水滸傳》《金瓶梅》等在內。然而群眾的愛好並不依照文壇領袖、學術權威的意見。到後來，大勢所趨，高級知識分子也向群眾的興趣投降了。然而這種轉移之間，通常有一個鬥爭過程，尤其因為，文壇領袖總是有政治領袖作後台。

在資本主義社會中，政治的影響力較小而商業的影響力較大。金錢不見得比政治權利更高尚，其影響力所發生的不良作用同樣可以十分骯髒。但藝術成為商品之後，一定要投大眾之所好，若非通俗，不能賣錢。至少，這比較民主，取決於大多數。香港是極端資本主義的社會，金錢原則發揮到淋漓盡致。只有受到群眾歡迎的藝術作品方能存在。這種情況在電影與電視上最為明顯，因為這是最大眾化的藝術形式。

小說的情形也是一樣。香港大多數讀者只喜歡兩種小說：以愛情故事為主的現代小說；採用中國傳統形式和古代背景的武俠小說。武俠小說之所以受歡迎，主要在於它的民族形式和民族內容，類似於民歌、國畫、民間曲藝，而不在於它的打鬥和奇幻故事。這是許多批評家都不了解的。

在香港，一切藝術都要走通俗路線，這不一定好，也不一定壞。通俗藝術可以很好，也可以很壞。「陽春白雪」自古以來就曲高和寡，但可以憑藉政治力量、皇室和貴族的支持、大知識分子的品評而長期享到崇高地位。香港資產階級發財的歷史甚短，文化根基不深，還不能長期支持一種「高雅而少人欣賞」的藝術。香港政府近十多年來頗有志於此，也有一些成績，但畢竟，在這裏終究是通俗性的文藝佔了壓倒性的地位。

較多人歡迎的文藝作品價值怎樣，要根據它的內容而判斷。「是否受大眾歡迎」不是價值判斷的標準。但也不能認為，群眾一定是錯的，只有少數高級知識分子才是對的。

香港市民以買票、買書、收視等等花錢的方式，來決定某一個文藝作品的興衰。政府、權威人士、壓力團體的影響力很小。以這種「民主方式」選出來的文藝作品，「缺乏深度」這個缺點很難避免。倘若能夠避免，那就十分十分了不起。

一九八三年七月二十二日

圍棋五得（上）

今年「新體育杯」圍棋賽在香港舉行決賽時，郝克強先生說起：日本棋院中掛着一個條幅，寫着圍棋有五得：「得好友，得人和，得教訓，得心悟，得天壽。」他覺得很有意思，問我是否知道出典。他說作家嚴文井先生對此很為稱賞。中國棋友曾請問日本的名譽棋聖藤澤秀行先生，他說記不清楚出處了。

我也不知道「五得」之說是誰提出來的。中國古籍中無此記載，相信一定是日本人的說法。「好友」兩字中國古人不大用，通常說良友、益友。「教訓」兩字在古文中只用作「教導訓練」的意思，如「十年生聚，十年教訓」；或作動詞用，是教誨的意思。近代人才作為「從失敗或錯誤中取得經驗」的意思。但這「五得」之說，的確很概括的說出了圍棋的益處。

「得好友」當是指個人間的友誼，「得人和」則是團體和社會中多數人之間的和諧。「得好友」和「得人和」，凡是喜歡下圍棋的人都有這樣經驗。揪枰相對，幾個鐘頭一句話不說，也能心意相通，友誼自然而然地建立起來。我和沈君山、余英時、郝克強諸位等結交，友誼甚篤，都是通過了圍棋。至於教過我下棋的許多位年輕高手，那更不用說了。有幾位日本朋友，我和他們根本言語不通，只能用漢字筆談，卻也因下棋而成為朋友。日本棋界的人常說：「下圍棋的沒有壞人。」這句話自不免有自我標榜之嫌。但圍棋是一種公平之極的遊戲，沒有半點欺騙取巧的機會，只要有半分不誠實，立刻就會被發覺，可以說，每一局棋都是在不知不覺的進行一次道德訓練。

圍棋是嚴謹的思想鍛煉，推理鍛煉，有人說是「頭腦體操」。現代醫學保健的理論很注重心理衛生，注重保持頭腦的功能，因為人身一切器官內臟的動作，都是靠頭腦指揮的。有些人年紀大了，體力衰退，但頭腦仍然健全，往往可以得享高壽，那便是下圍棋可「得天壽」的理論根據。我國當代著名棋手王子晏、金亞賢、過旭初、過惕生等諸位都年壽甚高，足為明證。王子晏老先生年過九十，棋力只稍退而已。最近來香港參與棋界盛會的日本業餘高手安永一老先生，自己說已記不清是八十四還是八十五歲。他腳力差了，有點不良於行，行棋卻仍然鋒銳凌厲，因為頭腦清楚，演講起來便風趣而有條理。康德、羅素等哲人之得天壽，相信也出於不斷的思索動腦筋。當然，不斷運用腦筋也不一定壽命長，還有其他許多因素。

一般人常說：「圍棋的棋理和軍事相通，學好圍棋能善於行軍佈陣。」圍棋的道理誠然有許多和軍事有相同之處，但若說「下棋下得好就善於打仗，善用兵者下棋必為高手」，卻大大不見得。畢竟，這兩者大不相同。圍棋高手必定積累大量圍棋的知識和手法，如定式、手筋、官子等等，這在打仗時完全用不上。下棋是一種精密的邏輯思維訓練。我常常覺得，下棋和做幾何習題差不多，不斷的企圖解決難題，如果推算錯誤，困難就解決不了。不過做幾何習題是單方面的，下棋則不但自己解決難題，同時還提出一個難題讓對方去解決。每一步棋子，都是既解難題，又出難題。這有些像做詩的聯句，《紅樓夢》寫林黛玉、薛寶釵、史湘雲等人聯句，對了別人的上聯，又出一個上聯給別人去對，巧妙精思，由此而顯。

《明報》，一九八五年六月二十五日

圍棋五得（下）

唐玄宗時代的圍棋國手王積薪傳下來《圍棋十訣》（一說是宋人劉仲甫所作），至今日本許多棋書仍然印在封面上，公認為是圍棋原則的典範。十訣的首要第一訣是「不得貪勝」。下棋是為了爭勝負，不求勝，又下甚麼棋？但過份求勝而近於貪，往往便會落敗。這不但是棋理，也是人生的哲理，似乎在政治活動、經營企業，甚至股票投機、黃金買賣中都用得着。既要求勝，又不貪勝，如果能掌握到此中關鍵，棋力便會大大的提高一步。吳清源先生常說，下棋要有「平常心」。即心平氣和，不以為意，境界方高，下出來的棋境界也就高了。然我輩平常人又怎做得到？不過有此了解，雖不能至，時刻在念，庶幾近焉。《棋經》有云：「持重而廉者多得，輕易而貪者多喪。不爭而自保者多勝，務殺而不顧者多敗。」「不貪」是掌握分寸，知所進退，這是重要的棋理，也是重要的人生哲理，是下棋也能得的重要教訓。西方人下棋，迄今為止和東方人還差着一大截，傳承固然有關，另外一個重要原因，似乎一般上西方人注重着着爭先，咄咄逼人，不大明白「後中先」、「先屈後伸」的東方哲學。

去年我到日本東京，王立誠七段陪我去一位奧國朋友家裏。路上經過澀谷區，我們就談論日本棋書上的「澀」字。王立誠說，這個奧國的 Muller 先生是業餘六段，而且是六段中的好手，可惜他無法了解這個「澀」字的含義，再要高就很難了。

這是從「得教訓」進入了「得心悟」的境界。

我下棋很用功，可惜缺乏天資，而且學棋太遲，在五十八歲才得到高手指點。陳祖德和羅建文兩「師兄」（我稱他們為師兄，是亦師亦友，兼「師」兼「兄」之意。）在我家裏作客，這才使我初窺圍棋門徑。圍棋必須從小學起，沒有幼工，不可能下得好。羅建文師兄說我領悟力還可以，但基本功奇差，「查先生的棋很怪，跟高手下表現好，跟平手或低手下極糟。」林海峯先生到我家作客，臨別時根據我的情況而作總結：「憑感覺下棋。」這是他的臨別贈言，一定有極大道理。道理是：你的計算能力不行，算來算去算不準，不如不算吧。

自從得林先生一語指點，近來我下棋得到了更大樂趣。既然多憑感覺，何為苦苦計算；「苦」就減少了，而要培養感覺，則須增加知識。我下棋的最大樂趣，一向是「求知」，不大注重勝敗；當然，這也是自我解嘲，因為敗多勝少，想注重勝敗也無從注重起。不過祖德、建文兩位師兄評我棋藝的主要缺點是：「勝敗心太輕，缺乏鬥志。」收官時一目、兩目的打劫，我是一點興趣也沒有的，好吧，你要就給你算了，輸就輸吧，沒有關係。

作為業餘棋手，我自覺這種態度有下棋之樂而無其苦。至於專家棋士，半目必爭，自然決不能這樣隨便馬虎。聶衛平先生根據我的弱點而傳授我的秘訣是：「每一次對局，中間至少要有三次抬起頭來，觀察全局。」有一次他說：「這一盤棋我見你抬頭五次，縱觀全局，我就知道這一盤你能贏了。」多看大局而不可專注於局部，對於專家棋士也是極重要的。

但業餘棋手如能養成這習慣，據聶老師說，可以立即提高一子至兩子棋力。我的經驗是，要大大提高是不行的，但能樂趣大增，因為多看全局，局部的搏殺就相對地可以較少注重。我們年紀大了的業餘者，搏殺是殺不過小孩子的，但重視全局，給小孩子吃掉一條大龍的機會就可少些。

教過我下棋的高手很多。朋友開玩笑說：「木谷實門下弟子超過三百段。這樣下去，你的圍棋老師也要超過三百段了。」如將指點過我的高手都加在一起，段數確是不少。他們總是說：「你的勝敗心太差。」（當然棋藝太差是不必說的。）我心裏自我安慰：「如果我勝敗心重，早就不下棋了。」我的「心悟」，或許說是不必重視勝敗吧。

業餘棋者勝敗心淡，棋藝不易進步，但生活和弈棋的樂趣增加。業餘者本來不想和專家棋士爭勝敗，再強也爭不過，不如不爭而從中得到樂趣。專家棋士往往因對局太緊張而得胃病，輸一盤棋有時幾天失眠。我們業餘者則輸棋於我如浮雲。蘇東坡《觀棋》詩云：「勝固欣然，敗亦可喜。優哉遊哉，聊復爾耳。」此業餘同志也。

《明報》，一九八五年六月二十六日

數十年的藝術醞釀

一九五〇年代，當我正在《新晚報》撰寫《書劍恩仇錄》時，董培新先生在羅斌先生所辦的《新報》與《藍皮書》上為武俠小說畫插畫。他很欣賞我的小說，我也很欣賞他的繪畫，當時我們都想，如果他能為我的小說繪插畫，應當是相得益彰，大家都會歡喜，我們的讀者也都會歡喜。

可惜，這件事沒有能成為事實。

羅斌先生很喜歡我的小說，他覺得我的小說很有內容和趣味，可以吸引大量讀者。那時他在辦一份很好的報紙：《新報》，我也在辦一份很好的報紙：《明報》。這兩份報紙都是新起的小型報，都賣一毛錢，在香港這小小的市場上自然發生了競爭。那時《明報》還沒有形成自己的風格，不能成為政治上獨立的知識分子所熱愛的自由報紙。由於競爭的關係，羅斌先生不同意董培新給金庸的小說繪插畫。

當時給金庸小說繪插畫的，主要是姜雲行先生和王司馬先生。姜雲行先生用「雲君」的筆名，他的畫風細膩而生動，表現武俠小說中的動作和打鬥很見功力。王司馬先生的畫風富於人情味，很能表現人物的情感，讀者們往往為他的繪畫所吸引，凝視畫中的人物，神馳高山大漠，投入人物的歡樂和哀傷。

王司馬先生在風華正茂、得到萬眾歡迎的時候以癌症去世。雲君先生也移民美洲，不再以他生動的繪畫和我們相見。香港回歸中國，《明報》與《新報》都換了主人。董培新先生提起畫筆，繪出了不少金庸小說中的場面。那些場面是他在心裏醞釀了很久很久時日的。有的他已想了幾十年，有的他反反覆覆的修改，改了佈局，改了人物的面容。

長期在心裏醞釀的藝術作品，一出來果然不同凡響。

蕭峰來到聚賢莊外，一場大戰還沒有展開，但劍拔弩張的氣勢已充滿了畫面的每一個角落；韋小寶在揚州妓院裏和眾女大被同眠，畫面上沒有猥褻和色情，讀者看到了滑稽、風趣，和人物的玩鬧，那正是小說所要表達的情調。畫面和小說配合得非常合拍，每個觀賞者從心底和臉上，都露出了會心的微笑。

內地有許多畫家曾嘗試為金庸小說畫插畫，有的畫家功力很深、構圖很美，但他們都沒有董培新先生的創作成功。只因為，雖然是極好的畫家，但缺乏了在心中醞釀數十年的藝術培養。這數十年的醞釀、修正，使得藝術成熟了。這是自然的培養，天然的陶冶。這本冊子裏的每一幅畫，都是董培新先生在讀了金庸小說之後，在心中思考數十年、或者十幾年的成果。

《董培新畫說金庸》，廣州出版社，二〇一〇年九月版

——徐慧之

熱愛中國文化的蒲樂道

蒲樂道（John Blofeld）是英國人，就學於劍橋大學，戰前曾在本港九龍民生書院執教。本港有不少知名之士是他的學生，前港大校長黃麗松博士是其中之一，且是他的好友。

蒲樂道是世界著名的佛學家、道教研究者，著作甚多，包括 *The Wheel of Life: The Autobiography of a Western Buddhist; Mahayana Buddhism in Southeast Asia; The Way of Power: A practical guide to the Tantric Mysticism of Tibet* 等等。抗戰期間，他在英國駐華大使館（當時在重慶）任職，擔任文化專員，戰後前赴北平，此後在曼谷隱居，數年中他用中文寫了一部中文著作：《老蒲遊記——一個外國人對中國的回憶》，敍述他長期在中國和香港的種種神秘、有趣的見聞，並經黃麗松博士之介，在《明報》副刊發表。蒲樂道先生的中文語法極有自我風格，頗具韻味。

一九八七年，黃麗松博士專程前往曼谷訪問他的老師，從所附的圖片之中，可以看到蒲樂道先生對中國文化的熱愛，他家中到處懸掛中國書畫，他穿中國式服裝，傢具、用具也都是中國風格的——他的夫人是中國人，所生的子女相貌也是中國人。

蒲樂道於一九八七年六月在曼谷逝世。

《明報》，一九八七年六月十一日

——林歡

關於《絕代佳人》

《絕代佳人》這電影劇本是在邊學邊寫中完成的，因為以往我從未有過寫作電影劇本的經驗。我一面寫，一面向電影界的前輩們請教，在片場與書籍中尋求知識。這個劇本大約寫了十個月，修正與改寫了六次。事蹟與人物雖然沒有變動，但場次的接續，蒙太奇鏡頭的構成，人物的行動與言語，最後的劇本與初稿是完全不同了。

從前讀《史記》，覺得信陵君替如姬報殺父之仇而如姬為他盜虎符救趙的故事中，含有極強烈的戲劇性，這種重義輕生的俠氣，很教人感動。事實上我國豐富的戲劇遺產中，以此為題材的作品有好幾部。明朝的張鳳翼有《竊符記》（《曲品》批評說「其詞擲地作金聲」）；清．楊潮觀有《吟風閣雜劇．信陵君義葬金釵》；京戲中有《竊兵符》、粵劇有《竊符救趙》、越劇有《信陵公子》、話劇有郭沫若先生的《虎符》等。因為《史記》中的記載很簡單，後人的作品都各憑自己的想像來處理，所以情節各各不同。在張鳳翼的作品中，如姬竊符後被發覺，她唱了一曲《寄生草》：「不是賢公子，誰將妾恨消，甘心一死未相報。縱教血染階前草，也隨老父同含笑。蒲姿難久沐恩波，深宮別有如花貌。」魏王就赦免了她。《虎符》的結束是如姬出走。《信陵公子》是如姬逃到信陵君兵營中，最後團圓。《信陵君義葬金釵》是如姬被殺。《東周列國志》也寫成魏王赦免了他這寵愛的姬人。《絕代佳人》中各個人物的個性與情節則發展成為另一個結局。

這部電影企圖表現一個主題：「唇亡齒寒，鄰家有難，必須救援。」同時還想表現出一點戰國時期的時代精神。那時諸侯通年征伐，民不聊生，平民強烈希望能夠安居樂業，所以墨子的非攻、兼愛等思想在下層社會中非常流行。同時那時候秦國的生產方式有了重大改革，經濟制度比關東六國都要進步，新興的商人階級逐漸在政治中發生作用。在電影中，如姬代表了當時的墨家思想，而蔡尚禮則是楊朱思想的化身。

秦國之統一六國在整個歷史中有進步作用，然而它坑殺趙國降卒等殘暴的行為，卻是必須予以否定的。過去的劇作把貴族的信陵君描寫得太理想，已有史家指出不符合歷史觀點，《絕代佳人》的重心則是放在如姬身上，把報父仇與反對秦國的殘暴聯繫起來。

在寫作與拍攝過程中遭遇到了許多困難，得解決許多似乎很古怪的問題：在戰國時代，男性的貴族與女性的平民會不會同在一室談話？當時席地而坐，那沒有問題，但怎樣坐法？等等。戲中有下圍棋的場面，得研究當時的棋盤是不是真如有些書上所說，是縱橫十七道而不是現今的十九道？當時文字沒有統一，魏國的篆文是怎樣的？那時佛教文化還沒有傳入中國，服裝與宮室中的圖案中必須肅清一切與佛教有關的東西，那麼當時的圖案是怎樣的呢？

這些以及其他的問題都在大家研究與會商中解決了，可是又出現了新的問題。我們想在這部電影中盡量介紹我國古代的生活與藝術，所以其中包括了歌唱、農民舞、宮廷舞、騎馬、射箭、投壺、撫琴等等，然而這些活動的真實情況極難準確地查考到，除了從我國固有的藝術中吸取材料外，還得加入創造與想像。吳堯邦先生的學生伍女士創作了豐收舞；京戲演員朱琴心先生教導了綵舞與宮廷舞；蔡女士教導了古琴的彈奏，並創造了一些新的指法；草田與于遴兩位創作了以中國樂器為主的背景音樂；並不是本片演員的龔秋霞、石慧、劉懋、費明儀、翁木蘭、傅奇等都參加了舞蹈或合唱。他們，以及其他許多人，在製片與導演的領導下解決了那些新的問題。

導演的創作工作，演員們的體現角色，技術人員的技術工作，當然更經過了一番辛勤的努力。

所以，從二月十五日開拍起，這部影片拍了七個月。

如果這部影片還有一點成就，那是由於我國豐富的文學與藝術遺產，由於這許多人的工作，但因為劇作者缺乏才能與經驗，對電影、戲劇、與歷史的知識太貧乏，一定使這許多合作者努力的成果大大的減少了光彩。我們希望，下一部電影能拍得好些。

《新晚報》，一九五三年九月十九日

從一次選舉談起

去年年底，《北京日報》舉辦了一次有趣的選舉，請讀者們在一九五六年上映的國產故事片中，投票選出他們所最歡迎的影片和演員。參加選舉的讀者很踴躍，遠到新疆和西南各地都有人投票，計算結果，獲選的五部影片是《董存瑞》、《春》與《秋》、《為了和平》、《平原游擊隊》、《祝福》。獲選的五位演員是白楊、張良、李景波、吳楚帆、郭振清。

在全國的電影界，這次選舉是一件重大事件；對於香港電影界，這次選舉的結果尤其有極大的鼓勵作用，因為其中《春》與《秋》是香港中聯公司的出品，而吳楚帆是香港電影工作者。香港電影界這些年來雖然遭遇到了各種各樣的困難，但由於堅持不懈的努力，終於還是得到一定程度的進步。

我們還能在這次選舉中想起其他許多事情：

在香港電影界歡宴中聯同人與吳楚帆先生的宴會上，吳先生把這榮譽歸之於全體電影工作者的努力，以及《春》、《秋》原著人巴金先生對人物深刻的描繪。我想這幾句話是很有意義的。香港影片生產的數量很大，大概僅次於日本、美國與印度，在全世界經常佔着第三、四位。然而在這樣大量的生產中，有些甚麼影片是真正第一流的呢？說來慚愧，與我們自己的理想，與觀眾的理想，距離都還極遠。經費的不足與市場的限制是一個重大困難，每個到香港來參觀的外國影業界人士，聽到說我們拍一部影片成本這樣低，沒一個不是驚奇不置，認為這是一種「魔術」。用這一點經費拍電影固然不容易，然而魔術不能為魔術而魔術，必須精彩，精彩得使觀眾看得興高采烈。問題是在這裏，我們偶然拍出一些好影片來，比之過去確是有進步了，然而進步得不夠。

歐美影片在技術上是日新月異的在發展，彩色、闊銀幕、身歷聲，這些的確能增加影片形式上的素質。我們沒有條件和他們在設備上爭一日之短長；那麼在故事上，在演出上，在情節的處理上，就必須有大大地勝過他們的地方。一般說來，香港片在故事的真實合理、有教育意義、朝進步方向發展等這些方面，確是遠比美國片為好，然而在編導演這三部與技術手法的圓熟而論，我們也頗有不如美國片的。

在過去，粵語片的藝術水平整個說來比國語片要低些，然而近年來粵語片的進步卻比國語片要快得多，如《春》與《秋》，甚至超過了國語片的水平，另外的例子還有的是。

我們希望在觀眾的幫助和督導下，國語片的進步也加速起來。香港的國語片與粵語片像兄弟般並肩齊進，在不久將來，不僅受到海外同胞與全國同胞的熱烈歡迎，也受到世界人士的讚賞。要知我們固然有困難，然而在另一方面也有許多優異的條件：中國有一個悠久而燦爛的文化，有光耀的藝術傳統可供我國電影工作者去吸取養料；我國人口是全世界第一、海外同胞數量極多，他們都是熱烈的愛國同胞，他們經常會對我們的影片予以支持；香港電影的主流走的是一條正確的道路，為人類的進步、為和平與友好而努力……這些都是我們所有的優良條件。

《新晚報》，一九五七年

對少年兒童的影響

在我執筆寫這篇「特稿」的時候，香港許多報紙的「本埠新聞」版上正以頭條的地位，登出了下面這則消息：

「有一個十三歲的孩子，對占士甸（James Dean）所主演的美國片《阿飛正傳》（*Rebel Without a Cause*）着了迷。他偷了母親和姨母一千多元，去看《阿飛正傳》一共看了十三次，在旅館裏住了一個星期，吃喝玩樂之餘，還買了占士甸的照片一百多張，可見他對這位在影片中飾演阿飛的人崇拜之極。」

這個小孩被警方拘捕了，告上了法庭。

電影對少年與兒童發生了多大的感染力，這則新聞說得再清楚也沒有了。幸運的是，這個小孩總算沒能把影片中阿飛們的本事學全，他沒有用小刀和人決鬥，偷了別人的汽車來開入海中，刺破別人汽車的車胎，與女友在荒涼的空屋中過夜，以及拿了手槍對警察亂放……由於這部影片詳細的描寫了這些事實，一個孩子在連續看了十三遍之後，如果再多一些危險的模仿，那也是不足為奇的。

早些時候，據香港許多教師們的反映，格蘭福特（Glenn Ford）所主演的《流氓學生》（*Blackboard Jungle*），在香港學界中也產生了很不良的影響。這部影片中有學生用武器威脅老師，以及男學生企圖強姦女教師等場面。由於這些原因，這部影片在日本是禁映的。

其實我認為，在一般美國片中，這兩部影片的用意還是比較好的。它們提出了美國少年罪犯激增的問題，所有學生家長與學校教師們加以重視。但可惜的是，這兩部影片沒有明確地指出真正的社會原因，也沒有提供確切的解決方法。在大人們看了，或許會想到這確是一個嚴重的問題，但對於還不能清楚地分辨是非的少年，對於模仿性很強的兒童，卻成為一種惡劣的範例。

蘇聯著名導演亞力山大洛夫（Grigori Aleksandrov）在一篇論電影喜劇的文章中，也曾談到過這一點。他說：他拍過的一部喜劇中，有一個小孩用一種很拙劣很滑稽的姿態寫字，在電影中，這有很好的效果，成人觀眾們看了都覺可笑，也覺得這孩子很可愛。但不久，他收了許多教師們的抗議信，因為蘇聯許多孩子在寫字的時候都模仿電影中這孩子的怪樣子。這使他很後悔，以後在這方面極力小心。

在長城公司的《兒女經》中，我們有過一個類似的經歷。石慧所飾的顏大明受了壞孩子的影響，拿了一把小刀去割破了同學單車的輪胎。這一場戲拍好了，也有一定的戲劇效果，但後來許多人認為這不但損害了大明的性格，而且對少年觀眾恐怕有不良的影響，所以終於剪去了不用。觀眾們在銀幕上是看不到這場面的。

電影對觀眾的影響很大，對於性格還未穩定的少年與兒童，它發生的教育作用尤其重大。即使電影製作者的本意並不是要孩子們學壞，但也常常會在無意之中教壞了別人。如果電影製作者不重視這一點，那麼孩子們的家長在幫助子弟選擇影片時，是應該注意到的。

《新晚報》，一九五七年

向京戲學習

人們常說，電影是唯一的綜合藝術，因為它把文學、音樂、美術、戲劇、舞蹈等各種藝術熔為一爐，同時在銀幕上表現出來。人們說到「綜合藝術」，通常指的就是電影。這句話並沒有說錯，電影確是綜合了各種類型的藝術，但如果說它是「唯一的綜合藝術」，那就不大妥當了。因為中國人很明白，我們的傳統戲曲也是一種綜合藝術。

以京劇為例吧。京劇是集合了戲劇、音樂、舞台美術、服裝設計、化妝、舞蹈、武功、啞劇、對白各種藝術形態於一體的。外國的歌劇一味的唱，巴蕾舞劇是啞劇加舞蹈，話劇只有說話（不是京劇中那種音樂性的對白）。至於武功、臉譜等等，西洋的戲劇表演中根本沒有。無怪過去幾年中，京劇在歐洲各地演出，沒有一個大城市不為之轟動，為之傾倒。在倫敦演出時，英國女皇伊莉莎白對京劇武打戲《雁蕩山》欣賞之至，接見京劇演員們時，對該劇的編導大表讚揚。

因為這是一種綜合藝術，對一個演員的要求那就苛刻得很了，他不但要唱得好聽，舞蹈得漂亮，表情豐富，還要會武功。一個京戲名演員，簡直就是集嘉麗古齊（Amelita Galli-Curci，著名女高音）、烏蘭諾娃（Galina Ulanova，芭蕾舞蹈家）、嘉寶（Zsa Zsa Gabor，電影明星）等的本領於一身，至於打武的功夫，那在外國的表演藝術中根本是沒有的。這不是綜合藝術是甚麼呢？

由過去數年中我國京劇的風靡全歐看來，可見我國積累數百年藝人們心血的戲曲藝術之中，確是有許許多多寶貴的獨特的東西。電影的表現方式與京劇雖然完全不同，但作為中國人的電影，我們有理由在電影中吸收我國傳統藝術中許多精彩的創造。

事實上，我們在過去確曾這樣做過。比如在《小舞孃》中，石慧所飾的那個小姑娘就唱過京戲；在《寸草心》中，李次玉一人飾三角唱了一段《二進宮》，這些不只是穿插，增加一點觀眾的興趣。在《絕代佳人》中，夏夢所飾的如姬有一段舞蹈，所用的就是京戲中跑圓場的身段（這種步法在民間舞蹈《荷花舞》中也曾使用）。當然，這一點，是大大不夠的。京戲中有大批珍貴的寶藏，供電影工作者去發掘、利用與學習。

京劇的表演方式很是潔簡，常常只是一句話、一個手勢，就表示了十分豐富的意義，至於語言中抑揚頓挫的音樂性，身段中線條柔和的舞蹈性和造型美，更是值得演員們去研究。像《慶頂珠》那樣現實主義的，刻劃人物個性異常深刻而情感又十分豐富的劇本，不是很可作為電影劇作家們的範例麼？像《三岔口》中那樣複雜而風趣的安排（劇中人幾乎不講甚麼話，然而自始至終緊張之至），不是值得導演們作為場面處理的借鏡麼？

《新晚報》，一九五七年

好萊塢的悲劇——十年來的黑名單

一九四七年九月，美國眾議院非美活動調查委員會（House Un-American Activities Committee；下文簡稱「非美委員會」）向好萊塢的四十一位工作人員發出了傳票，命他們到華盛頓去受審。十年之後，美國著名劇作家亞瑟·米勒（Arthur Miller）以「藐視國會」的罪名，被高等法院判處了五百美元的罰款和一個月徒刑。

這十年之中，美國政府從未停過向影劇工作者進行迫害。政府、右派團體，與電影公司聯起手來，開列了包括數百人的「黑名單」。凡是榜上有名的人，從此就不獲美國所有電影公司的僱用。

四十一張傳票

一九四七年春天，二次大戰已經過去了，羅斯福總統的「新政」已被杜魯門政府掃蕩得乾乾淨淨，戰時與蘇聯並肩作戰的感情早已被冷戰所代替，右派團體所煽動的反共運動到了高潮。

於是非美委員會向好萊塢下手。所以選擇好萊塢，因為美國的統治者們知道，在各種文藝事業中，電影的影響最為直接而廣大：因為電影工作者熱情而缺乏政治鬥爭經驗；因為好萊塢名氣響亮，這一來，非美委員會可以在國內外立時一鳴驚人。

四十一張傳票送到好萊塢後，馬上受到了反擊。被傳受審的人中，有十九人聯合發表聲明，宣稱不論在甚麼情況之下，他們決不出賣自己或別人（這一群人後來被稱作「不友好的」證人）。另一批人士在導演尊．哈斯頓（John Huston，《無比敵》〔*Moby Dick*〕、《荒島仙窟日月情》〔*Heaven Knows, Mr. Allison*〕）、導演威廉．威勒（William Wyler，《黃金時代》〔*The Best Years of Our Lives*〕、《嘉麗妹妹》〔*Carrie*〕）、編劇菲立普．鄧恩（Philip Dunne，《萍姬淚》〔*Pinky*〕、《大衛王與貴妃》〔*David and Bathsheba*〕）等人領導下，組織了「憲法補充第一條委員會」。他們公開聲明：「調查個人的政治信仰，是違反了我們民主的基本原則。企圖限制言論自由，專橫地規定美國主義的標準，這種行為本身就是不忠於憲法的精神與條文。」

好萊塢的聲音

他們組織了電台廣播，在報上刊載大幅廣告反對調查，許多電影界的知名之士都發言支持受審的人們。茱蒂・嘉蘭（Judy Garland）說：「在美國每一個自由的良心受到審問之前，請站出來說話吧。」格力哥利・柏（Gregory Peck）說：「有許多途徑可以失去你的自由。可以是一個暴君從你手裏搶去——但也可以在你太忙碌時，在你腦筋混亂時，在你心中害怕時，逐漸逐漸的慢慢失去自由。」法蘭・仙納杜拉（Frank Sinatra）說：「他們是不是要嚇得我們不敢說話？我很表懷疑。」此外激烈抨擊這次調查的有露茜・波兒（Lucille Ball）、瑪嘉烈・蘇麗文（Margaret Sullavan）、茂娜・洛埃（Myrna Loy）、茂文・道格拉斯（Melvyn Douglas）、愛德華・羅賓遜（Edward G. Robinson）、堪富利・保加（Humphrey Bogart）、露琳・寶嘉（Lauren Bacall）、畢・蘭加士打（Burt Lancaster）、羅拔・楊（Robert Young）、真・基利（Gene Kelly）、范・希扶連（Van Heflin）、伊扶蓮・凱絲（Evelyn Keyes）等等。

調查審訊進行了兩個星期。在十九個「不友好的證人」中，只有十人受審，那就是所謂「好萊塢十人」（Hollywood Ten）。他們都拒絕答覆關於政治信仰的問題，認為根據憲法，非美委員會無權調查這件事。劇作家約翰・霍華德・勞遜（John Howard Lawson）第一個受審。他說：「我不是在這裏受審，這是非美委員會在美國人民面前受審。」

其餘「友好的證人們」卻作了許多根本沒有證據的證供。由卓別靈一手提拔成名而背叛了卓別靈的亞道夫・文殊是突出的例子，他在作證時說：「在某種情況下，一個共產黨導演、一個共產黨編劇、一個共產黨演員，即使受到公司當局的命令，不得在影片中注入共產主義或非美國主義或顛覆性的思想，也仍可以用一個表情、一種語氣或聲調的高低變化，很容易的推翻了公司的命令。

黑名單編起來了

這些人以及影片公司的首腦們，在證供中舉出了許多「可疑的」名字，這些人就被列入「黑名單」，此後他們不能再在美國電影界獲得工作。

在那十個人審訊完畢之後，調查工作突然停止進行，可能是由於社會上反對的壓力太大，也可能實在是找不到甚麼犯罪的證據。真正的原因到十年後的今天還沒有明瞭。審訊的結果是那「十人」（七個編劇、一個製片人、一個導演、一個編劇兼導演）各以「藐視國會」罪名，被判處了一千美元的罰款和一年徒刑。

但這次審訊最最重大的政治意義，還不在十個電影工作者的入獄，而是使大批有進步思想的藝術家永遠喪失了工作的機會，使電影以及其他文藝作品中，不敢再有任何進步的意識，使美國電影中充滿了不真實的粉飾、歪曲、說謊和誣衊。因為非美委員會在審訊時正式表示，影片中如把一個有錢人描寫為惡棍，抨擊國會議員，描寫一個退伍軍人對生活前途失去信心，那就是「共產主義」。而作這樣描寫的人，那就是被列入黑名單，那就是失業、貧困和飢餓。

真正下命令的人

為了跟政府配合，美國電影業聯會、電影製片人協會、電影獨立製片人協會舉行了兩天會議，會後發表宣言，聲稱不再僱用這入獄的十人，以及其他具有「顛覆思想」的人。他們的宣言說：「我們坦白承認，這政策之中是包含有危險性的。這可能傷害到無辜者。這還可能造成一種恐懼的氣氛。而優秀的創造工作是不能在恐懼的氣氛中進行的。」不出他們所料，十年來美國的電影事業確是在一種恐懼的氣氛中進行，很少有哪一位藝術家膽敢在影片中作深刻而真正的暴露，透露作為一個藝術家、一個人的良心。

這種情況是美國真正的統治者華爾街造成的。即使是《紐約時報》，也指出了這一點，該報的評論員波斯萊·克榮塞寫道：「必須充份了解，這行動是紐約的大亨們下的命令，而不是出於好萊塢製片人的意思，控制電影業的是紐約的巨頭，好萊塢的製片人是從屬於他們的。」

兩種例子

黑名單的作用發生得十分徹底。安妮·李芙爾（Anne Revere）是一個明顯的例子。她本來是一位很受歡迎的性格演員，拍過《君子協定》（*Gentleman's Agreement*）、《郎心如鐵》（*A Place in the Sun*）等影片，一九四五年得配角金像獎。她是「憲法補充第一條委員會」的支持者。在一九四七年時她工作四十星期，到一九四九年只工作了八天，一九五〇年是三星期。

一九五一年華盛頓又進行調查，她是第一個受審的人，她引用憲法補充條款第一條而拒絕答覆。從那天起，美國電影界沒有給過她一天的工作機會。

類似她這種情形的人很多。資格較深的影迷們都可以想得起許多人：他們從前常在美國片片頭名單中出現，但後來，忽然神秘地失了蹤。

當然也有很多相反的例子。導演愛德華・德米特里克（Edward Dmytryk）是「十人」之一，他入了獄；但在獄中發表了反共聲明，出獄後他向政府告密，列舉他從前加入共產黨時所認識的人們。就在這時候，銷路極廣的《星期六晚郵報》（*Saturday Evening Post*）出現了同情他的文章，他得到了僱用。這個曾經拍過若干進步影片的人，不久之前到香港來拍了誣衊新中國的《江湖客》（*Soldier of Fortune*）。每個看過這部影片的人都清楚地了解，當不得不說謊的時候，一個有才能的人會變得多麼可笑和低能。

演員史特靈・希頓（Sterling Hayden）也是這樣，他告發了許多人，於是他能在好萊塢繼續演戲。

當然，我們不能忘記那導演《薩巴達萬歲》（*Viva Zapata!*）、《碼頭風雲》（*On the Waterfront*）、《蕩母痴兒》（*East of Eden*）和《嬌娃春情》（*Baby Doll*）的伊力・卡山（Elia Kazan）。他向政府告密和將功贖罪的行動，表演得賣力異常。

第二次大審訊

史特靈・希頓是在一九五一年那次大審訊中投降的。這時非美委員會的主席巴耐爾・湯姆斯（John Parnell Thomas）早已因貪污入獄而聲名狼藉。委員會的主席換了人，但委員會的政策並沒有改變。這次一共審了九十人，在委員會中告密與出賣的，除了愛德華・德米特里克與史特靈・希頓之外，有導演法蘭克・杜特爾（Frank Tuttle，《此路不通》），編劇布德・舒爾堡（Budd Schulberg，《碼頭風雲》），馬丁・柏克萊（Martin Berkeley，《黑夜沉沉》〔*So Dark the Night*〕）等。柏克萊創造了告發的紀錄，舉出了一百六十二人。

另外有些人的作風不同。演員拉賴・派克斯（Larry Parks，《一代歌王》〔*The Jolson Story*〕）承認加入過共產黨，但不肯舉出別人的名字。著名的女編劇家李蓮・希爾曼（Lillian Hellman，《北極星》〔*The North Star*〕、《守望萊茵河》〔*Watch on the Rhine*〕）也拒絕告密。於是，我們不再在銀幕上看到拉賴・派克斯的面孔，也沒能看到李蓮・希爾曼所寫的影片。

這一次審訊又製成了一張黑名單，在非美委員會的年報中正式公布，名單中一共包括三百二十四人。

舉發、良心、原則

凡是被列上名單的人，如果想獲得工作，必須經過一定的手續：寫保證書或悔過書，向政府告密，舉發別人。所以必須有這種「舉發」，政府倒不在於獲得情報，情報自有專業特務供給。那是為了摧毀藝術家的自尊心，為了使他們絕對服從，此後不敢再有絲毫反抗的念頭。亞瑟·米勒的案子就是一個明顯的例子。瑪麗·麥加山在最近發表於《遭遇》雜誌的一篇文章中說：「委員會並不是要從米勒先生那裏得到情報；它是在作一種試試他是否忠誠的考驗。而對於米勒先生呢，事實上也並非是否出賣某幾個人的問題，這幾個人早已被人檢舉過了，所以他即使檢舉他們，也不會再對他們增加甚麼害處，問題在於，他肯不肯接受這樣的一個原則：舉發別人是作為一個良好公民的必要條件。」爭執的中心是在一個原則，亞瑟·米勒寧願入獄而不肯舉發早已被人舉發過的朋友，結果他被判入獄，此後的工作與職業將發生嚴重的困難。

黑名單的開列，除了政府外，許多極端右傾的團體也向電影界開出黑名單來。一九五一年十二月，影響很大的《美國軍團雜誌》中發表了一篇〈電影業是乾淨的麼？〉的文字，其中列舉了六十六個名字。不久「天主教退伍軍人協會」也發動了進攻，於是，好萊塢各大公司的代表與美國軍團的負責人舉行會議，美國軍團向八大公司送出了一份包括三百餘人的名單。公司根據這份名單，要求單中有名的人寫悔過書與保證書，拒絕的人就會失去職業。

據亞德林·史各特（Adrian Scott，「好萊塢十人」之一）一九五五年發表在《好萊塢評論》

上的一篇文字中說，實際上被列入黑名單的電影工作者，一共是二百十四人，其中包括劇作家一百零六人、演員三十六人、導演十一人。

流亡與黑市

這些藝術家只得另謀出路，許多人都到了歐洲。這些人有的還能保留自己的名字，但不免受到損害，如英國片《飛車艷史》（*Genevieve*）在美國放映時，配音師拉賴·艾德勒（Larry Adler）的名字必須在片頭字幕中取消；法國片《悍匪大決戰》（*Rififi*）在各地受到熱烈歡迎，只因導演是朱爾斯·德辛（Jules Dassin），影片在美國就不能普遍放映。因為，艾德勒與德辛都是好萊塢黑名單上有名而流亡出去的。

有些編劇與導演替英國電影工作的時候，甚至必須用假名。美國黑名單的威力竟遠及於英國。《忠勇之家》（*Home of the Brave*）、《風流劍俠》（*Cyrano de Bergerac*）、《龍城殲霸戰》（*High Noon*）的編劇卡爾·福曼（Carl Foreman）到了英國，大概可用真名工作，但遲遲沒有開始。

以美國之大而不能容卓別靈之才，其餘更加可想而知。

留在美國的人呢，有些是改了行，有些是以比公價低得多的價錢作黑市工作。《鐵牛傳》（*The*

Brave one）就是一個最近的例子。該片獲得了一九五七年最佳電影故事金像獎，然而大家找不到編劇者羅拔·李處（Robert Rich）來領獎。這個人登時成為神秘人物。《時代週刊》疑心是「好萊塢十人」之一的達爾頓·特隆波（Dalton Trumbo）。特隆波卻透露了一個消息：《鐵牛傳》與《四海一家》（*Friendly Persuasion*）的劇作者都是著名的米克·威爾遜（Michael Wilson）。《四海一家》的劇本是他在被列入黑名單之前寫的。這部影片在威尼斯影展中得了首獎，但在片頭上卻沒有威爾遜的名字。影片在參加競選金像獎時，曾特別聲明：本片編劇「無獲獎資格」。

特隆波說：「他（威爾遜）知道，《四海一家》會得獎，然而他自己沒份，於是他寫了《鐵牛傳》來顯本領，表演一下他這一年中的工作。」

好萊塢把人才趕到外國去、把人才趕入了地下，偶爾寫幾部好作品，也常常不得不求教於被列入黑名單的藝術家。當一手有美元而另一手有棍子的時候，要擴充一張黑名單並不是難事，然而電影並不能一按電鈕而自動化的攝製，在趕走了這許多優秀的工作者之後，在摧毀了許多藝術家的良心與勇氣之後，好的作品從哪裏來呢？

《文匯報》，一九五七年七月二十七日

名著的改編

蘇聯女作家尼古拉耶娃的長篇小說《收穫》出版後立刻轟動一時，國內外的普通讀者與文學批評家們都認為是一部傑作。後來根據這部小說而拍成了影片，但看電影的人都感到不滿意，覺得影片缺乏小說中的光彩和深度，主要的原因不在導演與演員，而是在電影劇本。電影劇本寫得不好。這劇本是誰寫的？原來就是小說的原作者尼古拉耶娃。

說來好像奇怪，但這種例子不知發生過多少。因為，小說與電影是兩種完全不同的藝術形式。一位有才能的小說家，未必能把他在小說中刻劃得十分成功的人物，在小說中描寫得很深刻的思想，在影片中同樣完美地表現出來。

根據文學名著而改編成為電影，在電影初誕生不久就已在開始，這些影片大致可以分為下面這幾類：

一、很好地體現了原著的精神、涵義、與藝術特點，保存原著中主要的情節線索、基本衝突與人物性格的刻劃。影片本身則是一個完美的電影藝術作品。

二、故事人物完全與原作相同，甚至對話也原封不動地照搬，然而只成為原作的一種圖解，外貌雖然相同，精神韻味卻不見了。

三、套用原作的故事來加以發揮，改變主要角色的性格，將悲劇的結尾改為大團圓等等。這主要是用原著的名字來號召，作為一種商業性的投機。因為出了名的小說可以保證票房收入。

四、惡意地歪曲與污衊文學名著，把自己所要達到的政治目標硬加到影片中去，其實這種思想與原作毫無關係。

在我們所看到的影片之中，第一類和第四類都比較少，最多的是第二類與第三類。第二類影片的改編者用意常常是很好的，可是因為沒有成功地掌握電影藝術的特殊性能，終於拍出了類似「原作之連環圖畫」那樣的影片出來。美國片《波華荔夫人》（*Madame Bovary*，另譯：《包法利夫人》），英國片《聖誕述異》（*A Christmas Carol*，另譯：《小氣財神》、《聖誕頌歌》）等都是顯著的例子，很忠實，然而內容枯燥而貧乏。

蘇聯一位著名的電影藝術家E．格布里羅維奇，在對全蘇聯電影劇作練習班上作過一次講話，討論這個問題，頗有些精闢的見解。他說，許多完全是從小說中整段搬到電影裏去的情節，常常變得黯淡無光。乍一看來，人物還是那些人物，對話也完全是那些對話。「在法律上說來」，改編者毫無錯誤，他把小說裏的東西非常確切的表現出來。然而，實際上所得到的結果，卻是藝術的虛偽，和對原作的歪曲。他認為，把小說改編為電影，不但要刪除原作中的情節、人物與對話，還得創造許多新的情節與對話。他說：「因此，改編者常說：『我這裏一切都和小說中一樣，我這裏沒有一句話不是從原作者那裏取來的。』這種說法，幾乎永遠是失敗的證明。」

烏蘭諾娃的茱麗葉是不說話的，英、意合攝的電影《羅密歐與茱麗葉》（*Romeo and Juliet*）中的對話，卻幾乎全部是根據莎士比亞所寫的劇作，然而眾所公認，前者是莎士比亞作品更好的改編。

長城公司正在進行一個巨大的工程——改編魯迅先生的《阿Q正傳》。編導者當然決不會對原作故意歪曲，但重要的是，要怎樣把這部文學名著的精神準確地傳達出來，使之成為一部好電影；努力的目標，應該不僅僅是把魯迅先生的小說準確地「翻譯」為電影，而是拍一部好電影，把《阿Q正傳》的基本精神精彩地表達出來。

《武俠與歷史》，第一百期，一九六二年

——查良鏞

來港前後

決定來香港後，許君遠先生就要我寫一篇〈我怎樣決定到香港〉，刊在《大公園地》，總因為心緒不擒一直沒有寫。李君維兄曾替我預先題名為〈杭州別鳳記〉，並代繪小報頭兩個；一看報頭如此之美，題目又如此之艷，文章也嚇着不敢出來了。現在到香港已有一個星期，如再不寫，除給許先生罵不算之外，將來大有寫〈我怎樣回到了上海〉的危險。決定隨便寫寫，把香港情形報告一點給上海的朋友們聽。

＊　＊　＊

先說怎樣決定來香港。滬館本來請張契尼兄來，約他在滬館做二個星期，弄熟了即來。豈知後來發覺張兄非但有一位張太太，而這位張太太正在生產一位小張先生，而港館又急需人工作。於是楊先生徵詢我們的意見，蔣定本兄、張美餘兄、我，一一 testify 之後，大家表示「如果可能，最好不派我去」。結果形成僵局。

美餘兄有太太孩子在寧波，到香港相隔太遠，只有我與定本兄兩人最夠格。看天下大勢，非我們兩者之一去港不可。於是我寫信兩封徵詢別人的意見。爸爸回信說：「男兒志在四方，港館初創，正閱歷之機會。」另一位回信說：「既然報館中有這些不得已情形，如果你去一個短時期，我答應的。假使時間很長，我不肯！」

於是我把這一位的意思，轉達給楊先生，表示我希望去一個短時期。楊先生轉達許君遠先生，許先生轉達王芸生先生。一一通過。王先生對我說：「你去半年再說！」於是我決定到香港了。

＊　＊　＊

到香港之前，家裏去了一次，南京去了一次，杭州去了兩次，這即是君維兄所謂「別鳳記」也。二十七日送我到上海，替我理行李，送我上飛機。臨別一句話：「我們每人每天做禱告一次，不要忘了說。但願你早日回到上海。」

二十九日館中同事替餞行，尹任先生替我買飛機票極為努力。三十日早晨即起飛，本來預定計劃四月一日辦一件有關終身大事而並非終身大事的事，於是一切只好「半年後再說」。在南京路報館中喝酒時，翁世勤兄匆匆趕到，特別介紹一件香港我決不敢去嘗試的「高等談話」。

＊　＊　＊

到了香港，來接我的人沒有遇到，向同機而來的潘公弼先生借了十元港幣才到報館。馬廷棟、李俠文、王文耀、郭煒文諸兄午餐接風。一面送行，一面接風，我心中實有說不出的苦。因為如此一來，一、在香港工作非特別努力不可；二、要想回上海的話總是不好意思出口也。馬先生說昨晚即排好了我今天的programme：中午吃飯，下午睡覺，晚上工作。這種「陰謀」只好接受。

＊　＊　＊

港館情形一切簡陋，自然意想中事，略舉一二：

一、辦公室一小間，大概同滬館資料室那麼大。白天經理部、晚上編輯部自然不必說起。而我譯稿時還要遷移兩次，原來午夜十二時吃稀飯，幾碟榨菜、鹹蛋總要有一個地方放放也。

二、宿舍在後面山上，我睡在四層樓的走廊上。中午十二時必須起來，自己固然飯可以不吃，但別人要坐在你的床上吃飯。胡政之先生每天必輕手輕腳經過我床邊到盥洗室，其實我大都老早醒了。

三、人手不足，沒有休息日子；好在我在香港，沒有休息也不要緊。

＊　＊　＊

香港人讀報標準令人又好氣又好笑。某次吃飯時馬先生談起，有某香港友人對他說：「貴報雖然有些地方不及人家，但有一次倒也登了一條別報沒有的新聞。」馬先生受寵若驚，大喜之下，連忙問甚麼新聞，對方說，那次九龍發現一條一尺多長的蜈蚣，只有貴報上有。

* * *

香港用港幣。寄信一封，郵資六角（等於國幣四萬八千元），看電影一場三元五角（等於二十八萬元），平生除看電影外無嗜好，現已有不勝負擔之苦。其他則客飯二元八角（二十二萬元），理髮三元（二十四萬元），餘類推。

便宜的東西也有，西裝每套約一百七八十元，玻璃絲襪十一二元，固齡玉牙膏二元三角，橘子每個二三角，麵包二角，牛乳四角。聽聽便宜，算成國幣，也未見得。

* * *

香港有恤衫（襯衫），有領呔（領帶），有荷里活道（Hollywood Road），一般報上有一整版刊登當天粵曲廣播的唱詞，試抄今天的節目為：深吻妾朱唇，西江西水向東流，夜盜美人歸，西廂記酬簡……廣告上說：「平到你笑，靚到你饒叫。」

* * *

香港有許多好處，風景真美，天氣真好；報館中工作雖多，但大家精神很好，另有樂趣；有太太的，報館供給房屋（略出少數租金）；廣東菜好；馬路上五花八門的洋貨多，派克筆絕非奢侈品，女人衣服奇花；生活安定，毫無漲價威脅，不必逃難；可以學會廣東話、廣東文字；可以坐二毫子的雙層電車；在街上沒有被汽車撞死的危險；出門買東西不必揹皮包裝鈔票等等……上海同事，如已結婚而小孩不多，或小孩雖多而放在寧波，匯錢回去者，實在來香港的好。因為香港賺錢香港用，不如上海。香港賺錢匯到寧波，比上海好得多也。又如定本兄的令妹還沒有給你介紹妥當，君維兄的愛人出了甚麼變卦（請勿生氣），則香港小姐似比上海大方。

* * *

又附告，李俠文兄中獎之後，喜氣洋洋，常買麵包請客。

《大公園地》（《大公報》內刊），一九四八年四月

《大衆傳播媒介與文化工作》序

我們一般提到「文化」，是指「社會性的精神生活」；說香港是「文化沙漠」，是說香港在精神生活方面的活動非常貧乏。

一個五百多萬人口的城市，有幾十家報紙；幾百種雜誌刊物；每年有大量書籍出版；每天二十四小時連續不斷的電台廣播，每天近二十小時的電視放映；電影製作的數量和技術數十年來一直在全世界排到極高的名次；有各種各樣的藝術節、音樂節、電影節、畫展、音樂會；學芭蕾舞和鋼琴的兒童，數量在世界上高踞前列；香港的書報雜誌發行到世界各地，香港報紙在美國和英國出版分版，全世界中文報紙都競相轉載香港人所寫的小說與專欄；香港製作的電影、電視片集、歌曲唱片和錄音帶在世界各地受到歡迎；我們有交響樂團、話劇團、藝術館……香港的文化活動豐富得很，如果以一個城市作為單位，或許我們僅次於紐約、東京、倫敦、巴黎，而我們報紙和影片的數量，又遠非紐約、倫敦等所能及；如果以人口為比例，世界上任何國家或地區都及不上香港。

香港決不是文化沙漠，除非你說江南和珠江三角洲的魚米之鄉是沙漠。

然而數量並不等於質量。我們的報紙、電影、電視、廣播、書籍、雜誌、音樂、舞蹈等等，並不能使我們引以自傲。香港許許多多市民以追求金錢和物質為人生最高目標，崇拜暴發戶、騎師和明星，說粗俗的言語、寫不通的文字、唱莫名其妙的歌、以沒有禮貌的態度對人。我們的大眾傳播媒介沒有讓市民接受健康向上的價值觀念，恰恰相反，傳播給大眾的，是腐敗的、金錢至上與享樂至上的價值觀念。

現代人受到家庭和學校的影響較小，受到宗教的影響更小，而受到大眾傳播媒介的影響大得多，尤其對於成年人，大眾傳播媒介是他們知識和意見的主要來源。對於大多數現代人，大眾傳播媒介幾乎就是宗教。香港成年人所受到的薰陶、教育、影響、灌輸，絕大多數並不健康。如果說香港人是醜陋的，那只因為我們的大眾傳播媒介並不美麗。邪教所傳播的並不是高尚的教義。每天不得不遭受大眾傳播媒介無休無止地「轟擊」的人們，很難能培育出高尚的心靈。

必先正己，然後能正人。學生和家長有權要求老師規規矩矩，市民大眾也有權要求大眾傳播媒介自律克己。

本港各種大眾媒介之中，香港電台是少數不斷在做健康有益工作的機構之一。他們舉辦了一個「大眾傳播媒介與文化工作」研討會，目標是討論大眾傳播媒介如何「自律與正己」。我們現有的文化工作已經非常非常豐富，問題是怎樣使這些工作對市民大眾真正有益，使香港芳香而美麗。一次研討會並不能就此實現這個目標，然而總是向着這個目標邁近了一步。至少，這研討會又一次提醒我們正在做大眾傳播工作的人，我們是在向大眾傳播信息，對大眾負有責任，對大眾的精神生活負有責任。我們每一天的工作，即使不能使香港與香港人美麗一分，無論如何，不能由於我們而使之醜陋一分。

香港人愛好自由，勤奮工作，富於進取心與責任心，以勇敢態度應付各種各樣嚴重的危機與挑戰；由於自信，我們樂於公平競爭，因此也尊重規矩和法律；由於接觸廣泛，我們是世界人、國際人，而不是狹隘的島居人；中國文化使我們重視學問知識與教育，愛護家庭、樂於照顧父母、兄弟姊妹、子女，以及數不清的姨媽姑爹；西方文化使我們尊重個人的權利，中世紀的封建觀念在這裏極少殘留。我們不歧視外國人、外省人，不歧視任何和我們不同的人和事物，樂於學習與吸收別人的長處……。這許許多多精神質素都是香港人的重大優點，是香港文化中的積極成份。如果說香港人某些方面醜陋，在其他許多方面我們其實美麗得很。大眾傳播媒介有責任發揚香港人美麗的一面，抑制醜陋的一面。要這樣做，我們從事大眾傳播事務的工作者首先應當這樣要求自己。

「那是講耶穌！」是嗎？對於高尚的理想與情操，健康的教育與傳播，用「講耶穌」三字來輕蔑地抹殺，這是香港人精神生活中醜陋的一面。

香港電台、中文大學校外進修部合辦《大眾傳播媒介與文化工作》專輯
一九八一年八月二十八—三十日召開研討會

未來的一百五十年

一百五十年前

一百五十年前，兩個蘇格蘭人——四十八歲的威廉·渣甸（William Jardine）與三十六歲的占姆士·麥贊臣（James Matheson），在廣州合組了一家貿易公司，那就是今日怡和有限公司的前身，這比香港開埠還早了十年，到一八四二年，這家公司才搬到香港來。

在那時候，從英國到香港的海航需要三四個月，如果中途躭擱，往往長達六七個月。今天，從倫敦坐飛機到香港只需十八、九個小時，這一百五十年中世界的變化，尤其在科學技術與經濟事務上，比之在此以前的一千五百年還要多。

對於大多數人，一百五十年之前的事是很難想像的了。我們不妨回憶一下五十年前的情形，那是一九三二年，這離開我們並不太遠，如果時光倒流五十年，那時候的情形怎樣？那時候沒有電視、電腦、電子計算機和其他電子用具，沒有核子能、信用卡、塑膠、汽車上的自動波，冷凍食物，以及其他許許多多今日司空見慣的事物；電話、冷氣機、抽水馬桶、電梯、電冰箱、私家車等等都是異常難得的奢侈品。民航機時速一百二十哩，乘客是既有錢、又大膽的極少數人。那時自然沒有抗生素，沒有換腎、心臟移植、試管嬰兒等等手術。一架所謂輕便的無線電收音機，一個普通人還搬不動。

那時候怡和公司的總部是在香港，生意的主力卻是在上海，因為中國內地的經濟潛力當然比香港雄厚得多。

「致力於服務」

怡和公司董事會主席紐壁堅先生指出，該公司今年慶祝成立一百五十週年，重點不在追憶過去，而是放眼將來；因此，一九八二年是怡和公司今後一百五十年的第一年。

今後一百五十年要做甚麼？那真是一個非常難以回答的問題。誰知道今後的一百五十年世界將會怎樣？如果不知道周圍的環境，誰能設想自己要做些甚麼？能做些甚麼？

但紐壁堅先生提出一個主要的方向：「致力於服務」（Commitment to Service）。他說，我們要為香港服務，不單是為我們的顧客、股東、生意夥伴服務，還得為我們在其間活動的社會服務。

不論將來世界變得怎樣，中國變得怎樣，香港變得怎樣，「致力於服務」這個政策，是永遠不會錯的。

一百五十年來科學技術，經濟生活，企業手法等等有了極重要的改變。同樣的，大企業、大公司的經營哲學也發生了極重要的改變。一百五十年前、一百年前，甚至五十年前的企業家，主要目的是將別人的錢賺到自己的口袋裏，今日開明而有見識的企業家的經營哲學是：向社會提供最佳服務，由此而生存與發展。單純為賺錢而賺錢，不是很好的經營哲學。這不是道德問題，而是整個世界已經改變了。

為大眾服務

這樣的觀念首先在政治範疇中發展。

從前，奪取政權是為了掌握權力，鎮壓人民，榨取財物，讓自己和家屬享受窮奢極慾的生活。

民主制度和自由觀念徹底改變了政治的形式。參預政府工作不但是一種榮譽，基本上是將自己的才智、時間、精力獻給社會，為大眾服務。主要的報酬不是金錢，而是為社會作了貢獻的自豪感、滿足感、以及由此而得到的榮譽與社會的尊敬。

在先進的民主國家，從政所得的金錢報酬，對於高級行政人員、立法者而言，通常遠遠不及在工商機構中工作。

美國前總統甘迺迪擔任總統，只收象徵式的一美元作為薪金。英國、美國、加拿大、澳洲、西德等等國家的高級官員，薪水都不是很豐厚的，然而工作辛苦，責任重大。為了爭取為社會服務的機會，他們努力競選，全力以赴。

香港工商企業、教育、專業人士之中，有不少人參加政府機構義務工作，出席各種各樣的委員會，工作相當繁重。極大多數是沒有報酬的。極少數人士收取一點津貼，但金額也和他們的工作負擔頗不相稱。所以有這許多人甘願花費時間、精力為公眾服務，那是因為「為大眾服務」的觀念已深入人心，許多受過教育、具有基本公德觀念的人士，明白我們在這社會中生長，受這社會的培植和滋養，就應當為這社會服務。

父母養育我們，我們應當還報；社會養育我們，我們應當還報，不但是義務和責任，而且是親情和愛心。

服務性的政府

今日世界上先進的政府都是「服務性的政府」。

今日的政府和國家，基本作用不是鎮壓和統治人民，而是為人民服務。雖然，強迫人民為統治者服務的政府，世界上並不是沒有。然而，那只是過去長期歷史的殘餘，隨着教育的普及，極大多數人民思想的改變，這種類型的政府終將逐步淘汰，無法在世界上生存。就像在一個流行噴氣式飛機的世界上，螺旋槳飛機終將慢慢消失，不過有一段過程。

「服務性政府」向人民收稅，那是服務費，然後使用這筆服務費為全國人民服務。現代政府的基本作用和性能就是如此。

從前的政府卻大大不同。政府向人民收稅，收來的錢由統治者自己花用，維持軍隊、警察、法院、監獄等等，目的還是在維持鎮壓和統治，藉以繼續收稅。那時候政府向人民收稅，等於是黑社會收「保護費」，不付就打就殺。人民繳了保護費之後，事實上卻得不到甚麼保護，只不過免於挨打被殺而已。從英國人強迫國王約翰簽署《大憲章》（*Magna Carta*）開始，人民逐步干預政府稅收的使用，「保護費」慢慢轉變為「服務費」。

「服務費」與「保護費」都是稅收，都是政府向人民收錢，性質卻根本不同。「服務費」必須用來為付錢的人民服務；黑社會所收的「保護費」卻純粹由收錢者花用。前者必須列清賬目，詳細向付錢的人交代，人民可以查賬核數；後者如有人多問一兩句，不免有性命之憂、殺身之禍。

在香港，向自己所住大廈的管理委員會交管理費，有權要求管理委員會僱用人員以維持大廈的保安、清潔、建築結構的安全、外形的美觀等等。管理委員會有責任公佈賬目，當經費不足之時，可以要求所有的住戶增付費用，但必須得到大多數住戶的同意。現代政府的功能，基本上與此相同。

現代政府徵收稅項，用以僱用人員與專家，保護人民的安全、衛生設施、交通、教育，管理農業、工業、商業等等，基本的責任是向人民提供各種各樣的服務。政府的法律與規範是人民自己（通過代表）所訂立的，政府根據人民的意願而執法。執行法律，維持治安與秩序，是政府所提供的主要服務之一。

經濟生活中的服務

政治生活向着「服務」的方向走。在經濟生活中，服務性行業的比重也是不斷在增加。在所有的先進國家中，服務性行業的投資、職工人數、營業額等等，每年遞增，漸漸超過了製造業。

事實上，製造業本身的服務部門也在不斷擴展。以汽車工業為例，那本來是純粹的製造業，然而今日任何重要的大汽車工廠，如果維修服務做得不好，可以肯定地說，它的產品生意一定不會好。一切重要的耐用性產品，對顧客所提供的維修服務，幾乎與其本身的品質同樣重要。

銀行不像過去那樣，專門經營借貸取利，而必須着重提供服務。股票經紀除了代客買賣有價證券，還得向客戶供應各種證券的資料與消息。電視要對觀眾提供服務，廣播電台要對聽眾提供服務，報紙要對讀者提供服務……民航、餐廳、酒店等等以服務為主的行業，更加不用說了。

民主觀念普及在每一個行業之中。消費者至上，顧客永遠是對的，這些觀念在過去只是企業家賺錢的手段，為了賺取金錢，才不得不承認顧客永遠是對的。但時至今日，在所有先進的行業中，在現代化的工商管理哲學中，這已是目的而不是手段。

政府為了人民的利益而存在。企業為了社會的利益而存在。

像怡和有限公司這樣的大公司，僱用職工超過三萬九千人，在二十多個國家中經營業務，股東和債券的持有人，大約也是五萬人。這已不單是為某些股東謀利益，為某些職工謀利益的企業機構，而必須是為整個社會謀利益的機構。社會如果興旺，它自然興旺；社會如果衰退，它的業務也必定衰退。它必須為社會服務，這不是出於某種道德性的動機，而是整個結構所如此規定的。

對未來的推斷

近年來，西方國家中興起了一門學科，叫做「未來學」（Futurology），研究這門學科的人稱為「未來學家」（Futurologist or Futurist）。他們探索科學和技術的可能發展與進度，研究這些發展對人類可能發生的影響，並提出若干設計與規劃。這門學科並不是純粹的科學，因為各種結論都是預言性的，有待日後事實的證實；然而也並非完全不是科學，因為他們用科學方法來搜集事實與資料，利用電腦來作分析，以科學態度來推斷未來。這是一門新興的學科，然而已有許多有趣味的著作發表。這些著作不是科學幻想小說，而是根據現有情況而對未來的推斷。

例如，杜佛勒（A. Toffler）的《未來的衝擊》（*Future Shock*）、普瑞奧達（R. W. Prehoda）

的《為未來而設計》（*Designing the Future: The Role of Technological Forecasting*）、湯姆生爵士（Sir George Thomson）《可以預見的將來》（*The Foreseeable Future*）等書，都從科學技術各方面的發展，而對未來提供了合理的推測。不過這些推測大都只談到下一世紀為止，例如赫萊西（D.S. Halacy）的《二十一世紀》（*Century 21: Your Life in the Year 2001 and Beyond*），就詳細的預測了下世紀中人們的生活。

在《二十一世紀》那本書中，作者關於個人的身體有這樣一段描述：「二十一世紀中人類的壽命不但長而且更為健康，我們可以利用遺傳學的方法改良身體上的缺陷，年老時可以在低溫的休眠狀態下度過一段時期。產前檢查及治療，可以免除嬰兒許多先天性的缺陷。肥胖症極易控制，睡眠機器可以帶來更充份的休息，甚至能選擇夢境。節育方法可以控制人口增加，胎兒的性別可由父母決定。身體、容貌、頭髮、身裁等極易改善。主要器官和四肢的更換成為常事。記憶力和學習能力憑藥物及機械而改進。」

種種物質上的改進都是可以推測的，但精神生活基本上不會改變。物質生活和科學技術的進步，不一定就是人類的真正進步。我們的壽命活得更長，如果不是生活得更快樂，只不過是延長了痛苦的時間而已。但當世界組織得更合理，鬥爭與殘殺、剝削等等大大減少，人口受到控制，人人都不必為基本生活而擔憂之時，有理由相信，人類的精神生活也會進步。

「服務」觀念的更加普及，更加深入人心，更加實現在每一個方面，當是這些進步的一個極重要、極基本的組成部份。

二十二世紀

即使是最具洞察力的「未來學家」，也無法預言二十二世紀將是怎麼樣的情狀。再過一百五十年，那是公元二一三二年，是二十二世紀。但只要人類不是愚蠢得在這之前用核子戰爭、化學戰爭或細菌戰爭來整個毀滅了自己，那麼我們或許可以相信，那時候民族國家大概已不存在了，人類已組成了世界性的政府，為全人類作公平合理的服務。

愛心、互利、服務的觀念是不會消失的，而且只有加強。人類今後如能長期存在，要點不在物質文明、科學技術的進步，而在社會關係、政治組織、經濟組織的合理化。

一九八二年為怡和有限公司創業一百五十週年。為了隆重迎接這一個光輝的年度，怡和公司特別舉辦多項慶祝活動，與眾同樂，而且事事皆以社會為本，策動社會人士對香港作出貢獻為大前提。

首項慶祝活動於一九八二年一月二十五日亦即農曆犬年的大年初一晚上舉行。怡和公司特別贊助在維多利亞港海面舉行了一項「賀歲煙花耀香江」節目，為全港市民帶來不少節日歡樂。在這項十年難得一見的盛事中，所用的煙花分別來自世界十一個國家，燃放時更配有音樂助興，不但轟動了本港社會，吸引數約三百萬人臨場或透過電視觀賞，甚至遠方遊客也聞風而至，看個不亦樂乎。

賽馬盛行，已成為本港生活特色之一，怡和公司為此特別舉辦了一項怡和挑戰盃徵求設計比賽，得獎的設計由怡和公司依樣打造成銀盃，獻贈與皇家香港賽馬會作為怡和挑戰盃賽的獎品。這座怡和挑戰盃其後於一九八二年四月三日在跑馬地舉行的首屆怡和挑戰盃賽中由紐璧堅夫人頒獎予獲勝馬匹的馬主。

怡和公司向以香港為根本，故此在慶祝創業百五週年紀念活動中，沒有忘記舉辦一項「安居樂業設計比賽」，這項比賽目的在鼓勵本港學生集思廣益，提出改善本港生活環境之意見。是項比賽定於七月三十一日截止收件。

怡和公司亦非常關懷那些清貧和弱能兒童，先後多次為他們舉辦各種活動。首項活動為招待一批清貧兒童到臨怡和公司設在康樂大廈頂樓的「怡安閣」。欣賞年初一晚舉行的賀歲煙花表演。

當晚參加此項活動的六十位來自多家本港兒童院的孤兒，除獲怡和公司饗以精美茶點外，每人更獲派利是一封。

其他各種招待貧童的活動尚有觀賞迪士尼表演，參觀啟德機場、欣賞音樂表演及遊覽宋城等。

怡和午炮是本港最有歷史性的名勝古蹟之一。怡和公司為這項傳統活動注入新意義，首先是改建了午炮現場的圍牆，使到附近路人也可以看得見午炮的廬山面貌，同時為了發揮怡和公司與眾同樂精神，每月都邀請一位對本港社會有貢獻的人士到來鳴放午炮一次。榮獲本年度總督設計比賽的青年設計師譚耀祖，便是第一位主禮嘉賓。

在一九八二年七月一日怡和有限公司創業一百五十週年的大日子，怡和公司屬下職員及他們的家屬均參加一項名為「怡和百五週年慶，同人集體慈善行」的步行籌款活動，由山頂步行至香港仔，「籌募善款作公益用途」。此外，另一項為喜愛藝術的人士而舉辦的活動正在籌備中，那是在置地廣場展出由著名畫家蘭斯敦（J. Fenwick Lansdowne）所繪畫之本港及華南珍禽的水彩畫。這些名畫是怡和公司為紀念百五週年而特別委託這位著名畫家繪製的。

上述所提及的各項活動僅為怡和公司慶祝創業百五週年而贊助舉辦的芸芸眾多活動其中一部份而已，不少在今年開始的活動亦會於明年繼續一直舉辦下去。此外怡和公司更計劃在不久將來為本港市民舉辦更多有意義的活動。

《明報》，一九八二年六月二十八日

美好人生的兩大支柱

做人到底為了甚麼？應當怎樣？

自古以來，這個問題曾有千千萬萬人思索過，在自己腦子裏、在談話中、在所撰寫的文字中試圖尋求答案。許多哲學家、宗教的導師說得深刻些、圓滿些，然而大家的說法並不相同，沒有一致的見解。以致直到今天，千千萬萬人仍然在提這個問題，為了找不到答案而苦悶。

如果不企圖尋求最後的、絕對的答案，那麼有一條原則應當是大多數人都會同意的：我們不知道做人到底為了甚麼，但既然活在這世界上，這一生就應當自己感到滿意，要在自己這一生中滿足多於失望，成就多於失敗，安慰多於痛苦。

你或許會說：「當然啦，誰都這樣希望，但事實上未必做得到。世界上成功人士寥寥可數，其餘的人都未必會自己感到滿意。」

但標準是「自己滿意」，而決不是「別人滿意」或「眾所公認的滿意」。

一個眾所公認的成功人士，在某一個行業或部門中處於領袖地位，名氣很大，收入甚多，或者權力極大，世界上無數人眾都對他十分仰慕艷羨。然而問題的焦點，在於他內心是不是快樂，是不是自己感到滿意。我們不久之前在電視上看到，一位世界網球冠軍在比賽時顯然痛苦異常，輸了固然不快樂，贏了仍然不快樂。許多又美麗又成功的電影明星，又英俊又有錢的風頭人物，在私生活中都是非常非常的不快樂。如果內心經常在劇烈地感到痛苦，那麼光榮、名聲、財富、權力，又有甚麼價值呢？富貴榮華並不是不好，如果這些名利能帶來真正的滿足和安慰，那當然很好。如果不能，那麼滿足的感覺只好到別的處所去尋找了。

真正的滿足、幸福、快樂、安慰，只是每個人內心境界的感受，別人是絕對不能代為判斷的。有人傾聽一首樂曲，或是欣賞一幅繪畫，又或者誦讀一部小說，感到了極大的享受和滿足，只覺得人生至此，快意極矣，不了解的人或許會覺得全然的無聊無益。所以，我們不能用自己的尺度去衡量別人的內心的感受，不能用自己的標準去判斷旁人的成敗。但在牽涉到別人的事情中，基本標準當然還是有的。每個人都做有利於自己的事，例如吃飯、睡覺、穿衣、躲避汽車，不做有利於己的事，自己很快就會不存在。在道德上，做有利於別人的事是「善」，做損害別人的事是「惡」，大利旁人是大善，大損旁人是大惡。至於損害自己或單純的有利自己，在道德上是中性的，無所謂善惡。

一種行為會吸引同樣性質的行為，有些類似於物理世界中的情況。多做善事，通常會得到善的回報；多做惡事，通常會得到惡的回報。所謂「善有善報，惡有惡報」，並不是冥冥中有甚麼超人的力量在主宰報應，而是自然的反應。你向人微笑，別人通常以微笑相報；你打人一拳，對方最可能的反應是還你一拳，這就是善有善報，惡有惡報了。

降低慾望則容易得到滿足。尤其，不要滋長不合理的慾望，是人生得到滿足的主要秘訣。「知足常樂」並不是一句空話，是人生的重要真理，如說是最重要的真理，或許也不為過。要得到一般水準的物質生活和享受，那並不太難，如果以此為目標，達成目標之後，內心感到滿足安慰，覺得人生甚是美好。但如目標是極高水準的物質生活，是億萬富翁的享受，那麼即使你達到了千萬富翁的標準，你還是十分痛苦的，因為和你的目標還相差了十倍。

有機會就做些有利於別人的事，不論是否得到回報，內心必定會感到安慰，這是「為善最樂」。只為追求合理的、可能的目標而努力，消除不合理的、過份的慾望和要求，這是「知足常樂」。

「為善最樂」和「知足常樂」兩個原則，是豐盛人生、美好人生的兩大支柱。

《豐盛人生》特刊，一九八六年

《開拓人生路——百家聯寫》序
——貪污若再起，視之如大敵

有一個笑話取笑人讀別字。一個教書先生死了，閻王問他下一世投胎想做甚麼，他要求投胎做母狗，閻王大奇問故。他說：「古書有云：『臨財母狗得，臨難母狗免。』有如此好處，小人願做母狗。」閻王大惑不解，就判他來世投胎做一條母狗。原來古書《禮記》中有兩句話，教人「臨財毋苟得，臨難毋苟免。」這是很高的道德要求，第一句倡「廉」，遇到可得一筆財富時，先要想一想這是不是應得之財，應得則得，不應得的就是「不義之財」，不要隨隨便便地就得（毋苟得）。第二句重視「仁、義、勇」，遇到危難之時，必須考慮是不是可以避開；儒家講究「當仁不讓」、「殺身成仁、捨身取義」、「銳身赴難」，不可隨隨便便的躲避危難（臨難毋苟免）。那位教書先生把「毋苟」兩字讀成了「母狗」，以致有此誤會，也可見此人人品本如母狗。《禮記》下面兩句話說：「得毋求勝，分毋求多。」與人競爭時，不必非贏不可。與人分取錢財時，不要多取，只取應得的一份。

社會生產力發展，私有財產制度形成之後，財富的合理分配，成為社會和諧的一個重要因素。中國古代社會在這方面重視「合理」與「應得」的原則，那是「禮」。有人如能「讓」，那是「廉」，是更高層的道德了。

孔子並不反對發財，但強調必須用正當手段，做下層工作倒也不妨。他說：「富而可求也，雖執鞭之士，吾亦為之。」又說：「不義而富且貴，於我如浮雲。」那就是堅持「義」的原則。

中國儒家的傳統觀念，個人修養最重要的是「孝」，從政而服公務，最重要的當然是「忠」。不過「忠」的品德在平時不容易顯出來，經常能有所表現的是「廉」。所以漢武帝元光元年，下旨命令各郡各國（貴族的封國）都各舉「孝廉」一人，報向朝廷，以備召用。皇帝根據儒者董仲舒的建議，徵用民間的優秀分子，使之作官作吏，在政府中供職。徵用的標準，是由地方官採訪民間輿論，哪一個人善於侍奉父母，自處廉潔，就稱之為「孝廉」而向上報告。起初各地所舉的人員或許真的既孝且廉。到得後來，制度漸漸敗壞，有權呈報的官員不免既賣情面、又收賄賂，所謂孝廉，恐怕大多有名無實了。這制度成為傳統，此後各朝或存或廢。到明朝清朝時，凡是考中舉人的，一般都稱之為孝廉，其實那時只憑做八股文，與孝廉二字全不相干。

無論如何，孝、廉二者總是中國社會中極重視的品德。相傳管子說：「禮義廉恥，國之四維，四維不張，國乃滅亡。」這似乎表示，中國在春秋時代已重視廉的德行。但這四句話是否真為管仲所說，恐怕大有疑問。在管子時代，禮與義這兩種儒家德行還不很受重視，管仲是法家，未必會強調禮與義。管仲自己，據說就不很廉潔，他和鮑叔合作做生意，賺了錢要多分一點，鮑叔毫不計較，管仲認為鮑叔很夠朋友，是知己，說：「鮑叔知我家貧，我多取而不以我為貪。」好朋友合作做生意，多取少取自可不必計較，但這個「廉」字，總之是說不上了。管仲沒有建立長期的善政，他死後齊國政治就敗壞，或許和他個人不重視廉潔有關。

到得後世，人們對廉的要求更高了，非但不可貪，連「貪的嫌疑」也要避。古《君子行》詩云：「瓜田不納履，李下不整冠。」意思說，在瓜田中掉了鞋，不要彎腰去穿鞋，以免被人懷疑在偷瓜；在李樹底下帽子歪了，不要伸手去整帽，以免被人懷疑摘李子。三國時，吳國有一位高士孟宗，做官管理湖泊。有一次買了幾尾魚孝敬母親，他母親退還不收，對他說：「你管理的湖泊中有魚，雖然這些魚我知道你是用錢買來的，但廉士要避嫌，不要令人懷疑你以權謀私，是從你所管的湖捉來的。」

一個官員是好是壞，普通老百姓不大知道，分辨的標準很簡單，「清官」就是好官，「貪官污吏」、「贓官」必屬傷天害理之人，因為「貪贓」必定「枉法」，行賄的目的就在要有權者「枉法」。法律受到歪曲，司法不公正，公平的法規不加遵守，國家與社會秩序就會混亂，就有人受到冤枉，不公道的事層出不窮，政治不清明，整個社會就腐敗墮落。

香港自從設立廉政公署以來，官場風氣大大改善，一般人對公務員增加了信心，相信他們能依法辦事，這股良好的風氣擴充到整個社會。香港成為一個道德上基本是乾淨清潔的社會。回憶到三十年前，那時候想辦一件小事，例如申請裝一個家用電話、孩子報名入一間小學、申請加入一所俱樂部……首先打聽的是要花多少錢，把錢交到誰的手裏。至於更大的事，例如申請一個餐廳牌照、希望得到一個較好的職位等等，需要花的錢就更加多了。

這使得人人在辦事之初就考慮如何行賄，並不是那時香港人道德敗壞，而是因為那是社會上的普遍規矩，非這樣不可。這使得我們自己瞧不起自己，為甚麼要做這種卑鄙齷齪的事？

污穢的風氣在社會上長期流行，終於除去，改而流行一種清潔乾淨的風氣。這三十年來香港最大的成就還不是繁榮富庶了，而是幾百萬人的道德和品格提高了，這種精神上的崇高比物質上的殷富更加寶貴。

良好風氣的保持要依靠大家努力。這次全港百家聯寫，希望能在傳播媒介中形成一種風氣，全港輿論一致努力來保衛我們大可引以自豪的「廉政」。若有貪污行為發生，全港傳媒一定要口誅筆伐，視為大敵。傳媒千萬不可自暴自棄，認為貪污無可避免，大家眼開眼閉算了。香港如果貪污風氣再起，我們這個社會才是真正的完了。金融風暴打我們不倒，貪污風氣卻能一舉將我們擊垮。揭發與打擊貪污，做這件事含有危險困難，作為市民一分子，這是應盡責任，我們應當「臨難毋苟免」。

《開拓人生路——百家聯寫》，一九九八年

廉政與法治

在成立廉政公署以前，人們一提到香港的政治，立刻就搖頭嘆息，說道：「貪污、貪污！」只因貪污腐敗，人們把香港政治中重大的優點全都抹殺了。其實香港在實施反賄賂條例之前，這裏政治上的優點，在東亞地區還是矯矯不群的。香港的法治制度確立已久，一切憑法律辦事，任何人不能凌駕於法律之上。香港司法獨立，政府如果違反了法律，市民可以依法控告政府，法官根據法律，常常會判處政府打輸官司，這在中國幾千年的官場中，實在是非常特異的現象。我們在起草《香港特別行政區基本法》時，有一位起草委員說：「我寧怕老婆，也不怕香港政府！」他意思說，你只要遵守法律，香港政府對你無可奈何，但老婆卻未必講法律。從此之後，「寧怕老婆，不怕政府」這句話，成為各位起草委員的信條，我們必須維持遵守法律的優良傳統，不管你如何有錢有勢，按照法律，你不能隨便欺侮人！基本法的起草，就是根據這傳統原則，在香港，任何人都須按照法律辦事，即使當時是英國政府派來的香港總督，我只要不犯法，你就不能隨便欺侮我。

中國傳統有一句話說：「滅門的知縣」，意思說，即使是一個小小的縣官，他如要跟你為難，你就算閉門家中坐，禍也會從天上來。他也可以用各種各樣的手法，使得你傾家蕩產，家破人亡。因為他一朝權在手，便把令來行。依權不依法，要點是誰有權，而不是誰於法有據。權勢天天可以變化，主要原因便是當政者不遵守法律，被統治者也不強烈要求當政者守法。

一個國家、一個社會以「無法無天」為原則，甚麼事情都憑權勢而定，那就「天下大亂，越亂越好」了。

反賄賂條例一實施、廉政公署一成立，雖然這些辦法有點兒矯枉過正，連給電氣匠十元小費也算賄賂，一時弄得人心惶惶；但香港政治局勢因此煥然一新，政府人員不能貪污，民間人士不敢行賄，香港的政局立刻清新，香港和新加坡並駕齊驅，立即成為世界上最乾淨、最有效率的政府。

甚麼民主、自由、人權、公道等等政治理想，其根本都要依賴「法治」來保障，而法治精神最良好的體現，便是廉政。官吏不能貪污，人民不敢行賄，一切都依照法律公事公辦。公平、公道、公開的政治就有了保障。

在香港，我以為最重要的事情莫過於「維護法治」，而維護法治的最有效手段是政治清明。廉政和法治是保障香港人自由與人權的最有效手段，只要廉政公署能獨立，有效的執行任務，香港的法治、「一國兩制」就有了真正保障。

香港回歸中國以來，法治的傳統仍能維持，這是我們最堪告慰的事。市民仍能在這裏安居樂業，政治官員不能任意妄為。保障香港的繁榮穩定，要旨在於保障香港的法治。嚴格維護香港的廉政和法治，是我們是否能在這裏安居樂業的必要條件。

《筆動傳誠：德育文集》，二〇一六年

www.cosmosbooks.com.hk

書　　名　金庸選集——金庸隨筆
作　　者　金　庸
編　　者　李以建
責任編輯　林苑鶯
封面設計　曦成製本
美術編輯　Dawn Kwok
出　　版　天地圖書有限公司
香港黃竹坑道46號
新興工業大廈11樓（總寫字樓）
電話：2528 3671　傳真：2865 2609
香港灣仔莊士敦道30號地庫（門市部）
電話：2865 0708　傳真：2861 1541
印　　刷　美雅印刷製本有限公司
香港九龍觀塘榮業街6號海濱工業大廈4字樓A室
電話：2342 0109　傳真：2790 3614
發　　行　聯合新零售（香港）有限公司
香港新界荃灣德士古道220-248號荃灣工業中心16樓
電話：2150 2100　傳真：2407 3062
出版日期　2024年3月／初版・香港
2024年7月／第二版・香港

ISBN：978-988-8551-29-3